莞城图书馆研究丛书

邓尔雅·黄般若文献陈列馆系列

黄般若文集

黄般若　著

黄大德　主编

南方出版传媒

广东人民出版社

·广州·

图书在版编目（CIP）数据

黄般若文集／黄般若著；黄大德主编. —广州：广东人民出版社，2021.10

（莞城图书馆研究丛书. 邓尔雅·黄般若文献陈列馆系列）

ISBN 978-7-218-15156-4

Ⅰ．①黄… Ⅱ．①黄… ②黄… Ⅲ．①文艺—作品综合集—中国—当代 Ⅳ．①I217.2

中国版本图书馆 CIP 数据核字（2021）第 144308 号

HUANG BORE WENJI

黄般若文集

黄般若 著 黄大德 主编

版权所有 翻印必究

出 版 人：肖风华

策划编辑：王俊辉
责任编辑：李永新
装帧设计：广州瀚文
责任技编：吴彦斌 周星奎

出版发行：广东人民出版社
地　　址：广州市海珠区新港西路 204 号 2 号楼（邮政编码：510300）
电　　话：(020) 85716809（总编室）
传　　真：(020) 85716872
网　　址：http://www.gdpph.com
印　　刷：东莞市长丰制版印刷厂
开　　本：889 毫米×1194 毫米　1/32
印　　张：9.625　插　页：8　字　数：250 千
版　　次：2021 年 10 月第 1 版
印　　次：2021 年 10 月第 1 次印刷
定　　价：68.00 元

黄般若（1901—1968）

新派畫是中國的衣冠嗎？

1927年2月8日，方人定撰写的《中国之新派画与旧国画》一文发表在《国民新闻》上。3月1日，黄般若撰写《新派画是中国的衣冠吗？》应战，引爆了影响深远的"方黄论争"

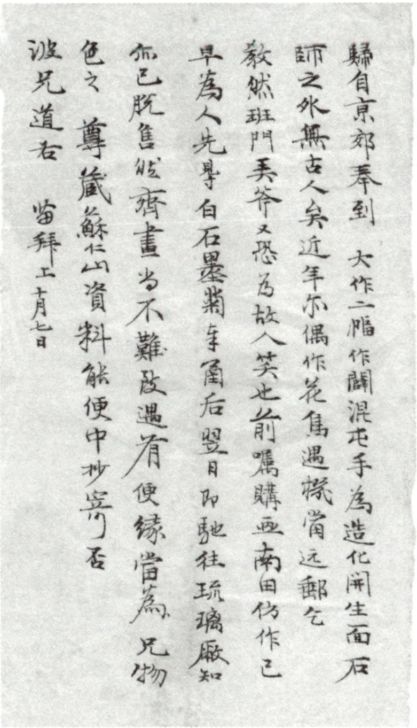
歸自京郊奉到 大作二幅作闢混沌手為造化開生面石
師之外無古人矣近年尔偶作花鳥遇機當远郵乞
教然班門弄斧又恐為故人笑也前囑購西南由仿作已
早為人先尋白石墨蹟年爾后即日即馳往琉璃廠知
亦已脱售能齋畫尚不難致遇有便緣當為 兄物
色之 尊藏蘇仁山資料能便中抄寄否
波兄道右 苗拜上 十月七日

黄苗子致黄般若信

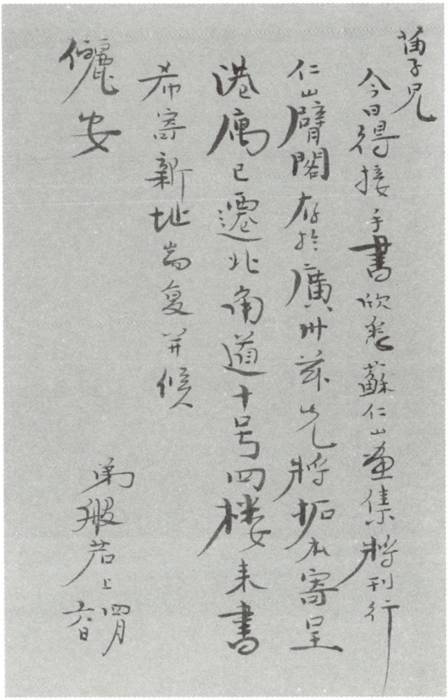
苗子兄
今日得接 手書 欣悉 蘇仁山畫集將刊行
仁山劈閣存於廣州蘇先將拓本寄呈
港寓已遷北角道十号四樓來書
希寄新址為要 并候
儷安
弟般若上 四月十□日

黄般若致黄苗子信

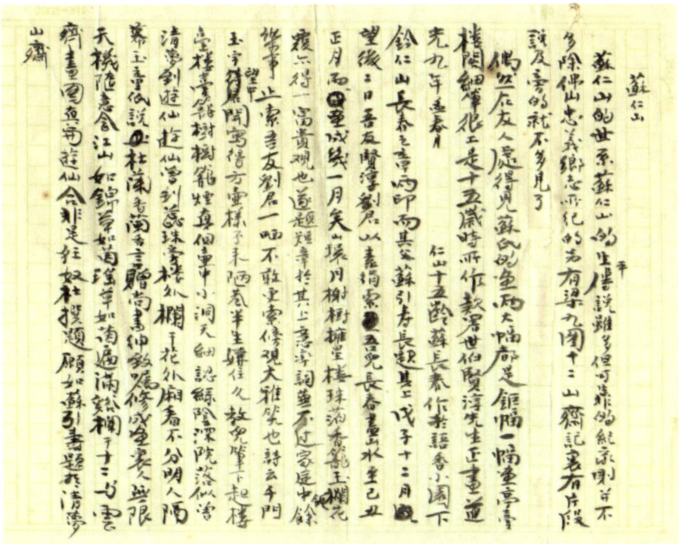

黄般若撰《苏仁山》未刊手稿

1933年张大千在香港太平山顶照（黄般若摄）

1935年黄宾虹在香港写生照（黄般若摄）

1940年卢振寰、黄般若、简又文、高剑父、赵浩公、张正宇、叶浅予在艺术观赏会上合影

1949年黄般若与丰子恺在香港合影

罗汉

罗汉

6

太平山下

尖沙咀

7

仿新罗山人花鸟

木屋之火

8

总　序

文化，是一座城市的根基与灵魂。千年莞邑，根在莞城，魂在莞城，莞城是东莞历史文化的缩影。挖掘本土文化资源，传承地方历史文脉，守护东莞城市记忆，我们有着义不容辞的责任和使命。

作为"文化莞城"发展战略的重要组成部分，莞城图书馆自2008年开馆以来，坚持以"搜藏乡邦历史文献，传扬莞邑历史文化"为己任，一直致力于地方文献的搜集、保藏、整理、开发与弘扬，并已出版了以影印为主的《东莞历史文献丛书》和以点校为主的《东莞历代著作丛书》两大系列大型丛书，荟集散珠，嘉惠学林。

影印、整理、研究、普及，是我们在地方文献出版实践中逐步形成的"四部曲"发展构想。我们认为，就地方文献出版而言，影印是基础，整理是提升，研究是突破，普及是目标。夯实基础，逐步提升，方能行稳致远，《莞城图书馆研究丛书》的出版，是我们新的尝试。

文以载道，以文育人。《莞城图书馆研究丛书》紧贴莞城图书馆特色定位，立足本土，旨在通过对东莞地方艺术、文史和古籍的深入研究，揭示蕴含在其中的内涵，弘扬地方优秀传统文化，增进市民对本土文化的认同感和归属感，助力"湾区都市，品质东莞"的建设。

党的十九大报告提出："要坚定文化自信，推动社会主义文化繁荣兴盛。"东莞深厚的历史人文底蕴，是我们文化自信的底气，挖掘、传承、活用地方历史文化资源，是公共图书馆在新时期面临的新课题。站在新的起点上，我们将继续坚守初心，牢记使命，传承文明，服务社会，为地方的文化繁荣积极贡献自己的力量。

是为序。

《莞城图书馆研究丛书》编委会
2021 年 9 月

前　言

　　1995年夏，香港中文大学文物馆举办了"黄般若的世界"展览，引起各方关注。不少朋友认为，先父不仅仅是一个画家，而且也应该入美术理论家之列。我不知道此"衔头"于他而言是否合适。但从我多年所搜集的资料来看，20世纪20年代初，先父就开始在省港两地的报刊上发表文章，而且还是20世纪一场美术论争——"方黄之争"的参与者；与此同时，他对乡邦文化高度关注，毕生致力于广东文物的搜集、整理及研究。若能把他的文字结集出版，对于广东近代美术史以及广东文化史研究确是一桩好事。1997年，在友人的不断催促、支持下，我把10多年来搜集到的文章交给人民美术出版社，出版了《黄般若美术文集》，并在北京中国美术馆举行的"黄般若的艺术世界"开幕式上首发，得到美术史学界的关注和认可。有艺评家高度评价他为"学者型的画家"，《黄般若美术文集》的出版，为他所处的时代提供了不少鲜活的美术史料。

　　然而，《黄般若美术文集》也留下了不少遗憾。因当时资料搜集难度甚大，有些文章，诸如《刻竹清谭》《罗浮游记》《名书画集》等篇目未能完整收录，同时有大量文章也未能及时发现。更因笔者没有受过专门的史学训练，故此在资料辑录时并未注明文章发表的具体时间和出处，给研究的使用带来诸多不便。此次修订，根据目前所能掌握的资料，已尽量列出文章发表的刊名及时间，但由于部分资料是由海外友朋提供的，有的已故去，无法追溯了。更令人烦恼的是，由于旧报纸和微缩胶卷的质量不佳，导致个别文字模糊难辨，在整理时惟有以□代之。

《黄般若美术文集》出版至今已有二十多个年头。近年随着史料的挖掘，先父一些特别有意思的文章也陆续被发现，比如《三十年来香港古文物展览》，为我们提供了民国时期粤港两地文物收藏、展览的珍贵资料；又如《我国著名画家黄宾虹大赞香港山水》一文，记录了1935年黄宾虹游港的情形，为黄宾虹与广东画人的交往增添了有趣的一笔；《国画研究会修正章程绪言》《新派画是中国的衣冠吗？》和《品艺并高的赵浩公》等文，对我们了解20世纪20年代广东画坛以及"方黄之争"背景有极大的帮助；而《搜尽奇峰打草稿》《师造化》等10篇发表在庸社年报上的文章，则是先父20世纪50年代后钟情于香港山水并以此入画的最佳注脚。凡此种种，令我产生了重新编订先父文集的想法，因本书内容已不仅仅局限于"美术"，故易名《黄般若文集》。

本书在《黄般若美术文集》的基础上增加了新发现的文章若干篇，删除了各界人士对先父评说的文章，另增加1940年香港中国文化协进会第三次文化座谈会和1997年在中国美术馆由中国美术家协会主办的黄般若艺术座谈会的发言纪要等作为附录，希望借此增加读者对黄般若艺术的了解。

当然，我无法避免遗漏。特别是20世纪30年代，先父充任《探海灯》《华星三日刊》编辑时，化名甚至不署名发表过不少文章及通讯类的报道。据家兄说，先父二十世纪五六十年代曾用多个笔名为报社撰文，但一来笔名难以确认，二来范围太宽，现今已难以找寻。

在此书出版之际，感谢赵浩公的学生劳洁灵女士、澳大利亚刘咏梅女士提供宝贵资料，感谢庸社社友张子华先生发来先父在庸社年报上发表的文章，不仅为研究黄般若提供了非常重要第一手资料，而且也令我看到更立体的父亲。同时感谢童宇博士协助搜集有关资料，感谢詹宝莹小姐及东莞莞城图书馆同人为此书的出版付出了艰辛的努力，感谢港粤两地各图书馆的大力支持。本书责编李永新先生治学严谨，把关尤力，在此一并鸣谢！

黄大德

辛丑初夏于广州四无恙斋

目　录

愤画斋读砖小记

吾粤当戊午拆城，金石之发见者，最多为砖，断碑残瓦次之，铜镜、铜权等属，不过一二而已。

此次出土之砖，大略可分城砖与冢砖二种，城砖多纪造砖者之窑户或府县名，冢砖则纪年号、姓氏及吉祥文字等类。其他以锥画像画字者，亦城砖之属也。出土之砖，由汉至明，几不下千余种，即南海一砖，已多至数十，其文字有朱文白文，有正有背，绝鲜同者。然砖之出土虽多，其精而完好者，至为难得。余叔少梅，夙好金石，故搜罗甚夥，兹编择其尤者，次第记之，亦聊志古缘云尔。

永元为汉和帝年号，去今极古，为诸砖之冠。此砖出土，共有三枚：一为蔡氏寒琼水榭所得；一则已断，不知谁氏得之；其一即此也。

永元九年白梁造万岁富昌

1

永兴二年七月四日立

此砖之上方及砖旁，均有花纹，亦为汉代物。

上为"唐"字，下一字未详，与近日东山出土之"万岁"

"富贵"二砖，其义字颇相类也。

上为"肇庆"二字，下未详。

（1922 年,《晓星》第 1 号）

实用广告法

弁　言

　　经济横流，商战角立，外营化□，肤受反刺，自省旧法不可以墨守，故步不可以自封，畴弗思砺智劚学以相竞。虽然，商战亦多术矣，凡用兵之道，厉士利械，则涉艰而不匮。广告，其厉士之利器乎？商以立国，战以实业。而所谓以实业战者，非为一公司而战，殆为国家而战；非以一人之心力战，殆合全国人之心力战。则鼓励一国人之心力，以为作战之准备，舍广告术奚由？故广告有术，即持此以为准的。而施术者，当有以餍国人之心理，新国人之耳目，鼓国人之毅力，而后可以妙其用。厥术繁赜，未可以偻指数。提其要，一属有声的，一属无声的。有声的，文字是；无声的，图画是。文以达之，庄谐互用，可歌可泣；图以明之，心目怵惕，绘影绘声。度其时，审其地，因其人，所遇之场合不同，所施之妙术亦异。运用之妙，存乎一心，一准人之情意以相与，而归本于审美主义，以起发其兴味，此其大略也。广告之术，其妙用也如此；广告之效，其储能也如彼。故曰广告为商战之利器也。敝公司自惟立于商战之世界，非合国人之心力，不足兴实业以图存，故披沥数秋，揭橥以贡国人，又喜国人本其爱国之心，以爱我公司而有以觌我也，为之九顿拜嘉，纂为一卷，以公诸世。《诗》曰："他山之石，可以攻玉"。世之览者，亦将有感于斯言。

第一节　广告之重要

处今日商业发达之世，竞争日烈之秋，苟欲扩充其营业，推广其销路者，厥惟广告之一法乎？盖吾有货物焉，价值虽廉，物质虽美，然一市之人，未之知也，全国之人，更未知之也。推而至于全球，则尤不知矣。故欲与货物举示国人，轰动世界，则舍广告外，其道末由。西人之言曰，广告之于商业，尤蒸汽力之于机械，有莫大之推动力焉。诚哉斯言！吾国商业，近年日见进境；商人知识，亦稍稍发达。然广告之学，则素未研究，殊憾事也。兹据报上所见之广告法，参以吾国有关系之事实，分为七节，概从简单说明如次。

第二节　广告之种类

第一，日报杂志广告　凡批发商与大商店，欲使其商品风行远近，莫若利用各种通行日报及杂志之广告。盖欲广告于一地方之少数人，则以传单之费用为廉。若欲广告于全国之多数人，则以日报之费用为少。何以明之？假使传单广告于十万人，则纸张之费用几何，印刷之费用几何，散布与邮寄之费用又几何，以视登一页半页或数行之日报，销数达十万张，即可使十万人注目，且无种种之消费，其得失立可算之。

第二，传单广告　将商品之特色、价格及其他事项，印刷于传单上，送给顾客，有促其订购之意。此种广告，用于特种商品上，利益诚多。试举一例，如老店恒顺之梳篦、某书坊之托盘卖书，有时赠送传单。若于沪宁津浦铁道中，向往来旅客散布传单，或站立街中散布传单，尚有分送店铺、居户等法，尤为普通应用，较之口头广告，效力尤大。

第三，招贴广告　在商业繁盛之埠，择其人烟稠密之区，或往来必由之处，无论墙壁屋角，以及造屋时之围篱等地，皆可作硕大之招贴广告。此种广告，最易使人注意，效力必大。惟招贴用纸，稍侵风雨，即有变色或破裂之弊，必须时常更换，以使阅者有赏心悦目之快。否则必生厌倦之心，而广告之效力，亦归乌有矣。

第四，包纸广告　将本店开设地址、电话号码，暨营业大纲、商品目录，以及本店种种特色，印于包裹商品之纸上。此种广告之法，最为妥善。因顾客购买货物之后，或携至外埠各地，或国内各省，或外洋各国，货物所至之地，则为包纸广告达到之处。盖此种广告，含有一种流行性，也具有发生之效力，必大有可观。

第五，通讯用品广告　凡本店所使用之通讯用品，如信袋、信笺、明信片等类，可印种种适宜之广告。此类广告，亦含有流行性质，效力亦大，惟不可不注意之点有四：一，广告之文以简明为主；二，位置以边角为尚；三，式样以小巧为贵；四，颜色以彩印为佳。此皆为最重要者也。

第六，邮递广告　将广告之文，印于纸片或纸本，交邮局普送顾客。此种广告，有直接诱导之效，然所用纸片纸本之纸质及式样绘画，均须优美，乃能令人经久留阅。且须注意者：一，记名邮递前之选择。记名邮递广告之先，拟将广告纸赠给何人，须自行选择，盖即计划将来可作为本店顾客之人，及现在已为本店顾客是也。否则滥行寄送，徒致虚费，是宜审慎选择之。二，邮递广告之体裁文句。此种书札，多为印刷品，其形式或为长方，或为正方，要旨以篇幅简短、纸张挺拔为宜。且此书札性质，对于个人，其文义宜婉转叮咛，必与受信者关合有情，文体宜明了，句读宜短，庶使阅者易于了解。若仅列商店地址、品名价格，殊太简单，恐嫌无味，反之文字过多，又苦沉闷，故宜双方注意。至于文字之大小、检查字划之脱误，亦均属必要也。

第七，赠品广告　外国商店，每于新开时，或以彩染手巾，粗绘画片，赠送顾客，上载店名、地址、电话号码；又或于包装成件之货物中附赠手巾，及赠送五彩月份牌等；又或于他国或本国博览会售卖时，赠送纪念品，于该物品上著以年月、制造人之姓名居址与商店名称。此种广告，能使顾客永远记忆，最为有益。

第八，陈列广告　以现物陈列为广告，如利用博览会、临时工商联合陈列所，及常设之陈列馆，于万目争睹之场所，显著其实质广告之作用，苟其陈列得宜，必收良好之结果。（陈列之法，亦颇关要紧，当另列之。）

第九，口头广告　携各种货物，于路上且行且述，沿途喊卖，如我国小经纪者及日本之呼卖丹药品等是。又在店内陈列橱柜前，述其品质之优美及价值用途者，如衣肆之于店面喊卖及各种露店叫卖是也。

第十，乐队广告　日本商店开业时，雇用乐队一班，夫役多名，身着彩衣，持各色招牌旗帜，喧阗过市，行人莫不为之注目，并沿途赠送物品，尤得人之欢迎。故日用物品商店，用乐队广告最为相宜。

第十一，戏馆广告　于公共游戏之场，作种种之广告，此固为最妥善之法也。然就中尤以各种游戏馆之障幕上，或影戏中之休息片上，登以警奇夺目之广告，为最得益。因戏馆开演之时，坐客满堂，众目睽睽，此种广告遽忽出现，殊惹人注意，且可深印脑海，永永不忘，其效力之大，概可知已。

第十二，广告车　近于沪上街市之中，有一种新奇之广告法，以二轮车一驾，其制略似吾国之小车，两面有硕大之广告，后有二柄，使人推之，游行于繁盛之街市，以使众人注目。其理想之妙，制法之精，可谓开广告世界之新纪元，故特列于此，以资研究。

第十三，广告塔　德国柏林，于繁盛街市，皆建有公共之广告塔，凡各商店之种种广告，以及市内一日所有之事，无论公私，凡欲晓示于众者，皆可张贴于广告塔。塔高约二丈余，其面有钟，以报时辰；其顶有字，以指迷途；尚有寒暑表、空气表，以占气候，以卜阴晴。商人市民，莫不称便，我国宜仿效之。

第十四，电灯广告　近来沪上之电灯广告，不一而足。其最著者，如外国某烟草公司，在通衢建筑高大之铁架，装点五彩之灯，上为一老人抽香烟之姿势，并有"好不好"等字样，而电机时开时闭，光彩闪闪，令人注目。

第十五，电车广告　在各商埠电车之窗户上，及车头车尾，可登各种小巧之广告。

第十六，铁道广告　于铁道之电柱上、月台上，及火车中之板壁窗户上，暨车站之延客室中，均可作合宜之广告。

第十七，倚山沿海广告　择轮船、火车经过之地，或倚山腰，或沿海口，以商品之名称及商品图样，漆绘于极大之木板上，又或取商品之名，以粉白之大木板，排成字迹，使人遥望之意颇疑讶，近视之愈觉分明。

第三节　日报杂志广告之要旨

甲，调查日报杂志之销路　日报杂志，因其性质之不同，而销路亦各各迥别。吾人未登广告之先，必须详加调查。例如广告为实业家而设，则于实业社会有众多人购读之日报杂志中登布之；广告为妇女而设者，则于妇人能阅之书报杂志中登布之。余可类推。

乙，调查日报杂志之销数　销数多之日报杂志，其流行必远，广告亦随之俱远。但销数多寡，为各报馆之秘密，不易调查，须向日报派送处，及其分送人或邮局，博采旁询，庶得真相。

丙，节约主义之主张　广告费用过巨，至收入之利，不能相抵者，是为忌之。以最小之费用，而收重大之效果，不仅为经济上之原则，凡事均宜然也。例如日报杂志之广告费，亦须有敏活之计算。登杂志一页为五六元，若登两杂志，即十余元；登日报一行，为三四角，若登十行，即增至三四元。商人欲节费用，宜作醒目之广告。若出其新巧意匠，减少行数，虽广告十行，有优于百行之效力。

丁，印刷前的要求　比较其他广告，艳羡其美善，乃须变更意匠，转换位置，在全纸中列最夺目之地位，得于印刷之前。求览广告栏之原稿，报馆应广告人之要求，当然有应允之义务。

第四节　广告用法之注意

甲，广告之方面　广告之前，要研究调查本店之商品使用于何种方面，销售于何种社会，然后以全力注向之，为有效之广告。若漫然不察，必致徒耗费用。如学生商品，则宜广告于学校门前，及公共游戏场所，或登诸学生新闻、青年杂志等，以为学生昕夕游览所必及。若设之于茶肆酒馆，及书场戏院，暨其他非学生所需用之书籍杂志等，结果必然无效，余可类推。

乙，广告之方法　审度商品用途之广狭，以定广告之方法。如以阅日报之人为对象，自可采用日报广告之法为善，但有的商品为不看日报者，则不如用招贴广告、口头广告，反为有益。

丙，广告之缓急　广告有缓急之区别，例如夏季服装、纱葛草帽、凉鞋等季节性物等，皆供一时之用，非急行广告不可。至于四时所需之品，则宜采缓进主义，初则连登五六次，嗣后每星期登布一次，为最得策。

丁，广告之机会　无论何事，机会为成功之第一要义。广告亦然。利用机会而收奇效，故有广告十次，不如广告一次者。例如美国巴拿马赛会，将中国物品，详其产地、种类、制法、用途、销数等，刊布中外各报，以动人观感，庶几国内周知，国外争购。又如前次南洋劝业会曾经得奖之品，以之登载于各报，阅者因重视之，记忆经久而不忘，且因曾受褒奖，而生信用乐于购买之心。

第五节　广告文字之要点

甲，文体之注意　广告之文体，须视商品之种类，及对阅者之心理而定。如化妆品为供给妇女之用，则宜采用雅俗折衷，言文一致之辞；如银行为诚实商业，则宜用简洁严正文体；如欲求何国之销路，则插何国之文字，欲求各国之销路，则并译各国之文字。如日本仁丹之包面，兼载数国文字，此一例也。吾国商店，往往于招牌或包裹纸上，只书某城某镇，不标省名，更何论国名。盖犹墨守闭关思想，若不越本地一步者，此实与广告主义背驰矣。

乙，重点之表明　同为广告，而重点各别。有以品名为主者，宜将品名大书；有以店名为主者，宜将店名大书。如银行改正利息时，则大书利息厘头；戏馆开演新剧时，大书戏目名角是也。

丙，标题之方法　标题者，广告之神髓，广告之主脑也。故作广告之时，必须预筹标题之方法。标题醒活，则广告之文，全然皆活。若有极佳之广告文，而冠以萎靡不振之标题，则顾客必不注目，而广告之效力，亦化为乌有矣。故标题之于广告，洵有密切之关系也。现把各法略述如左：

一，警奇法　警奇之标题，可使阅者眼帘焕然一新，而引起注意。如日本有二商店所登广告，一于"捕缚"下注云：敝店愿惠顾诸君捕缚本店不良之商品；二于"杀人"下注云：本店自本月一日起因销售新货起见，实行"杀人"（比较他家格外优廉之价）的大廉价。

二，疑问法　此种标题之方法，对于阅者有质问之意，而使之警醒也。故此类标题，最为强硬而富有精神，绝无萎靡不振之弊。如中将汤之广告，题曰："高楼大厦，万顷良田，无儿无女，宾室何在乎？"其下注曰："常饮中将汤，藉伟大之力，安然以得子，爱如掌上珠，而家庭之间，乐且无穷矣。"又如红色补丸之广告，其标题曰："康乐临门，汝要启门否？"下注曰："尔何以尚留病夫于家庭之间，韦廉士红色补丸，贮候门外已久，彼具有健康之能力，适足以除病也。然若闭门不纳，则病穴愈深矣。"

三，叮嘱法　此类标题之法，对于阅者含有劝勉之意，而使其必购买也。惟此类标题，须审视货物与顾客之关系。如东洋商店之味之素，为家庭需要之品，则其标题曰："家庭之间，切勿忘味之素。"又如商务印书馆之单级教授讲义，广告标题曰："研究师范教育、现任小学教员，及有志改良私塾诸君，不可不读。"亦以此类推。

四，赞扬法　此类标题，务使商品之优点，播扬于外，以期家喻户晓，亦无非引诱顾客，招徕营业之道也。如普通商店，标榜价廉物美；药材商店，则冠以"灵验无比""收效神速"之类。此其大概也。

五，催促法　此类标题，含有命令意味。使阅者从速考虑本广告之要求也。如招股广告，其标题则有"附股诸君，尚祈从速"之语；又如预约广告，标题则曰"预约期限，只有几天，购者从速"。

第六节　广告与绘画

甲，绘画之重要　近世商业日进，广告之战，因之益烈。各国之日报，各商店之广告，长短方圆，形形色色，殊不一致，颇有各霸一方，针锋相对，洵不啻一大战场也。夫吾人既出广告，上此战场，然何以求战胜之道？曰：惟有利用绘画而已。盖绘画者，乃广告之主脑，为广告集中力之所在，而又为阅者注意之焦点。若广告有良好之绘画，则广告活泼有致，不独人人加以注视，且可使不识字者亦明了广告之意义。苟不然者，虽则有极醒豁极佳妙之广告文字，终有枯燥无味之弊，难收其效也。昔有美国比亚石硷公司，尝出千金之价，求英国国立美术馆馆员，为绘石硷广告画，其价格之高，抑何如哉？绘画与广告之关系，概可知矣。

乙，广告画之特别　所谓广告画者，与普通美术画意趣不同，若请旧日之名画家执笔为之，虽有气韵风姿，亦不能得广告之利益。盖广告画者，纯为绘画中之一种超然美术品也。此类美术，在英美等国，最为发达，有专门之职业，有各种之赛会，竞争益烈，进步亦速，有不少专门之画师，往往毕一生之精力，而为一广告图画。吾国广告程度，尚在幼稚时代，其于超然美术之广告画，更不足言矣，殊憾事也。

丙，广告画之种类

一，实物画　凡商品广告，若全恃文字，往往不足以表明物体上之一切，致生枯燥无味之弊。必须用实物画以助之，使阅者一见而知为某某商品，其购买之机，即伏于此。且吾国教育，尚未普及，社会上不识字者居其大半，若各种广告全用文字，其发生之效力，必难普及。若加以实物图画以助兴趣，而资浏览，且对于阅者含有掖诱的意味，可发生直观的感觉。故此种画法，其效力之大，不言而喻矣。

二，写意画　此种广告画之法，当于商品之效用、顾客之利益上着眼。如某某商品，若顾客购之，有何利益，反之则如何不便，据此意旨，绘为图画。若能使阅者反复寻思，萦回脑际，而此广告之目的，已完全达到矣。惟此广告画法，其设计最难而效力最大，药材店多用之。

三，讽刺画　此种广告画，药材商店亦多用之。其绘画之法，乃于寓意之外而含讽刺之意者也。如中将汤及红色补丸之广告，往往画妇女腹痛之图，其一种悲惨可怜之状，现于毫际，使病者对之，立生购买之决心，其效力之大有如此者。但此种广告，重在描摹神情，若图绘不精，亦徒令人生厌，殊无益耳，广告者当注意之。

四，警奇画　此种广告画最易使人注意，而生永久之记忆力。如某药局之药品广告画，其图中以该药之玻璃瓶，画成欧洲重炮之形，列为阵势，其对面画一大山，架以各种小炮，作两军炮战之景象。其意旨在表明该药品治病之力，其伟大之度，可比诸欧洲之重炮，山上之小炮，即指各种病症也。吾人骤视之，两军险隘并峙，巨炮纵横，弹丸乱飞，烟云弥漫，俨然两军酣战之时，不啻一大战场也。其心目中，已生一种警奇之感，而不得不加以浏览，及细视之，亦一广告作用而已。此种广告画，其设想之奇特，绘画之新颖，可谓双全矣。

五，滑稽画　广告画中，最使人乐于浏览者，即滑稽画是也。然画虽滑稽，而其真正之意，则仍不出广告之范围，只不过略有特殊之处。顷见有一皮鞋广告，图中所绘者，系一长三寸之大皮鞋，另有一长不及皮鞋三分之一之人，倒骑其上，其面目形状装束，无一不极其滑稽，见之令人捧腹；又有一香粉广告，图中绘一滑稽老人，其面部上黑下白，笑吟吟，喜孜孜，作仍欲涂粉之姿势。其滑稽之态，活似剧场中之小丑，诙谐百出，令人失笑。据此二则广告观之，虽纯以滑稽为主，然其真正之意旨，一则在鞋，一则在粉，此一见而知者也。

（20 年代初，刊于南洋烟草公司广告集）

广告学杂谈

吾国广告书籍，多数译自欧美日本，但欧美各国工商业之发达，与吾国事事落人后者截然不同，故所言虽足供一般商人之参考，惟吾国社会之习惯，经济之能力，货物之殊异，须详察其情状而后定广告之方法，断非国情不同之广告书所能助也。然广告一学，亦无一定之方法。试观历来经营商业之成功者，其采取之广告术，俱标新领异，鲜有因袭。盖广告之效力在动人，而动人之术则在新耳，故广告不重成法，而重经验。其日新月异之广告学，无不从经验中变化而来。由繁而简，由恶而美，其进步不已。

余研究斯学，乃在四五年前，兹述平时观察所得，以成新篇，略论吾国之广告事业，俾经营商业者见之，或能有所触发。

商业与广告，有唇齿相依之关系，故广告术发达，商业必繁盛，商业繁盛，而广告术亦必随之而发达，其理至为明显。方今欧美对于广告一科，视为极重要之学问，往者附设于商科及新闻科，乃进而有广告专门学校。规模较大之商店，常常运用广告之新法，只要能推销其商品，吸引顾客，虽掷千万金钱，犹不惜之。回顾吾国商界，能注意及此者固鲜，其能了解广告之意义及其价值，能利用之而收巨大效果者，更寥若晨星。轻视广告，致令吾国工商业不振，由来久矣。

最近吾国商人，多已觉悟，知昔时之态度为非，深感商战唯一之利器为广告也，乃锐意经营。书报、杂志、传单、街招，光怪陆离之广告，图书文字，杂然并陈。其中对于广告之学，稍有研究，所采取之方法，能收其发展之效果者，固有人在，然误用其聪明，既无经验，于商品适宜于何级社会、社会上之心理及其经济能力，漫不加察，登广告也，散传单也，贴街招也，油墙上广告也，以为于广告已尽其能事，殊不知徒掷巨款于虚牝，毫无成效者，亦比比然也。由此以观，则广告学之研究，实不容缓矣。

余未言之先，有一事以告读者，乃商人道德是也。广告二字，其意义不外将商品之优良，作普遍之宣传。所研究者，则为用何种方法、若何措辞，然后得阅者之注意，动其购买之欲念是已。故凡经营商业，首宜注重于货物之精良，然后将种种广告之方法，以推销之。假若设一食物之店，其布置雅洁、食品优美、取价适宜、招待妥当者，便不必用其他不收茶价、卖大包之广告术，而自能畅市也。又如卖无效之药品，式样虽锐意于装潢，采用最新颖最有效力之销法，书报杂志，传单广告，竭力揄扬，以至通衢大道，无处无之，但以其为无效之药，不独不能治人之疾，反足以伤人之生，此属诈骗广告，人亦不过一试便已，当亦无成功可言。总而言之，商品之精良为主，广告只能辅其推销，倘以为握有万能之广告术，无论货物之良窳，皆能一一增加其销数，此则势有所不能也。

广告之种类极繁，如书报、杂志、传单、招贴、小本说明书、户外广告、舟车广告、商标、窗饰，其他又如展览、赈灾、巡行、办学、赠送、廉价等，俱属广告之一种。然此篇只对广告之文字图画加以讨论，其他均略而不言。

广告之文字

最近世界文学趋势，俱由长而短，由繁而简，小说诗文，由长篇而为短篇，戏剧则由多幕而至独幕。况当世人事既忙，时间益觉宝贵，即吾人阅读时遇冗长之新闻，倘非有重大关系之消息，多厌弃而不卒读，况无关痛痒之广告乎？故广告文字，第一宜简短遒练，明白浅显，所谓言简而意骏是也。第二宜运用有兴味之语言，令阅者津津有味，一读为快。此类文字，以含有多量之刺激性，激发阅者之感情，复须于寥寥数语中，将货物之优点表现无遗，使人略一披览，便能深入其心者。至于详细之广告，其效力亦不亚于简者，但引人注意则较难耳。倘商品必须用详细之说明时，则宜标以极精警之题目，如新闻上之小标题，且将全部之事实，用艺术化的手法，充分地表现出来，以便阅者动其兴趣，感其关系，而不能不读。故广告文字，造意宜新颖，练句宜简短，虽属详细说明，尤须注意节省，以免冗长生厌，斯为得体。

近日之用长篇广告而收效者，某外人药局之补丸是也。该广告每篇往往逾五六百字，其中俱属被治愈者之谢函，详述该药之功效。其广告吾人不阅则已，若略一披览，其印象已深入其脑筋。吾常见有抱病者，其亲友每每劝其购服此丸。至其亲友，并非深知其药确实灵验，甚而至于未曾尝试者，亦劝人服之，究竟信仰从何而来？无他，广告中谢函中之保证也。近代中外药品充斥于市，其广告不外能治某病、药到回春、应验如神之门面语，而忽于病之原因、药之保证。社会上素鲜医学常识，既有疾病，则茫无所从，惟有服此有保证之药物。该药局广告每年所登之谢函，约有数十通，并以其照片制版，载之报上，以坚人信仰。其标题又复精警，插图则庄谐并备。虽长篇之广告，亦能使人于百忙中注目及之，其方法可谓至完至备。近日售药者间有模仿其法，惟动人之标题及插图，已瞠乎其后。

广告文字，无论其为长为短，或为趣味之寓言，或为详细之解释，其奇句警句，皆不可少。倘能注意于短句之难工，详细之易冗，而补救之，用时忽繁忽简，或详或略，则于此道思过半矣。用诗歌作广告，偶一为之，其趣味亦浓，然最宜于烟酒香水等物，其他药品之广告，则以少用为佳，因其动人之效果甚微。其他如方言者亦然。吾国各地语言不一，即以吾粤而论，一县有一县之言语不同，以至各乡有各乡之不同。且方言属于一地，不能普遍，一也；鄙俚易俗，二也，如广府话之"嘅""咩"等字，用于谈话之时，则异常流畅，惟施之于文字，则生涩难读。总之广告文字，宜力避深奥，宜就平时习见者用之。

广告之图画

畴昔广告，俱以文字，由文字进而图画，复由与商品无关之图画、无意味之图画，进而为极有关系、极有意味。图画最易动人美感，能补文字之不足，无种族、无国界、无智愚、无老少，俱能在画面上得其意旨。其他文字所不能描写者，图画能描写之；文字所不能表现者，图画能表现之。图画不独能增加阅者之情趣，而且能表现如疾病之痛苦，病魔之袭击，未来之危险。或为寓言，或为写实，其惊心动魄，当非文字所可及。故有艺术之广告画，除出品之店名之外，竟无再着一字。盖画之表现力最强，已足示人以商品之优点也。

画有单色复色之分，有画与图之别。大抵商标、招牌、招纸等，则宜用图案；画报杂志则画与图案俱宜。广告之画图，宜清新，宜秀美，宜大方，最忌平庸、陈腐、琐屑、繁杂，非惟不能匡文字之不足，反以画害其意。近世商人，其鉴别力至薄弱，往往以工致复杂为可贵，殊不知琐屑小家，既不能与人美感，适足令阅者不欢。如此欲言收效，则甚难矣。余友颖量，精构图案，渠曾简为我言："广州商人，对于画图，以繁简为美恶。若其简者，虽极佳亦以割爱，不知动人不在乎繁简，只在思想之高下，况简练尤属难能。"今颖量已在香江，为南烟公司所聘，所作简贵异常，寥寥数笔，其动人非繁琐者所能及也。至于吾粤广告，不及上海者，亦不外为此原因。其次亦由沪上之各大商店，俱设有广告专家，担任规划其事，所有商标、市招、书报等图画文字，均由其设计。其他商店，较小者，则委托于广告之经纪人，一切广告，只以动人为标准，而非以繁简论价值，其眼光较之吾粤商人，当然高一等矣。

广告之图画，种类甚繁。讽刺画也，滑稽画也，写实画也，商标画也，均以动人为上，尤须于画面上达其辞意，令阅者一目了然。昔时曾见一西报，载一售灭蝇药水之广告，其图将蝇扩大至十倍，追击人类，或抓小孩，或扑妇女，令人见之恐怖。此图除出品之店名，竟无其他文字，其意已足表示蝇实为人类之大敌，警惕动人，有立起扑灭蝇类之决心，而灭蝇之药物，则为此灭蝇之药水也。图画广告之效果如此，吾粤商人所当领会。

各种商品之图画不同，如香水、香枧、服饰等类，则宜表示时髦，表示名贵；药品则表示痛苦，表示效力；实用品则表示坚固耐久，或表示美观。然虽不同，亦无一定之体例，千变万化，或从反面描写，忽庄忽谐，是在人之善会其意，神而明之，故无往而不可也。

商标虽为商品之标识，而于广告上亦关系重大。故命名宜雅，与商品须有联系；其样式须新颖，色彩宜明静；字义须清浅，音韵流畅。有此数者，于广告宣传，尤易收效。取普通俗谚为商标，亦颇便利于宣传，如昔时双妹唛之广生行，猪唛之肚痛丸，今日已无人不知者，亦由是也。

吾国旧式商标，多犯俗而不雅之病。困于一定之形式，琐屑陈旧之图案，强恶不和之色彩，阅之令人不适。不知有许多商品，为日常通用之物，每置之案头，陈之左右，此类恶劣之商标，非但不能增加人之美感而保存之，反之令人去之而后快。如此销售当不能推广，实为广告不当之窒碍也。近日有一部分商人虽注意于改革，但形式之固定，色彩之不调，仍未见有若何进步，其故亦由因袭之病欤？如芸蓼熟烟之商品包装，其定名多与烟无关，又不雅驯，图案恶劣，色彩复杂，且复家家大同小异。余百思不得其解者，乃其印刷多至四五个色，而图案之取材，包装之式样，俱不精美，何其舍本而逐末也？又如牙签一物，多购自泊来，其物虽小，而宴会宾客，或于食物之后，莫不人手一枝。吾国岁中之需求，其数虽无统计，然当亦不少。降至近日，吾国乃有葵骨牙签出，但其包装式样陋劣，用极不雅之棉纸，制为小盒，虽定价稍廉，试问吾粤奢侈成风，爱美成性，国家观念薄弱之社会，岂能以"振兴国货""救济贫儿"之乞怜语，动人心绪？故商品不患无销路，而患无秀美之包装、时式之商标而已。以上不过略举一二，其他各种药品等之商标，需改革之处甚多，愿吾国商人注意及之。

（1925 年 11 月 12—19 日，《七十二行商报》）

剽窃新派与创作之区别

——新派亦有临摹，旧派亦有创作

近代学新派画者，动以创作欺人，而诋国画界视创作若寇仇，并曰："我国艺术，向来注重传统，因袭数千年，墨守成法，遂至艺苑荒凉，暮气沉沉，黯然无色。"又曰："守旧者辄诋新法为魔道。"斯言也，我读之亦不觉神为之伤，余非伤国画界之岂真暮气沉沉也，特痛国画界诸君子，不及时出其风头，任人谩骂，竟犯而不校耳，因就新派与创作之区别而解释之。创作者，就文学而言，凡非抄袭及翻译，能独开生面者曰创作；就绘事而言，则非临摹，非剽窃，能发扬个人之特性者，即为创作。若是，则创作固无限于新派与旧派也。至见人之异，而以为新，窃人之新，而以为创，则我国画界何不取西洋画，或东洋画，或印度画、埃及画，临摹之、剽窃之，泠泠然自鸣曰创作？或则外国之人，临摹我国画，剽窃我国画，亦可夸其名曰创作。若斯"创作"，自欺欺人，未免太愚矣。

且中国画法，可得见者，由唐以至现代，俱日新月异。唐与宋不同，宋与元不同，明也清也，变迁无已。即清之一代，其画派已不可胜数。如初叶时之娄东派、吴门派、金陵派、新安派，降至中叶之"扬州八怪"，人各不同，固皆大创而特创者。及其末叶，即以吾粤一隅而论，如孟丽堂、宋光宝、华子宥、苏六朋、居巢、黄士陵辈，均能自立门庭，不得不自为创。若论近代能创者，亦不乏其人，不过不沽名钓誉，以求悦于群众社会而已。

难者或谓艺术取法于古人，当然不能为创作。但余以为，奴隶于异族者亦岂得号曰创作耶？余方青年，每神游于印度、埃及、意大利诸国艺术之下，而思有所讨论，自信非顽固守旧如古董先生者，不过为创作与派别之关系，不能不详细分析，俾群众有所了解。况所谓新派画不过剽窃东洋，非一二人之所创，而因人之创直与不创等，是则无异于申派、闽派之类，核其名实，不过日本画中之一派而已。写申派、闽派苟非临摹剽窃者，便为创作；写新派而临摹剽窃，当然不能谓为创作也。总之，派别自派别，创作自创作，断不能以新派为纯粹的创作，而以旧派为纯粹的临摹也明矣。

至于中国画界，每每于作品之上，绝非摹仿者，辄题曰"仿某人法"，此不过表现中国画人之道德，不忘其本之美性。是则我国艺术界，习惯如此，社会不察，以为俱属临摹古本，抑亦误矣。此吾人所以不能已于言者也。

（1926年，《国画研究会特刊》）

表现主义与中国绘画

忆去岁读某报所刊，有谓东方画学与西方画学，今日均有盛极难继之象；东西洋画学派别，一重精神，一重写实；东方画则失之学理，西方画则羁于自然；苟非有调和而救济之，东西方画学，不免有穷途之叹。余聆斯论，不禁失笑。近代东方画学是否失于学理，西方画学是否羁于自然，趋重于精神是否为艺术之大障碍，此问题实为最有研究之价值者也。

吾国多数之思想界，最大之谬误，则为昧于近代各国画学之趋势，以为西方画学仍在写实主义之下，而以祖国之艺术，离自然太远，所描景物，远近之距离亦不能表明，而多意造幻想，趋于游戏，遂生轻忽之心，反而醉诸已成过去之写实主义与印象主义。

兹详考欧洲之画学历史，写实主义、印象主义自古典主义、浪漫主义之后，以描画自然为主。

欲自然印象之纯真，故专注重视觉，而不挽以先入之智解，以逼肖为归，惜其囿于客观而未能更有进化也。其后产生后期印象派，为自然主义之反动，其所取题材，仍属自然。然其所谓写实，则亦不同。其所持之主张，为"实在即自我，自我反映于外，方是自然"，故其画所描之对象，亦为表现自我。盖所谓自然，并非炫耀人目逐时表现之外象，而为内心所感应之具象表现也。画中之物形，纯属画家表白对其物所生之情绪，要皆自我感

23

应而表白之，绝不束缚自然，自由发挥，毫不瞻顾。其画肖像也，亦主张对于其人所在之感情，即可云肖，不必拘于眉目之逼真。由此以观，则东西方画学，俱趋重于精神一途矣。

反对自然主义之艺术，最近而派别益多。如意大利之未来主义、德意志之表现主义、法兰西之瑷嶷主义，均大战后同时崛起之新艺术，俱属自表神感，不拘拘于陈迹，而其尤者则表现主义是也。

表现主义，与自然主义、印象主义为极端之反对。视该二派，却将自然之再现、纯客观之再现，不为创造之本体埋没，惟忠实的描画，而一心于苦虑，如何造成一张"影片"。但艺术终竟是创造，欲全然放弃作者之主观，而成为纯客观，是绝对不可能之事。所以自然主义在其自身的哲理上，已成一根本缺陷；而且其作品受物质主义上之影响，支配于自然科学宇宙观，不知人性之价值与自由，徒束缚自然。若是，则自然实为艺术进步之障害，摹仿自然，实足以促成艺术之屈服与灭亡。据《印象主义与表现主义》一书的著者朗支鲁谈："自然的再现，使艺术家放弃其内的冲动，而曲从外界，致陷于死描奴仿地位。艺术不该摹仿自然，不该用因空间错觉所生之远近画法，而此种画法，实为欺人之诈术。大凡真的艺术，是不求与外界一致，而求与艺术家内界一致。印象派画家，其心目完全受自然之支配，而表现派之画家，为表现其内界之蕴藏，故力求战胜自然、屈服自然、破坏自然，而以自然的碎片组成自己之艺术品。印象派的画家仅有选择自然材料之自由，而表现派画家，则进而改造自然。"表现主义所以又谓为作画主义者，亦由是也。今日东西方画学，已不谋而合，其原因艺术实为灵感的创造。而我国画坛，对于精神与主观二者，早已尊重，故翰墨所流，皆诗书之华，性情所托，多蕴藉之妙、旷世之思、轶凡之想，此绘画而尤推重于文人者，职是故也。

至于我国绘画，其进步之程序，一如欧洲，其中亦曾受自然之陶冶，以至今日，变迁实多，断非草草此篇所能详言。至我国绘画之形式，为线条浓淡之美，而又为迅速的描画灵感，削除细部之存在与表面之相似。然不似之似，斯为上乘。诗趣与逸致，均为吾国绘画之独擅，亦即今日西方所重之表现神感之表现主义是也。最近德国孔威廉博士来华演讲，亦谓："中国人富有感受性，颇能传神之能，远摄法亦早为中国画所应用，而能独出心裁、自表神感，……即现在欧洲盛行表现主义，中国亦早已有之。"又谓"中国人常舍弃本国之艺术而他求"以为新，此诚为今日国人谬误之见。艺术虽无种族与国界之分，然亦不当抛弃祖国最有价值之艺术而摭拾外来已成陈迹之画术，复据为己有，一方卑国画为不足道，其谬误之甚，无逾于此矣。

（1925 年，《国画研究会特刊》）

刻竹清谭

刻扇为镂竹术之一，导源于明，而盛于清之嘉道时代。清之末季，及民国初年，小扇极盛，故操刀者甚少。近数年大折扇渐渐复兴，文人画士多有以此为游戏，习之既久，能者益多。即广州一隅已不可胜数，大江南北，固无论矣。

刻扇虽小道，然其人非具郑虔三绝，灵襟洒脱，居尘出尘者，不能下一笔。刻竹与书画同一关捩。用刀如用笔，不精于书者，不可以刻书；不精于画者，不可以刻画。古之名家，非工绘事，即精书法。如明之朱松邻、朱清父，清之周芝岩、赵㧑叔、赵次闲等，可为明证。苟不能书画而勉强操刀，虽细心如发，必流于板刻，书之丰神，画之皴擦，不能得也，故所谓虽工亦匠。

刻竹始于明之朱松邻。其子缨，字清父，号小松，工小篆刻及行草，画尤长于气韵，间仿王摩诘诸名家山水，云树纡曲盘折，尽属化工。松邻之孙名稚征，号三松，亦善画，花鸟规模徐熙，人物、山水在马、夏之间。祖孙三人，俱以刻竹负盛名。所作简老朴茂，逸趣横生。当时即已宝贵，几等法物，今日益不易得。

刻竹之旧者，余曾见周芝岩臂阁，所作山峦重叠，白云间之，松竹蒙翳，虬枝夭矫，孤干蟠空，下有流泉，茅屋中一人独坐，气韵静穆。其刻竹与用墨颇能相合，虽数寸竹简，而有寻丈巨幅之势。周芝岩名颢，又字晋瞻，工画，山水、人物、花卉俱佳，尤善画竹。兴酣落笔，风枝雨叶，无不曲肖。少曾受业于虞山王石谷。芝岩天分既高，承松邻诸老之遗风，更出新意，以画法施之刻竹，假稿本自成丘壑。其皴法浓淡拗突，生动浑成，画手所不能到者，能以寸铁写之，合南北为一体。其施之于竹，与施之于纸上无异，真绝品也。

芝岩为雍乾时人，其犹子周笠，字牧山，画山水，师"元四家"而得力于干笔皴。笠少于颢十余岁，少同学画，同刻竹，各得其意，不相袭也。生意远出，神意内涵，万点当虚，千重叠起，浑厚中自露秀色，令人一见叹绝，笠之所以长也；各体俱备，苍健雄深，微露乱头粗服之致者，芝岩所长也。刻竹作画，两者尽善矣。

刻扇始于何时何人，无从考之，或谓明季已有工者。三年前余于友人家，见藏有周剑堂刻扇，字小如蝇蚁，而分行布白，步画井然，见者诧为神工。剑堂名锷，清乾嘉时人，此余所见刻扇最早者。其后出名家，如赵之谦、赵次闲、戴士芬、俞子安、邓竹云，俱以刻扇名于时者也。

刻扇有双刀单刀之分，有深刻浅刻之别。双刀以斗底方正匀净者为佳，刻此者纯以功力胜。单刀则取婉丽遒逸，以灵巧求韵，故识者比之为文人之画，非天才卓绝不能也，刻此派者，当推竹溪为巨擘。竹溪姓戴名士芬，清道光、咸丰时人，其生平事略，惜无典籍可考。所刻行草，秀媚无伦，体韵精妍，气格融练。其弟子俞士俊，字子安，所刻婉逸，能传其业。

竹溪擅刻朱漆扇，字字轻浅，娟秀可喜。近日存者，亦以此为最多，惟人不甚珍惜。因其漆而红也，故不若竹扇之可贵。

余家藏竹溪扇一持，刻唐人诗二首，分行布白，疏朗有致，下署小章，不方不圆，文曰"竹溪"，在篆隶之间，浑厚苍古，不愧为一代名手。近世竹溪扇，价值奇昂，往往兼金而不可得，故肆上赝者甚多。余友黄金海君，素精刻竹，以单刀擅胜场，一点一画，于刚劲中而饶韵致，深得竹溪之神。故其鉴别竹溪之扇亦最精，真赝一观辄辨。盖黄君生平致力于竹溪，聚精会神，伪者固难逃其洞鉴也。

余昨晤金海君，论及刻扇，特叩其用刀。彼云刀无定法，轻重互用，深钩浅勒，惟神而明之。并谓刻书最重分行，扇上大而下小，分行布白尤难，须大小以传其姿，偏正以取其神。故非精于书法不可以刻书者，即此理也。

女子刻竹者甚少。嘉定金元钰著《竹人录》称："封小姐工刻蟾蜍，当时以一蟾蜍易银一两，余索之经年始得。每于绿荷亭畔，时出展观，觉粉香脂腻，犹缭绕于手腕间。"最近友人志远君于茶室拾一遗扇，为女子所刻者，款署"倩云"，一面刻宋词一首，一面节刻《会真记》"长亭送别"一段云："我这里青鸾有信频须寄，你却休金榜无名誓不归。若见那异乡花草，再休似此处栖迟。"其下叙某君将复之广州，刻此赠之，聊以示意，刻骨铭心，所以志不忘也云。所刻小楷，纤秀精巧，有文征明意。惜夫倩云不知为何许人，录之以志韵事，亦艺林中佳话也。

刻书已难，而刻画尤难，须深浅浓淡，勾勒烘染，神明于规矩之中，变化于规矩之外，生趣盎然，俨如名画，方为上乘。余曾见一扇，刻野草寥寥数笔，上一蜻蜓，萧疏简澹，逸趣横生。一面刻仕女倚窗而坐，窗上垂柳丝丝，双燕呢喃出于树间，窗下有一湖石。单刀浅刻，用刀若用笔，浓淡如用墨。仕女之发不过数转，便已蓬然。湖石之阴，薄薄刮之，而石之奇峭已显，生意远出，其巧妙一若新罗山人华秋岳之真迹。刻竹至此，叹为观止矣。此扇为嘉道时名手所刻，并有诗有款，惜余皆遗忘之。前为李雪涛君所藏，今雪涛已归道山，不知此扇尚在人间否？

画以简贵胜，余谓刻扇亦然。其意趣之妙者，虽寥寥数笔，断非千岩万壑所能及。盖艺术为心灵之表现，在思想之高下，而不以繁简论也。近世多以工整均齐细密为贵，而不解是理。余谓平衡工整之作，缺生锐之气，虽极细谨，不过市上匠作，已落于平庸矣。

同社罗艮斋，能画，工刻竹。余见其刻扇甚多，繁简俱能。余尤爱其简者，曾刻一扇赠我，一面刻水仙，一面刻芙蕖。芙蕖之叶，用轻刀薄刮，若残败之状。花之掩映，极富生趣。所刻之水仙，重花叠叶，薄似轻云，秀而精雅，躁心人固未许问津也。

刻竹有墨法，人多不知之。轻重深浅，即墨之浓淡也。墨有五彩，而用刀深浅，亦能得之。用墨无浓淡，必流于平板，用刀无轻重亦然。故有刻竹而类于印刷之木板者，即此病也。

刻扇，昔人多刻唐诗，间有临古人墨迹刻之者。余谓当择与扇有深切关系之诗文为宜，如扇铭扇诗是也。兹择录数首，以见一斑。

梁山舟扇铭云："一阖一关，造化在手。明月半规，清风满袖。"

潘致中扇铭云："世态炎凉，不可思议。用舍行藏，惟我与尔。"

致中复有题扇诗二首，余记其一云："不是相思不聚头，几回离合几绸缪。关心一点灵犀透，半似依人半似羞。"

邓尔雅亦有扇诗两首。其一："妾心叠叠被郎开，刻骨恩情不敢灰。妾自畏寒郎畏热，同床异梦转无猜。"其二："剪取雌风荐夏筵，生平爱玩愿终焉。聚头握手长无恙，忍到秋来便弃捐。"

扇之体制甚多，有十一骨、十六骨、二十骨、三十骨，多少不等，大小长短，亦因之而异。近日最流行者，则十一骨与十六骨二种。十一骨较十六骨为大而重，故不若十六骨之轻便而易携。十六骨最宜刻七绝诗二首，其体例无一定，随人而异而已。古人有刻字于小骨之内者，或诗或文，惟近人则甚少为之。

扇以红润者为上，黄者次之，黯然而黑者为下，然亦有术令其光润者。《竹人录》所谓"收藏法"云："前人制作，至今日少，得者须楗以文木，间二三年将生桐油细刷一次，即用棉布揩净，取其润泽不枯。如遇风日燥烈，不可出玩，防损裂也。其色红如琥珀色者为上，鹅油色者并足宝贵，黑为下。收藏得地，三松制作至今完好，谁谓非千百年间物耶？"扇骨最忌手汗，倘手汗多者，则黯而无光，且色易黑。洗涤虽频，亦无可为力也。打磨印石之冬叶，以之擦扇，亦能光润而黄；或以核桃油抹之，拭以干布，亦能黄润。然无论何法，总以时时拂拭，毋使着尘埃，庶几得之。

（1925 年 7 月 14—20 日，《七十二行商报》）

国画研究会修正章程绪言

吾人读英人白谢尔氏所著《中国美术》，其最要之结论，则归纳于中国画；又读日人所编《东洋美术大观》之"中国画部"，自古至今，其搜罗之博，抉摘之精，考求之挚，虽国人犹将逊之。不禁瞿然而兴曰：斯岂外人果有爱于吾中国耶？抑吾国国画，实足以惹起外人研究之价值耶？吾知其必深悉此中奥妙，而非贸然以相赏也必矣。夫外人不惮勤劬以搜集之，以讨论之，而吾国人反视若无足轻重，或者加以诋毁焉，斯则吾人所大惑不解者也。以吾国数千年之美术，展转相承，莫不一一表现其个性。观于一代有一代之派别不同，一人有一人之旨趣互异。谓之为因，则无不因；谓之为创，亦无不创。无他，人人实能尽力发挥其个性而已。然此非由中国数千年之历史之酝酿，曷克臻此！日人高山林次郎之言曰："世界一切事物，无不从历史发达而来，学术亦然。故虽有意见奇特，震惊一世，迹类创作，然细考之，不外领悟历史之精神，规划前进之方略。是故由古及今，若谓有全不受历史影响，而克奏大功之思想家，绝无是理。"（《近世美学》上篇之四）由此以观，所谓创作，无宁谓为发挥个性之为愈，不过因历史之关系，递进而递变耳。此其故，夫岂稗贩剽窃者流可能通其意耶！顾以日本凭藉吾国之绪余，尚能见称于当世，而况吾国美术，固自有真，爱国者能无奋袂而起耶？然则欲研究吾国之国粹，发扬吾国之国光，是在吾党之奋发有为而已。

朝斯夕斯，锲而不舍，则将由此一线之曙光，靳而至于燏煌璀灿。然而红日之当空，以表现于天下，亦吾国国画界所当亟亟而求者也。《论语》曰："温故而知新。"又曰："独学而无友，则孤陋而寡闻。"诸君子其亦有意乎，盍兴乎来！

（1926 年 11 月 10 日，香港《华星三日刊》）

埃及造像

　　此为埃及造像，黄君慕韩去岁游日，得于神户。像为陶质，全身淡绿色，发黑色，文字为赭墨色。据其座下所注之英文，译为祭师之名，造当耶稣降生前五百年。吾人对于埃及古物之岁月年代，无从详考，此说是否可据，尚成疑问，第审其胎质制度，当非赝物也。般若记。

（1926 年，香港《微笑》第 2 期）

李方膺的画

余友崔君缉堂，罗致名画甚夥，多藏之广州。崔君有友曰邓伟，擅装裱术，为岭南名手。崔君与之合资设富墨斋于广州高第街，于此搜罗名画，而又可将历年所得者精裱之，法至善也。讵三月十九日之晨，对门突告火警，瞬即延烧，肆中所有，悉付一炬。计焚去付裱珍贵之品，据所知者，有赵商新自朱氏购得明金便面十余页，罗原觉亦有十数页，林子超之汤雨生册，马武仲之黎二樵山水，崔氏之李方膺画梅、黄丹书画云林竹石幽亭，及字联扇面小品等。是役损失约数千元，就中各件尤以李方膺画梅为最佳。当此画未归崔氏之日，曾于城西某故家见之，惊其神，借归摄影。后崔氏得之，方为朝夕可共欣赏，岂意竟为祝融夺去耶！

李方膺画梅轴，长四尺一寸三分，阔一尺二寸七分。章法奇绝，上画梅头二株，下一老干，横撑而出，旁多小枝，繁花如簇。自题云："借园初夏，万绿迷离，约沈凡民、袁子才、金寿门共赏之。适大雨滂沱，诸客不至。无聊之际，命李文元吹箫，梅花楼侍者曾竹村、何蒙泉度曲，郝香山伸纸，研墨画梅，兴之所至，一气呵成。客来一乐也，客不来亦一乐也。可见天地间原有乐境，视人之寻与不寻耳。"并有金冬心、袁子才、郑板桥题诗其上。

按：李方膺字虬仲，号晴江，又号秋池。江南通州人，为"扬州八怪"之一。松竹梅兰，在青藤、竹憨之间。

（1928 年，香港《非非画报》第 2 期）

挽联三则

挽潘达微

似铁之苍，有如此江山无如此笔；其妙在化，做一日和尚撞一日钟。

注：铁苍乃潘氏之别字，妙化为潘氏归依后之法号。

（1929 年）

挽潘致中联

荥阳三绝画诗书，遂使后进小生，每于亲炙风仪，获闻绪论；文采一门伯叔季，况复旧盟世好，其奈检看遗稿，沉痛招魂。

（1929 年）

挽谢玉岑联

文采见家风，踪迹直追谢康乐；阴阳催短景，沉疴偏似浣花堂。

（1935 年 7 月）

邓芬游桂归来

"桂林山水甲天下"，昔石涛和尚尝取以为画材，滩险峰危，非足不出户者所能梦见。然石涛所为画，亦不尽取乎奇者，即以寻常一树一石，一收毫端，其神韵自足。盖艺术纯在作者之胸襟，对象不过假以抒发而已。邓芬为吾粤之名画家，天才卓绝，自傲游六桥三竺，胸中已不少佳山水。前两月读《桂游半月记》，所云交通既便，遂动游兴，买舟而西，由梧而桂，沿途写生不少。游程两月，"搜尽奇峰打草稿"，昨已归来。闻邓君已将画稿整理，将于三月后开"桂游写生展览会"于省港二地。邓君写生用笔超绝，昔见其图玄武湖所见，已惊其造诣，今复得桂林山水副之，"桂林山水甲天下"，邓君之桂林山水其亦甲天下乎！

（1933 年 1 月 21 日，香港《华星三日刊》）

张大千游粤风波

西蜀画人张大千挟卷南游，其事报章曾有纪之者。大千斯来，仅欲观光，旁及卖画，固所谓与人无竞、与物无争者，曾不意以是几蒙缧绁之灾。先是，大千南来，少顿香海，旋晋仙城，报章既张其事，粤中画人及诸收藏家亦群相告语，某显者，乃属潘某代为设筵数席以宴远客，盖将以尽地主之谊，亦风雅事也。潘某受命设宴，若匆忙中乃忘大千一简者。是日诸豪贵之宾、风雅之客毕集，独大千文斾，久而未来。旋据谍报，大千方偕何冠伍、马武仲、邓芬等游山，是日盖赴何冠伍之席云。显者闻而恚，谓宗人见邀，乃肯为竟日之游，胡以慢我，宁谓我不能拓一室以挽驾，使不能匆匆北返者。于是有传其事于大千者，大千愕然，以生平不欲忤人，……（按，原文如此）顾未尝见招，而辄登堂，非所能为，则为函申微意，且白日间北返，托设筵人转致。而设筵人事忙，适又忘以函代达显者。显者益恚，谓如此狂士，必宜不任其速去。于是张大千不能不仓皇去省，以赴岛中。既而事闻于诸画人，有甚抱不平者。某君尤愤慨，谓画人以艺见嫉获咎，前代已有其人，若恽南田、沈石田均尝受缧绁，然何害于清誉？草茅之士，受宠不堪，盛筵辞谢，本亦事理之常，况更中有所阻，而不得达双方之情愫者，必欲见羁，亦无玷于画人清誉也。舆论云云。遂有谓张以不必遽去粤者，张自忖亦无所怍，遂重作羊石之游，第未知此行果能自由来去否？

（1933 年 12 月 27 日，香港《探海灯周报》）

初夏的玄武湖

"红了樱桃，绿了芭蕉。"黝黑的城墙，青青的杨柳，一湾湖水，两岸青山，玄武湖太可爱了！

在南京初夏的季候，虽不至于酷热，然骄阳照人，黄尘扑面，无论在屋子里，在马路上，总可觉到夏之来临。

南京之夏，是怪难受的。所以每当夕阳西下，自有不少的男女同志、公子哥儿，汽车、马车、黄包车纷纷地向着玄武门出发，无非是想把一天的烦热洗脱净尽。

绿阴之下，有不少的茶座，唉唉樱桃，剥剥瓜子，湖光山色，使你欣赏不尽，非到黑夜，都是低徊着不忍归去的。黑夜来临了，今日快过去了，明日的烦热又如何？——所以玄武湖天天都是游人聚集的所在。

莫愁湖的水太浅了，雨花台又有点荒凉，毕竟是玄武湖好，有水有山，有公园，有小艇，一切的环境多么好，玄武湖太可爱了！

（1934 年 6 月，《良友》第 89 期）

张大千

"蜀中名国画家张大千氏，画山水闻名，喜畅游，尝留恋于丛山长水之地，吸收此大自然之万年精髓，以作画面之构图，故其豪气隐藏于美髯间，而尤沉沉静静焉。去岁春游南岳，入冬又走岭南，一观罗浮、鼎湖、阳朔、桂林各入仙出神之名胜，来日倦游归来，定有不少奇峰新构也。氏为曾农髯、李瑞清之高足。左二图为其近作，上太平山小景，下青山寺下望。

（1934 年，《时代》第 5 卷第 8 期）

张大千先生，四川内江人，美髯而貌有神，尝以己容作钟馗像，有奇士称。出入清湘、八大间。精鉴别，富收藏，国内名山大川，足迹几遍，因之作品迥异寻常。近游华南，所作颇多，特选刊数点，用示一斑。"

（1934 年，《大众画报》第 9 期）

赵浩公

　　赵浩公先生，粤之台山人，擅书画，精鉴别，尤好园艺，所居山南精舍，遍植松竹无隙地。绘画之余，日为栽竹莳花为乐。每画花果，得草木之性，生趣盎然。所作盆栽，极饶诗情画意。用刊照片数幅，俱见其潇洒不凡也。

（1934 年，《大众画报》第 9 期）

我国著名画家黄宾虹大赞香港山水

——我国著名画家黄宾虹大赞香港山水，即席挥毫写成廿八画稿，主张香港应栽植花林以吸引港外各处游客

我国著名画家黄宾虹，近应广西当局之请，由沪南来抵港，备受本港画人之欢迎。查氏在港数日，新界风景名胜已游览一遍，昨日（9月2日）承石岐渡司理王季原君之邀，乘小轮环游香岛一周。作陪者，有黄居素、邓召荫、蔡哲夫、马小进、马文辉、刘君任、黎耦斋、陈嘉莹、罗原觉、张谷雏、冯湘碧等数十人，为书画家少有之盛会。

美极奇极，赞美不绝

下午二时由恒利公司码头乘利律小轮出发，向西行，过钟声游泳场后，黄氏即开始写画，对本港山水赞美不绝口。绕过本港背面时，氏更忙于落笔，直至香港仔、华人永远坟场、浅水湾、赤柱、清水湾、鲤鱼门而返港，共作画廿八幅。

在港可得画稿数百

氏于写作之余，并沿途发表意见。谓本港确擅山水之胜，在海中望山，更觉其美，本人曾游览川、桂等名胜山川，山景重重叠叠，甚见雄壮，"桂林山水甲天下"亦非虚语，但广西山水亦

有不足游者，盖嫌其孤削，乏雄壮之气也。本港则异乎是，既具雄壮之气，复有广阔之大海，一山一水，益见其伟大，故画材俯拾即是，信手写来，可几百之数。

主张栽植花林

后谈及增进本港美景问题，各人均发挥意见。金谓现欲繁荣香港，吸引游客，除此自然美景外，本港可以择一荒山如大潭、赤柱等处，栽植花木，桂花、杜鹃固可，梅花、桃花亦无不可，即种日本出名之樱花，亦无不可。日本以樱花著名而能吸引如许游客，本港若能多种花卉，亦可以相号召云。查旅行行会委员马文辉对此拟议，亦表赞同，将来或将此意向该会发表云。

（1935 年 9 月 3 日，香港《工商日报》）

卓仁机之画

今之军人能书者多矣，能画者则未多见。前在梁鸿楷部充旅长，复一度长台山县篆之粤军宿将卓仁机，不特善书，而且能画，笔法亦极灵活。卓氏别号西斋，粤之中山县人，原为李协和部下，骁勇善战，不亚于李易标辈，对于从前革命尤为努力。迨民十四以反对容共获咎，遂解除军职，息影家园，以迄于兹。近乃于棉市文德路设一古董肆，即以西斋命名云。卓氏之画，人多未见，兹由友人处借得其近作一幅，投寄本星，以供众览云。

（1935 年 10 月 25 日，香港《华星三日刊》）

记石溪山水

石溪，号残道人，为有清一代之名画家。工山水，法宗元人，而用笔之超脱，气势之雄浑，直逼唐宋，赵㧑叔（之谦）尝有"苍莽浑厚，笔走蛇龙"之评。友人某君藏有山水横披乙帧，该画布局谨严，渲染化妙，其画题曰："烟波常泛艇，石涧挂云瓢。不识此间意，何人咏采樵。石溪残道人作于天阙山房。"读者玩赏画图，细味题词，真有飘飘欲仙，仿若身在画中也。爰刊吾星，以飨大众。

（1936 年 1 月 4 日，香港《华星三日刊》）

罗浮纪游

久蓄游罗浮之志，去岁得石涛上人所画《黄砚旅纪游图册》，中有登飞云峰绝顶一图，烟云缥缈，笔墨雄浑，黄砚旅诗云："乱峰无限烟霞外，梦想登临二十年。今日杖藜成独往，飞云顶上看青天。"余之梦想登临者亦十余年矣，读此益增游兴。夏，广州青年会有旅行罗浮山之组织，及期，余自香江往，则以人数不足改期。实则是时报名者只三人，遂废然返。余以游侣难得，欲往不能，颇怏怏也。

七月十二日晨，林翁钧铸、唐君希文招游罗浮，林翁等即日先赴广州，余以事须十三日始能成行，适唐君之子天成及许君乐衡亦以十三日下午快车赴广州，余遂约唐君明晚会于广州车站。

十三日下午，与唐、许二君乘广九直通快车往广州。抵站，希文君已候于月台，遂偕赴东亚酒店。唐君日间已向省道行车管理处定车，惟以天雨路滑，路基多毁，汽车行驶常多窒碍，自罗浮归广州之车，晚间八时仍未至，明日能否登程，尚成疑问。诸游侣闻此，乃异常焦急也。

十四日晨，黄君洁云亦自港乘夜轮赶来参加。八时，各游侣均已齐集，即已电话询之省道行车管理处，则车仍未归。后间一小时一询，均已"未归"对，至十二时，皆以为今日必不能行矣。一时，行车管理处始以电话来，谓车已归，随时皆可启程。遂急整装，一时四十五分乘专车赴罗浮。车出市郊，东行经黄花冈、燕塘沿广增公路而达增城，车行甚适。晨间所得消息，谓公路遇雨多毁，行车殊苦，乃深以为不然也。车行约二小时抵增城县，车停约十五分，乃下车入中山公园。公园位于公路之侧，小游即出，有拟一观挂绿荔枝者，但恐时间逼促未往，重复登车。车行未几过一桥，下桥，路面俱积水，泥泞遍地，车行颠簸殊苦，如舟行险恶风涛中，诸游侣深恐覆车，心至不安。至此方知公路多毁，车行甚艰之消息即指是。由增城至罗浮一段，沿途俱若此，大抵因田高于路，遇雨即浸，汽车多因此损坏，行车时间，遂不准确，行旅颇苦。闻有从广州至罗浮者，需时二三日不定，越一二宿者亦常有，因车陷泥中，行殊不易。途中，曾遇一美国之教士，赁一货车，满载行李粮食，亦陷于泥中，方召乡人助之推挽。后闻该车亦费时两日，方能到达，实则从广州至罗浮只四小时车程而已。距增城三里许，须越山而过，其地之险，路面倾斜而多曲，下临深涧，偶一不慎，即有倾覆之虞。其地曰杀人坳，状其险也。至此，咸主步行，惟车已上坡，不欲再停，则亦听之，车中人多不敢下视。车至山半，路益窄益曲，公路汽车车身较长，乃不能转，不得不停。命一人于车后探视，后退数尺，方可开过，其险至甚。越杀人坳即为坦途，惟泥泞仍甚，曾两度陷车，幸余辈行李尚轻，人俱下车，并请乡人助推，未几即脱。至六时，抵冲虚观外之风雨亭，而风雨适至，乃下车迁行李于亭。亭距观约一里，路小，汽车不能达。半小时后，雨尚未止，余与林翁冒雨先行至观中，命长工携蓑衣往搬行李，而希文君等亦继至。是夜宿冲虚观之东楼。

十五日晴，六时晨兴，八时往游白鹤洞白鹤观。观中叶道士与林翁旧识，先一夕于冲虚观晤之，约今日早餐于此。洞前有数巨石，石高逾丈，过此为洞门，林木蔽天，浓阴遍地。入观稍坐，即往游五龙潭。潭距观约半里，潭上有亭，巨石刻小篆"罗浮"二字，潭有石曰忘机石。余辈欲穷其源，而饭已备，遂归观。饭后约半小时，复下山西行，赴黄龙洞黄龙观。观为南汉天华宫故址，距白鹤洞约四里，数年前为匪所劫，复毁于火，兹为重修者，规模略小，惟颇饶泉石之胜。观后虾公岩、桃源洞，茑萝遮道，浓荫蔽日，途中烦热，至此尽消，吾辈咸解衣就浴于此。逗留二小时，乃下山往华首台。华首距黄龙洞亦数里，行半小时即至，泉声淙淙，林木翁郁。先至古华首台，只屋一楹。再上殿宇较宏，正殿供佛像，殿旁新建大楼以居游客，《罗浮山志》称常有华首真人，游会于此，开元二十六年建。有联曰："一门深入罗浮路，五百重登华首台。"正殿尚完好，惟殿侧祖堂已倾圮。台后有合掌岩，两石斜立，高约数丈，下开上合，如合掌然。再上有瀑布，泉声如雷，崖石刻四字曰"飞云溅雪"。下有巨石，贯以小桥，名洗衲石。下为水月岩，幽暗异常，中置石桌，下傍溪流，其阴森甚可怖也。

十六日晨七时，登飞云峰。飞云峰为罗浮绝顶，距华首台三十余里。每年夏季，侨粤美国教士多结庐于此避暑，尤以今年为多，自分水坳至飞云峰下八仙岩一带，有棚约五六十。棚甚小，食堂、厨房、寝室分立，布置整洁，将至分水坳时，已隐隐见之，颇似龚半千所作山居图也。峰上昔有拨云寺、见日庵，今则荡然无存。游人至此，欲一宿于翌晨观日者，惟借诸外人所结之庐耳。余辈亦拟观日，至此即就商于其管理人某氏，择其无人居者暂住，每人纳费五角，而饭食则另由棚工代办，诸事略为摒挡。即登峰顶，下望四百峰，俱在脚底。烟云忽开忽阖，忽明忽暗，忽而咫尺不辨，忽而极目千里，景至奇幻。未几，东方忽有黑云挟雨飞来，狂卷如车轮，其势甚疾，山高风急，无可避者。

时同登者共七人，只一雨伞，皆相顾失色。峰顶叠石如坟，中刻罗浮山君之位，旁有石联曰："斗南一岳，天外三峰。"余等不得已，蹲聚于此。时风狂雨骤，着肤如箭，衣履尽湿，寒气袭人，齿战有声，不能一刻留。遂鼓勇冒雨狂奔而下，积水没路，乃屡颠踬，归棚即拥被大饮酒，藉祛风寒，余深恐或因此而病也。飞云峰温度与华首台相处甚远，是日华首台寒暑表约九十度，尚须挥扇，在八仙岩未雨时则在七十度之间。下雨后益凉，须穿毛织内衣，晚间须盖棉被，幸余辈早已备此。下午五时雨方止，惟履湿路滑，闷处棚中，欲行不得。七时晚餐，饭菜俱甚适口，增城酒尤香冽。其最令人难忘者，则适有乡人贩荔枝来此，价虽略昂，惟味殊胜。忆近数年来所啖荔枝，俱不如此夕者之佳，真喜出望外矣。九时后，出棚外仰观天际，黑云如墨，深虑明晨无日可观也。

十七日晨四时，林翁已起，即促余及乐衡君赴八仙岩观日。出户仰视，繁星满天，东方渐白，遂急登岩石，坐而待日，时晨风刺骨，穿绒外衣犹觉寒也。未几，霞光涌现，瞬息万变，其奇幻固非文字所能描画。山外清光，无从着笔，惟有颂赞自然界之伟大而已。惜在八仙岩尚未得窥全豹，遂急登飞云绝顶。八仙岩登峰顶约三里，至时而日已跃出，乃深悔误信棚工八仙岩可以观日之言。时日渐高，山下白云，如波如涛，渐积渐厚，亦一奇观。回视昨日避雨之处，不禁黯然，乃在此拍一照。风雨罗浮，吾辈已备尝之，恨不能起王梦楼而骄之也。王梦楼题石涛上人画罗浮山图，有"平生足迹半天下，风雨罗浮吾独欠"之句。九时下山赴朝元洞，鸟道崎岖，草深没径。山舆行此极险，均下而步行。山高草滑，一步一仆，雨后尤难行。寄语后游者幸毋取此道，倘必欲游朝元洞者，以由华首台一路为宜也。朝元洞后松林极为茂密，景至荒凉，洞只一二道士居此，以山茗饷客，状至殷勤。余辈以行山甚疲，草草游览，即返华首台。

十八日晨九时，从华首台还冲虚观。经梅花观，小立低徊。该观殿宇已毁，败栋颓垣，闻之舆夫，谓年前毁于匪也，附近里许之宝积寺，其主持僧亦为匪所杀，现军警驻于寺中，治安可保无虞。余辈过此，以无可观，遂不登临，径归冲虚。午间游观后东坡山房遗址、葛稚川丹灶、洗药池、衣冠冢、遗履轩、朱明洞等。洞在观左，道书所谓"第七洞天"者即此。林翁钧铸壮岁时，尝于洞中黄野人庵旧址结庐，治医学养生之术。今翁年已七十，下山垂二十年矣。旧庐已圮，惟手植梅、李，依然无恙。现方与其高足唐君希文、黄君洁云、许君乐衡等规划重建，以为藏修息游之所，最近则已鸠工建筑矣。洞至幽邃，林密阴浓，洞流曲折。洞产菖蒲，余采其附于石者，供之几案间，至可爱也。

十九日，游何仙观。观在白鹤洞之上，前游白鹤洞，匆匆乃未临此。冲虚道士盛道观下水帘洞之胜，遂往游焉。九时出发，循白鹤洞后五龙潭小径登山。是日天气奇热，挥汗如雨，经妙虚洞、蓬莱门至何仙观，在观前休憩颇久。归途下水帘洞，崖甚高，瀑布下垂激石，如水晶帘幕，随风舒卷，如雨如雾，溽暑顿消，就浴其下，乃忘返也。

二十日，余与许君乐衡游酥醪观。观在山北，距冲虚四十余里。林翁等定明日归香江，且天热途远，不欲过劳，遂止不行。余以即日须还，遂以晨间六时往。约二十里至茶山墺，山颇峭拔，舆夫不能胜，乃下舆步行。顶有茶亭，半已倾圮，寂然无人。远望茶山观于山半林中，以其距大路颇远，时间逼促，遂不往游。越茶山墺，沿溪行二十里而至酥醪观。观殿宇甚宏，其制与冲虚略异。《集仙传》称安期生会神女于元丘，酣玄碧之香酒，醉后呼吸，水露皆成酥醪，观名以此。观后林木森秀，堪舆家称此观风水极佳，入道籍者多馆阁中人，清代科举未废，来此读书者颇多，今时移世易，已呈冷落之象，大不如从前矣。余与许君略游附近名胜，白水门、犀牛潭、夜乐洞等则以路远不能遍览，午后一时，即匆匆归冲虚。

廿一日，还香江，以公路行车时间无定，故改由石龙乘车归。晨九时，乘山舆往东博墟，约三十里；由东博墟雇舟赴石龙，亦三十里左右；到石龙转乘下午快车赴香江，时间亦至充裕。此行在山八日，山中名胜，尚未遍游。所幸广东建设厅方积极辟罗浮山为避暑区，将来公路展筑至华首台下，来游至便。且林翁之黄仙故庐，定于本年底完成，则他日重游之机会正多也。

附录　罗浮游程：

从广州往游，其路程有二：一乘广九铁路火车至石龙站，转搭小艇赴东博墟，由东博墟雇山轿直到冲虚观；一从广州乘广州河源之公路汽车，至罗浮山下，转乘汽车入冲虚观。

山顶气候颇寒，如在飞云峰下一宿者，御寒衣物如毡棉衣等，切宜携备。山舆工金，俱有规定，由观中代雇，可免勒索之弊。

罗浮峰峦有四百三十二，瀑布溪流，不可胜数，如欲遍游，非一二月不可，但人事倥偬，能作半月勾留者有几人也？兹略订六日游程如下：

第一日：冲虚观、朱明洞、遗履轩、衣冠冢、会仙桥，宿冲虚观。

第二日：白鹤观、五龙潭、何仙观、水帘洞、黄龙洞、桃源洞、虾公岩，宿华首台。

第三日：上午游合掌岩、洗衲石、水月洞、朝元观。下午登飞云峰。

第四日：飞云峰观日后，径归冲虚观。

第五日：酥醪观、茶山墺、夜乐洞、犀牛潭、白水门，宿酥醪观。

第六日：返冲虚观，乘公路汽车还广州。

（1936年，《旅游杂志》第10卷第6期）

广东名家书画在广东文献馆展览

广东文献馆主办之第四次艺术观赏会，定本月十九日开会。这一次的展览品，是纯粹吾粤历代法书名画，出品之多，罗致之丰，实为仅见。较之民二十九年的香港广东文物展览会的出品（中国文化协进会主办），亦不多让。吾粤书画名家辈出，但是明以上的先贤遗迹，存的极少，说者多以为南方的天气不适宜于保存，这未尝不是一个重大的原因，故现存明以下的遗迹，多是残旧，于完好的已少见了。会中法书，首推白沙先生，先生以理学名儒，所写草书，刚健飞舞，善用茅龙（束茅草为笔曰茅龙），会中出品有茅龙写的，有用毛笔写的，两相对照，工具虽不同，而个性则一。先生的弟子湛若水先生，所作草书，笔势昂藏挺拔，直逼乃师。陈子壮行书，用笔矫健。张家玉楷书，师法钟王。其他如程可则、海刚峰、邝湛若、屈翁山、霍韬、李云龙等，先贤迹墨，都是难得的珍品。

释氏的书法有明代天然、澹归、憨山、今无、今覞、迹删等。

清代书画盛于乾嘉二代，吴荣光、黎二樵等墨迹特别多而且好。吴荷屋所写的楹联，宋芷湾的书轴，谢兰生的行书，苏珥的草书，最足欣赏。

明人书最少见的有黄芳、王弘海、赵善鸣，其中有几位是琼南人，特别难得。

书法最有文献价值的是小画舫斋藏品的明贤遗墨卷。卷中有涂瑾、黄芳、吴允桢、方献科、梁亿、何鳌、霍韬、伦以训、萧与成、黄一道、李孙宸等的墨迹。简氏四天印楼号之冯鱼山示谕，宋芷湾手写之《胡方传》墨迹，郑孝则先生藏之张之洞与梁鼎芬论创办广雅书院书，这都是广东文献的珍品。

会中高望公的画特别多，有最大的，有最小的，有最长的。林良画鹰，共有两张，俱是巨幅，魄力雄厚，笔墨苍古。张铁桥画马最多的是《百骏图卷》，诚属巨制，最别致的是《射鹿图》，最妙的有《朱明故事图》。

薛剑公的画很少见，会中的兰竹册是写给陈独漉的，引首有澹归和尚题字，近代题字有黄晦闻先生等的诗。

黎二樵先生的画，盛极一时，会中出品也多，最好的有山水册八页、《五峰积雪图》。还有一幅是二樵模仿石涛的山水，连石涛的印章也盖上，昔人所谓足以乱真者，于这幅画中，大可供赏鉴家研究研究。

谢兰生山水册及《古木寒烟》等几件，都是谢氏的佳作。

冯鱼山尝自谓学画四十年而无成，所以号愤画斋，但是他所画的兰竹及山水，何尝不好？古人之自谦，真值得取法。

康有为之书法峻峭沉雄，张向华先生所藏的及王家驹先生所藏的雄浑异常，他的祭光绪文稿及上摄政王书，都与近代文献有关。

这会展品特多，出品人逾三十家，名迹将及四百件，每日更换，方足陈列，欲窥全豹，则非每日来欣赏不可。

会中出品，如此丰富，断非区区数言可能介绍。希望读者来会慢慢地欣赏，自有新的领会，读者当不为这篇文字所囿也。

（1946 年 9 月 20 日，《越华报》）

《流民图》跋

　　画友叶因泉君，为人有奇气，个性极强，不喜修边幅，能茹苦耐穷，不屑酬应，性喜游，而常乏于资，不能恣其志。其习画绝不假师承，顾于中西画学，似无所不窥，苟有所习，每能自出新意，有独来独往之概。凡识其人读其画者，辄许为画坛奇才。香港沦陷时，因泉君常卖画街头，以自存活，嗣遂内归，饱历崎岖苦难，因有《新难民图》之作，满纸血泪，选材多寻常画人所不敢下笔，乃抗战期中史画也，读其画者辄为下泪。昔人谓读李密《陈情表》而不下泪者，其人必无心肝。倭人所贻我之痛苦，有为文章所不能描，摄影术之所不能穷者，因泉君已尽图之矣！其挚友严南方君尝赠以诗，有句曰："直恃忍饥能饮水，漫夸有力可攀岩。当年意气争高帽，渐老情怀喜烂衫。"颇足以状其人品。因泉君台山人，现年四十许，顽健未老，成就更未可卜也。丙戌七月黄般若识。

（1946 年）

评黄大痴之画

读万卷书，行万里路，实为艺术家应有修养之条件，而研究画学者，尤为重要。

中国之画，为形而上者，是超以象外，而复富有作者之生命，故特别注重作者之灵感，文人画之可贵，亦即在此。

名山大川，朝晖夕阴，气象万千。大自然之变化莫测，何其伟大！人，何其渺小！故从读书从大自然所偶然启发之灵感，直可化腐朽为神奇。昔人有言："文章本天成，妙手偶得之。"所谓偶得者，即为灵感之收获。故艺术家应如何重视其灵感？应如何启发其灵感？虽然，灵感并非随时可以获得，而又随时可以获得。读万卷书，行万里路，读古今中外之名画，领略大自然之变化，领略古今名作之韵味，或枯坐冥想，或寻求各种之刺激，冀其有所启发。故古往今来之艺术家，其生活至不寻常。如元季黄大痴、倪云林，明季之遗民为僧之渐江、石涛、八大、无可、石溪等，其成就多从大自然得之，或从蒲团上得之。

黄公望，字子久，本姓陆，继永嘉黄氏，号一峰，又号大痴道人。或曰其父九十始得之，曰："黄公望子久矣。"因名字焉。居富春山，领略江山钓滩之概；居常熟，探虞山朝暮之变幻。每出，必袖纸笔，凡遇佳景物，辄为模记，故所作得于心而形于笔。所画千岩万壑，重峰叠嶂，烟云灭没，变化无穷。所作沙碛图、秋山图，尤为复绝当世，为"元四家"之冠。

吾粤所藏黄子之画，寥寥无几，胡氏笙寒楼所藏之山水立轴，惜未寓目。兹从邑人莫氏集兰斋获观其所藏之《仙馆偰金图》绢本立轴，见之，墨苍秀，墨法浓郁，其前境之石，为作画后十三年再为增补者，老笔纷披，尤为独绝。兹将其题语录下："无尘真人领致道，而余留杭，及至琴川，而真人又回钱唐，独乃弟子明留方丈，比来假榻两旬，朝暮与子明手谈之乐。临行出此幅征拙笔，遂信笔图之，以当偰金之酬，他日与尘老子观之一笑云。至元戊寅闰八月一日，大痴道人静坚稽首。"另一段为重题者："予时作此意未足，兴尽而回，越十有三年至正辛卯夏四月复为士瞻足之。大痴道人再题。时年八十有三。"

画上左角有南屏隐者莫昌所题曰："大痴翁天趣高远，笔力苍老，时辈中号为超卓，盖驰骛南北者有年矣。凡贵邸豪门、禅林道域，览历殆遍，故所得者广，所蓄者富，一举笔，则胸中磊落者盈于缣素，不能自已也。然稍不合意，或为事所夺，则置之动逾岁月，甚至于与画相忘，此□是也。吾甥鲁谦士瞻偶得而装潢之，一日，翁过予西河之居，乃微加点缀，则为全画矣，且复书其上。噫！少陵所谓不受促逼者，岂虚语哉？吾甥其永宝之。至正壬辰三月南屏隐者莫昌识。"

莫昌，与大痴同时人，关于大痴之生平知之最深。所谓"驰骛东南者有年矣"，"禅林道域，览历殆遍，故所得者广，所蓄者富"，则其作画之灵感之触发，加之以横溢之天才，其造诣可知矣。

画史载，大痴自幼有神童之称，经史九流，无不通晓，工诗文，善音律。初隐于杭之筲箕泉，往来三吴。后归富春，年八十而终。戴表元赞其像曰："身有百世之忧，家无儋石之储。盖其侠似燕赵剑客，其达似晋宋酒徒。至于风雨寒门，呻吟槃涅，欲援笔而著书，又将为齐鲁之学士，此岂寻常画史也哉！"读此可知大痴之学问及其人格。《剡金图》初作时年已七十，过十三年再为增补，天真平淡，已臻化境，其艺术之成熟，直可享千载而不衰。

莫氏尚藏有大痴《夏山图》，诗堂有罗天池题："黄子久《夏山图》真迹神品，罗天池审定。"无款，作于何时则无可考。笔墨沉雄遒健，千丘万壑，气象无穷，山头多作矾石。《剡金图》则简远，而《夏山》则幽深，然其气韵之苍厚则一，可谓叹观止矣！

(1947 年，《中山日报》元旦特刊)

介绍几幅好画

在广州每月一次的名画观赏会，常常有很多名贵的好画展出，这不能不归功于广东文献馆，他负起无限的责任（保管），向省港澳三地的收藏家借出陈列，供研究艺术及爱好艺术的市民观赏。向来收藏家都是很珍秘的，持不轻示人的态度，即使有爱好者得到好朋友的介绍，倘有一点不高兴，往往还是诿过于天时不佳而秘不示人。文献馆能够打破这种困难，每月给爱好美术者以一次名画欣赏的机会，向各收藏家借出名画，不收门券，公开展览，这是值得欢迎的。

元旦日的艺术观赏会已是第七次了。这一次的展览，是商借东莞莫氏集兰斋的藏品，出品共三十三点，年代最高的有南唐王齐翰《衔杯乐圣图》，年代最低的是罗两峰山水、边寿民芦雁，俱是精真之品，有许多名人的题跋，也有不少是历代藏家书画录里所著录的。

南唐王齐翰的画已不多见，从前上海有正书局印行的《中国名画集》里的《挑耳图》，是很有名的，但现在已不知落于谁氏之手。连年战乱，不晓得损失多少名画，《挑耳图》尚存人间吗？抑落在外国人的手上呢？欧美人搜罗我国唐宋名画，往往不惜重资。钱舜举的《梨花卷》，武宗的《五帝朝元图》，韩干的《照夜白》，周文矩《戏婴图》，顾恺之的《女史箴》等名迹，早已沾之欧人，这不能不叹有名的剧迹沦于外人之手，从此不可复见了。这一幅《衔杯乐圣图》所画人物栩栩欲动，神采如生，用笔精细而遒劲，是潘氏《听帆书画记》和孔氏《岳雪楼书画录》都有著录过的。

北宋文与可画竹，潇洒出尘，这一幅倒垂竹大轴，尤为独标新格，竹的丰神，竹的姿态，真所谓尽态极妍。他有竹的标格，借竹来抒写了襟怀。这幅画已由民十九年《东方杂志》美术专号印出。

元朝赵子昂《龙神礼佛图》巨轴山水，用笔沉雄，师法董、巨，人物佛像则从唐人壁画中来，设色妍雅，写水波的遒练，写树法的盘郁，令人玩味不尽，有陆廉夫题跋，安仪周《墨缘汇观》也著录过。

明代沈石田的画，传世虽然较多，但是像这幅巨轴的用笔沉着、用墨苍郁的实不常见，他的画固好，而他的诗和他的书法更好，非沈氏人品之高不能有这样的成功作品。他的书法是学山谷的，他的传记这样描写他："丰神萧散，碧眼飘髯，俨如神仙中人，文翰辉映，百年来殆无过之者。"读其传，观其画，可以想象其为人。

明代与沈石田齐名的，有文征明先生，莫氏藏有他的《关山积雪图》长卷，卞氏《式古堂书画汇考》、汪氏《珊瑚网》、吴氏《大观录》、高氏《江村销夏录》等都有著录，鉴藏家景剑泉题签说是"无上上品"，董其昌跋为"衡山得意之笔"。长凡丈余，得风雪凛冽之意。文氏写这幅画，经营五年，他的题语说："古之高人逸士，往往喜弄笔作山水自娱，然多写雪景者，盖欲假此以寄其岁寒明洁之意耳，若王摩诘之《雪溪图》、郭忠恕之《雪霁江行》、李成之《万山飞雪》、李唐之《雪山楼阁》、阎次平之《寒岭积雪》、赵承旨之《袁安卧雪》、黄大痴之《九峰雪霁》、王叔明之《剑阁图》，皆著名今昔，脍炙人口。余皆幸及见之，每欲效仿，自歉不能下笔。曩于戊子冬同履吉（王宠）寓于楞伽僧舍，值飞雪几尺，四顾千峰失翠，万木僵仆，乃与履吉索素缣，乘兴濡毫为图，演作关山积雪，一时不能就绪。嗣后携归，或作或辍，五易寒暑而成。但用笔拙劣，虽不能追踪古人之万一，然寄情明洁之意，当不自减也。"读此知昔人对艺术的艰苦经营，一方饱览古人化迹，一方从大自然中去取材，而抒发其灵感，穷年累月，卒底于成，这才是大画家，这才是成功的作品！

明遗民为僧的很多，感国破与家亡，而寄情于笔墨，有石涛、石溪、无可、八大、渐江等为最可贵。石涛的好处是奔放雄奇，石溪的好处是辣而沉着，无可的好处是拙而古厚，八大的好处是逸而超凡，而渐江的好处则峭而森秀。我尤爱渐江的《十竹斋图》，他学云林，他有云林的秀，也有他自己的峭拔，有若冰霜的清峭；虽源出云林，而又不像云林，这样的师法古人，才是成功，才是艺术最高的成就！

明遗民张大风的书画合卷，笔墨超逸，意境新奇，天才横溢。从现代名画家吴湖帆的跋语，可以得到读这幅画的概念。吴氏说："大风此卷，十年前余曾见之，此十年中梦寐渴想者又不知几千百念！壬申二月二十六日，大千道人得此，惊喜交并，如逢故人，正不料一生能得几回看也。大风全师松雪而超逸过之，如行空天马，不可迹象求之，是为神品。"

其他如黄大痴《仙馆俅金图》《夏山图》，曹云西的《古木寒梅图》，张铁桥的《射鹿图》，恽南田、王石谷合册，吴墨井山水册，罗两峰的写赠草亭山水轴，董邦连山水轴，边寿民芦雁轴等，都是很精彩的作品，恕不一一介绍了。

（1947年，《中山日报》元旦特刊）

陶瓷款识在考古学上之真价值

陶瓷之鉴别，向从胎质、釉、彩、形、画片、图案等而鉴别其年代，审定其真伪。然年代较远，所需鉴别之条件，或有模糊，或以为在疑似之间，则有待于考证，此所以尤重于款识也。

陶瓷之款识，自有陶瓷以来，即已有之，明而后则尤盛。至清代康、雍、乾三朝，更风靡一时。但平均计之，则无款识者，仍占多数，故历来研究陶瓷者，仍以有底款者为上，而有横款者为尤可贵，其原因亦在乎有助于考证而已。

此次中国古代文物展览会中，陶瓷之部有款识者，如南朝，如宋如元，以至明清各代，或一字款，或四字款，而至六字底款，或六字横款，真草篆隶，各式都备。观者一方面可于其胎质、釉、彩、形、画片、图案而外，复可于其款识中考证其年代，确定真伪，所谓学术上之研究，亦即在此。然不只此也，会中尚有一部分有款识之陶瓷，除纪年者如"大明宣德年制""成化年制""乾隆年制"等而外，尚有一部龙泉器（由宋至清），一部建窑器，一部广东石湾器（由明至清），均有款识。尚有记制作者之姓氏，或施与者之姓名，及祈福许愿及庙宇等。观此历朝各期之陶瓷，除得一确定之年代外，尚可旁证某一时期之制器与某一时期之风俗，其有助于考古学实至大也。

（1947 年 1 月 29 日，香港《工商日报》）

劳洁灵的画

古今中外不分，画学源流不懂。东洋与西洋、中国与日本的艺术异同在何处？日本画家笔下的虎抄袭过来，硬说是中国画家的虎，从艺术上观点来看，这不只是抄袭，而且是盗窃。

倘若犯了艺术上的盗窃，而又不知道这是盗窃，那何止是不懂得画学上的源流、不晓得东洋与西洋的特点、不知道中国与日本的国民性？那又何必从事于研究艺术！艺术必须要从艺术上修养的，尤其是中国的绘画，是形而上的艺术。

从以上的理论来看，我不能不佩服新进女画家劳洁灵小姐。她一方面读书，读很多画学上的书，极明绘画的历史与学理及其演变。中国画是抽象的，是富有哲理的，而她则能心领神会，作精湛的研究。她又好游，到过不少地方；好读书、评画，尝写过很多深刻的批评。

山水、花鸟，意笔的、工笔的，大至寻丈，小至扇面小品，她都能挥洒自如，而且是纯粹成功的中国画。

在今日艺术界生吞活剥、盗窃横行的时代，而她独能刻苦，不急功近利，作纯艺术的研究，这是难能可贵而值得颂赞的。

话说得觉得有点多余，请花点时间去欣赏一下她的画展吧。

（1947 年）

五十万卷楼主莫天一寿

东莞莫天一先生，为吾粤著名藏书家。早岁研究医药，尝在广州设药房，首先介绍戒烟方法入中国，嗣萃其全力于古版书本之搜藏，宋元孤本及古活字本甚丰，更精钩稽点勘。初号所居曰福功书堂，后易为五十万卷楼。著有《五十万卷楼目录》等，为国内学术界所珍，由傅增湘题署。在抗战期间，莫分散其书籍于乡间，获保存者犹不少。近氏居澳门，以晚岁失明，杜门不出。旧历八月十四，是为其七十寿辰，国内书画名家写画或撰诗以祝者甚多，此乃艺坛近日一盛事也。

（1947 年）

重游六榕寺

二十年代初，国画研究会设址人月堂。人月堂位于五羊净慧寺千佛塔下，为诸僧修行之地，然年久失修。时国画会成立，苦无会址，铁禅乃会员也，遂捐出一角，中外人士为提倡艺术，捐款修之，以为会所，群称美善。古刹乃一块清静之地，榕荫掩映，修竹拂雨，景致清幽。千佛塔又名花塔，巍峨壮丽，屹立寺院中央，雄矗天半。堂前古玉兰一株，高数丈，枝繁叶茂，花放之候，清风徐来，香溢四座，沁彻三界，令人神爽。人月堂虽不大，然布置极雅，推窗所及，花塔之朱栏碧瓦，丹柱粉墙，映入眼帘，饶有天然之诗情画意，是为画人清凉憩息之地。入其室，名利之心，鄙俗之念，皆顿自消。忆往昔，吾粤画坛之俊彦咸集，每星期必例会于此，吟诗呪墨，挥毫赋彩，极一时之盛。平时亦有古今名画及会员新作陈列，更有盆栽石山清供，会员及艺术青年，皆可整日盘桓于此，谈画论艺，交流切磋，无主无客，令人流连忘返。广州沦陷，画会星散，多避兵香江。六榕幽景，一别数年，却时时萦怀梦中。今胜利复员，画人陆续返粤，国画研究会亦在拟议恢复之中。日前重访六榕寺，以寻旧迹，却见寺内芜秽不治，楼房半圮，令人不胜欷歔。昔日如诗似画的人月堂，原考古学会之故址，已变为宿舍，入住者据说乃桂省一诗人。而国画研究会原址，则让人承包，辟为素食堂，四壁昏污。百寻荒烟，花木寥落，蔓草一径，往昔之朱栏小槛，花卉盆栽，四壁画图，清风拂座之雅景，早已荡然无存。而犹令人痛心者，乃当年存于寺内的数千古本图籍，亦不翼而飞。呜呼！

（1947 年）

国画研究会复员

画之滥觞，尤先于文字。其为艺，洵可以兴，可以观，可以群，可以怨，非徒悦目赏心，陶淑性灵也。吾国画法，不拘拘于像形酷肖，其于神韵风格，尤擅胜场。西方艺人，每为罄折。粤省丹青妙手，夙有国画研究会之组，为潘致中、姚粟若、温其球诸先辈所发起，会设六榕古刹人月堂。以时讲学论艺为雅集，分绘合作，藉收相观而善之益，三十年如一日。沦陷之后，艺人星散，会遂解体。而六榕寺人月堂，沦陷期中，故物荡然一洗。胜利光复已阅周年，会友先后归里，赵浩公、李研山、黄般若诸子，爰有重组国画研究会之议，唯人月堂已面目全非，残破不堪，另作别用，会址乃成问题。文献馆长简又文氏，以国画攸关文献，岂唯保守，抑有发扬之必要，愿于馆中划地，为诸艺人藏修息游之所。十一月某日，赵浩公等二十余人，假座文献馆，筹商复员办法。议决将邀集旧会员登记，不分畛域，惟曾参与侏儒之文化协会、甘隶敌酋伺眼波承色笑者，未许问津。该会同时亦征求新会员参加。其每星期雅集挥毫之会，亦决先行举行，以复六榕旧业。是日诸久违多年之画坛旧侣，相晤一堂，由大华烈士简又文任招待之责，谈言殊多风趣。黄君璧回粤未久，又将返金陵任教中央大学，亦适时赴会，相与纵谈恢复广东画坛盛况之计划。此当为留心美术者所乐闻之消息也。

（1947 年）

大汕和尚自画像

大汕画迹，存世很少，十年曾在何氏嘉乐园得见一轴，为墨笔写的心经竹图。这图是以心经全文，组成竹叶，下写竹竿数枝，俪以一石。这一类的画法，是极难好的，而大汕处理得很适当，没有一点俗气，真是难能可贵了。然而这还未显出他在艺术上优异的修养，他最成功的还是写真。

"写真"这部门的艺术，在我国历史上虽然有过不少的名家，也有过不少有趣味的艺坛逸事，但是写真的专家，实在也不多见，如大汕和尚的写真艺术的成就，大概在民国前这二百多年，也可算数一数二的人材了。

十年前，我和文友严南方、画友叶因泉、谢启们同游清远峡山飞来寺，曾和寺僧借观飞来寺的寺宝大汕自画像、大汕画广州各大丛林的高僧图、大汕十八应真像册、黎简的《金刚经》墨迹，高僧□的画志传神，惟妙惟肖，而最精的还是大汕的自画像。该画高约三尺，宽约二尺，像蓄发作头陀状，身披袈裟，用笔细静，设色妍丽，袈裟的织锦巧夺天工，而这像的庄严肃穆，是最大的成功。

偶读陈良玉的《半帆亭修禊诗》曰："初地何尝感废兴，一番谣诼到南能。把公遗像还堪笑，我亦居家有发僧。"原注："康熙中曾构狱事，顷睹石濂画像，乃一头陀。"想陈氏所见之大汕像，即为此图。抗战前一年，飞来寺住持是由六榕寺僧铁禅兼领，后铁禅借故"重新装裱"，把这几种名贵的广东文献，带来广州六榕寺，现六榕寺已由宽鉴和尚接收，但现在仍保存于六榕寺吗？这是我们研究广东文献者最忧虑的事情。（现六榕寺存的大汕像，是画友卢振寰摹临的。）

大汕字厂翁，又号石濂，亦作石莲，是广州长寿寺僧，与屈翁山、陈独漉、梁佩兰（岭南三家）最友善，那时的名流如杜于篁、吴梅村、陈其年、魏和公、高澹人、吴园次、宋牧仲、万红友、田纶霞、王渔洋、黄九烟等，皆与唱和。他的著述，有《离六堂集》十二卷、《海外纪事》六卷。大汕擅书画，尤善画像，曾为陈其年（维崧）画像，作天女散花图，陈其年广征大江南北名流题咏，是极有名的。中华书局曾影印墨拓本，今原迹是否尚存？我不禁为我们的广东文献惜。

（1947 年 9 月 7 日，《中山日报》）

仁山之画

苏仁山，名长春，顺德杏坛人，擅书画，富天才，笔墨豪放，意境超妙。山水人物，花鸟虫鱼，俱有其独异之作风，为百年来杰出之画家。少年时即以画名乡里，及其长也，邀游桂林，其画材益富。苏氏每于林泉佳胜处，流连忘返，朝晖夕阴，大自然变化无穷之际，每有所得，即寄之毫端，故其所作，迥异恒蹊，盖得之于自然界者深也。最近六月廿五至廿七日，广东文献委员会为提倡苏氏艺术，特开苏氏遗作展览于文献馆，出品共一百五十余帧，山水、花鸟、人物俱应有尽有，蔚为大观。本报选印数图，略见一斑。

（1948 年 5 月 10 日，《越华报》）

天然禅师臂阁铭

　　阁铭昔存海云寺，民国二十四年，南方、因泉二兄游海云拓之，归而赠予。前海云寺已为寇毁，荡然无存，寺中法物，不知流落何方，今检此拓，能不抚然！臂阁铭曰："背触非遮护，巍巍古道存。十年行有地，一日契无言。影草手中眼，吹毛身里门。规模镕尽易，须念尔儿孙。甲辰浴佛日铭付摩子。"下署"天然"。摩子者，为天然禅师之子，原名琼，少为邑诸生，颖悟拔俗，颇好黄老之学，禅师不能禁。庚寅冬，一夕窥内典，遂尽蠲夙习，受具海云寺，法名今摩，字诃衍。乙未游匡庐，爱其幽邃，有终焉之志。鹤鸣峰旧有僧室，老竹万竿，下瞰彭蠡之胜，购而居之，影不出山三十余年。后归粤，戊寅秋示寂于海云寺。

　　　　　　　　　　　　　（1948 年 6 月 21 日，《越华报》）

画法与气韵

昔董玄宰云："读万卷书，行万里路，方可作画。"旨哉斯言！盖游览所以广见闻，读书所以分雅俗，见闻不广，雅俗不分，不可以言艺事也。黄子君璧，少穷六艺，继作壮游，其胸臆所蕴贮者深，山川所启发者广，故其绘事，乃日益精进，观其近作，骨力遒上，气韵渊穆，丹青能事，信谓已尽，盛名之至，有由来矣。

君璧以丹青驰誉吾粤，已十数年，尝任广州市立美术学校教席。以山水擅长，六法精纯，而下笔有奇逸之气，其作风于石溪、清湘为近似。清湘为明末三高僧之一，原名道济，字石涛，号清湘，又号大涤子，明楚藩之后，画兼山水、人物、清竹，笔意纵恣，脱尽窠臼。尝至粤中，所作每多工细，矩矱唐宋。晚游江淮，粗疏简易，颇近狂怪，而不悖于理法。自言"画有南北宋，书有二王法，张融"谓不恨臣无二王法，恨二王无臣法"，今问南北宋，我宗耶，宗我耶？"此可见石涛画之不宥于古法。君璧作画既久，融会诸家之法，又能出之，其笔放纵超脱，迥绝凡响，然君璧之法，非无法也，特不肯宥于法耳。

抗战后，君璧入渝任中央大学教授。蜀中山水，险峻雄奇，君璧得恣其领略，而国中艺术人才，又萃荟是间，得昕夕研究观摩，由是境乃益进。四年前至沪，举行展览会，震动沪上艺坛。其后更游台湾，写山水多帧。兹以台湾写生诸作，并曩年所积累者，计八十余帧，在港展出，蔚为大观。

其台湾写生诸作，走笔运墨，无懈可击。写烟云瀑布，具尺幅千里之妙，气韵生动，有非笔墨所能穷尽者。张浦山论气韵云："气韵有发于墨者，有发于笔者，有发于意者，有发于无意者，发于无意者为上。"余稔君璧久，深知其生平，当其作画之初，笔情墨趣，位置经营，尚不离有意，及其兴会淋漓，天趣奔合，巨笔挥洒，纯合化工。当是之时，物我忘形，其精神已注入画中，殆即张浦山所谓"发于无意"，宜其气韵生动，有非平常人所能及也。喜读画者，自能领略得之，固不烦费词矣。

（1948 年 8 月 15 日，香港《星岛日报》）

画怪苏仁山

　　清道光年间，广东出了一个怪画人，在他的思想中，蕴藏着一股向传统的艺术理论挑战的思想，可惜环境拘囿着，不容他有发展的机会，结果不特没有完成他的艺术革命大业，而且连他这样的天才，也几于埋没了，这个人便是苏仁山。

　　仁山少即聪慧，幼年时代喜欢涂抹，稍长即能书善画，人物速写，尤具神态，笔墨淋漓，气势跌宕，每一笔都洋溢着天才。当他十多岁时，即对于当时的宗法社会不满，他想一个人为什么要受传统旧礼教所做成的许多桎梏？反叛的情绪，像烈焰一般在他的胸中燃烧，对家庭、对社会，时露出反叛的行为。他的父亲对这样一个儿子，当然不满，而且还怕惹出其他祸患，于是以不孝为名把仁山送进牢狱。关了若干时，在狱中仁山不能自抑悲愤，不特没有悔过之意，相反地他的思想从此更趋偏激，后来便在半疯狂的状态中抑郁以终。

　　无论仁山的天才如何超轶，在那时代士夫阶级统治下的艺坛，却不容许他那带有反叛性的画风立足。因苏仁山被屏于画史传外，他的作品一直没有人提起，直到民国以后，才被发掘出来。近来艺术界人士对于这一个怪杰，已有相当的认识了。

　　"千秋万岁名，寂寞身后事！"仁山身后能够成名，未始不算是幸运呢！

　　他的画恣情放纵，不守绳墨，但法度尚在；人物白描及水墨山水都有，画面结构，匪夷所思。有时题上满幅的款字，题词在可解与不可解之间，喜欢以道家术语题在画上，人物亦多作道士装束，但这些术语又多半是自己创造出来，别人看了，没有一个完整懂得，仁山便是这样喜欢留下谜语让别人猜的。

仁山对于宗教似乎特别感觉趣味，除了道家外，他也听耶稣《圣经》。他有诗云"秋风萧瑟瑟，步听外洋经"，可为一证。什么原因使他如此？大概因为他既不能冷静地安于习俗，作一个平凡的人，便思脱身尘网，作出世超人之想。所可惜的，他没有彻底皈依的勇气，他涉猎了每一种宗教哲学，多歧亡羊，结果空使他自己染上了神经病，而仍旧找不到归宿。这该是一个具有智慧的人最可悲的结局吧！

本版图片四幅，都是仁山的真迹，读者于此可以见到他的独特作风，能够尽脱蹊径、自标风格像苏仁山的，至今还没有几个人。广东出此怪杰，广东人应足引以自豪了。

（1948年，《香港人》第1号）

苏仁山的绘画

苏长春，字仁山，顺德杏坛人。性孤僻，富天才，七岁即能画，至十二龄，以画名闾里。读书极多，所为画线条沉雄而豪快，不假渲染，以笔的轻重疾徐而表现物的阴阳向背，加以题材奇诡，与俗迥异，这是苏氏艺术最成功的地方。

苏氏曾两度赴试不遇，后便精研书画，并能于大自然有所领悟，纵横挥洒，不拘成法。山水、花鸟、人物、仙佛，无一不抒写他的襟怀。苏氏的作品，早期用笔繁复，后期乃臻简练。用墨则有类于木刻画，不复为墨法所拘牵，简单熟练之线条，已足表现其心怀所欲表现的境界，寥寥数笔，玩味无穷。下列各图为简又文君所藏，最近将公展于广州文明路广东文献馆。

（1948 年，《天下图画》第 1 期）

苏仁山的画

　　我在三十年前初读到苏仁山的画，从他爽快的笔调，神秘的意境，可解不可解的题词，每每感到惊异，遂至想到他的历史。但历代《画史汇传》《岭南画征略》，所有一切谈书画的典籍，《顺德县志》，都没有关于苏氏的记载。同时，我们的同好如黄苗子先生、简又文先生，都有着同一样的心情，希望着多罗致苏氏的书画，希望着多得点研究的资料。关于他的历史、思想，从他的题字里面，希望有更多的发现。可惜苏氏的书和画，无不带有神秘的疯狂与梦幻，想从他的作品去寻求他的历史，实不是一件容易的事。

　　幸而简先生得到一件最珍贵的关于苏氏的史料，苏氏在所仿文衡山山水里所书的自述，从一岁至二十八岁，虽然是很简单，但已经可以窥到他二十八岁以前的略史。这一篇的自述，另段录出以供同好的研究。

　　又从《佛山忠义乡志》第十四卷第八页（《流寓》）也有一段关于苏氏的记载，这一篇是唯一的有根据的记载，简先生想从这些记载写一篇苏氏的详传。黄苗子先生亦在海上开始把所得苏氏的作品刊布。而广东文献委员会所主办的第十五次艺术观赏会亦定于五月二十八日开会，展览苏氏的书画。沪粤两地，适于此刊布及展览苏氏的作品，这真是一件巧合的事！

　　这一回展览苏氏的书画，在广州还是第一次，集苏氏的作品、遗物、史实等提供学术界的研究。书画共约一百二十件，内长联一副、行书一轴，余外则俱属绘画，人物画占最多数，山水花卉，应有尽有。考苏氏的作品全以用笔胜，线条沉雄而豪快，不假渲染，随意所之，以笔的轻重而表现阴阳向背，加以题材奇诡，构图境界，迥异凡俗，这是苏氏艺术最成功的地方。苏氏作画的动机，虽然是失意于科举，假丹青而寄志，但能于大自然有所领悟，加以读书之多，学问之富，故抒之不尽，纵横挥洒，不拘成法，山水、花鸟、人物、仙佛，无一不是抒写他自己的襟怀。即使他所谓摹临之作品，如所谓摹沈石田《桐阴清暑》，元四家的山水，王端淑的人物，仍不过是信手拈来，毫无临摹的迹象，脱不了自己的本色。苏氏的艺术，是耻与人同的，我自为我，所谓临某家、仿某法，这不过是其于绘画抒情之余的故弄玄虚。同时他的题字，或纵或横，往往是漠不相关的，风马牛不相及的。从这回展出百多作品中，不可解的、富有神秘的气氛的，是占着最多数。

苏氏的作品，早期用笔异常繁复，后期乃臻简练。用墨则有类于木刻画，纯以焦墨，不分浓淡。其初期的作品，墨法尚有浓淡深浅，及至成熟时期，已不复为墨法所拘牵，简单熟练之线条，已足表现其心怀所欲表现的境界。画画本是愈简愈难，从事于艺术有经验的，无不知道这内里的甘苦。苏氏从读书得来的修养、大自然的触发灵感，参以古篆隶书法的运笔，所以愈简而愈成功，寥寥数笔，玩味无穷。在此会里最动人的画，还是在最简单的线条所表现的山水与人物了。

（1948 年 5 月 30 日，《越华报》）

八大山人与牛石慧

明末清初的画，标新领异，不同凡俗，独往独来，当首推八大山人。虽然有人以石涛笔意纵恣，脱尽窠臼，大江以南推第一云，这在当时的画评似有相当的公平，然而石涛的画有他的好处，也有他的不好处。石涛的画可学，八大山人的画不可学，最适当用"前无古人，后无来者"这句评语来评八大山人的画。从这可以分出两人造诣的高下。

八大山人的画，取材广泛，从残山剩水，以至花鸟昆虫，都描写得恰到好处。他的画法，用笔简略，逸趣横生，描自自然，超于自然，所谓"失于自然而后神"者，从这里领会八大山人的画，自有无限的趣味。

"朱耷，字雪个，故城石府王孙，甲申后，号八大山人。其书画题款，'八大'两字必连缀，似'哭'似'笑'。"亡国王孙，意有所寄。读湖南叶德辉所撰《观画百咏》卷四："八大山人牛石慧，石城回首雁离群。问君哭笑因何事？兄弟同仇不拜君。"这首诗自有无限感慨！

关于牛石慧的记载，从历代的画史、艺术家传记，及收藏家的目录，均不载其人。只叶德辉《观画百咏》有过这一段：相传与八大山人为兄弟，山人去朱姓之上半而存下半之"八大"；牛石慧去朱姓之下半而存上半之"牛"，"石"字草书又似"不"字，书款联缀其姓名，若"生不拜君"四字。其画用破笔，笔力

79

奇险，墨气淋漓。我曾从沪上藏家读牛石慧的画四五帧，其格调兄弟极相似，其署款之寄托，亦极相似，虽无正史可征，然从其风格与署款，则相传兄弟一说，极有可能。

画友李研山兄藏牛石慧画一帧[注]。我亦藏一小幅，写破瓶内插花一枝，其署款亦为"生不拜君"，其题字曰："生平愿无恙者四：一曰青山，二曰故人，三曰藏书，四曰名卉。"其意义固深长也。

[注] 李研山所藏为《八哥蕉石图》

(1948 年 9 月 13 日，《中山日报》)

介绍苏六朋

　　顺德苏六朋，能书善画，尤擅人物，用笔豪迈，构图严谨，从扇头小品以至寻丈巨幅，都能挥洒自如，神完气足，趣味浓厚，是清代广东人物画家最成功的一人。广东文献馆为研究及整理吾粤的文献，特陆续主办吾粤名画家的遗作展览，如居梅生、居古泉一门的花鸟画展及苏仁山的山水人物画展，已经举行过了。这一次苏六朋的遗作展，日期是由十月九日至十一日，地点在文明路广东文献馆。

　　苏氏的作品可分两期。前期的作品，细笔居多，文静秀丽，有陈老莲的稚雅、唐六如的潇洒、华秋岳的逸趣，诚能撷取三家之所长。后期的作品，则线条奔放，技巧熟练，画材多选取民间一般的生活，而另创趣味殊异的漫画格调，可称为中国风的漫画。他后期的作品，传世最多。士大夫们从提倡文人画的观点来看他的作品，往往对他后期的艺术发出不良的批评——"粗鄙不文，无足欣赏"。对他早期艺术，则认为"工力既深，尚存古意"。这当是另一种看法。

　　广东的人物画家，成功的并不多。苏仁山和苏六朋表面似有点相同，而实并不相同，一个倾向于现实，一个倾向于冥想。关于苏仁山的绘画，在前几个月举行展览时，已有过几篇研究的文字，这里只谈苏六朋的画。

　　苏氏早期作品，多为仙佛、仕女及幽人逸士的生活。他偶然也画山水，用笔细静，设色妍丽，其风格有点像唐六如、仇十洲。如何氏所藏的金笺斗方四幅，及郑氏所藏的《白头宫女》长幅，便是这类。又如简氏所藏的罗汉长卷，极像李龙眠的白描，其造诣是很深的。后来大概是因为他对社会的观察愈为深刻了，笔墨更为遒练了，对过去的画材，有点厌倦，遂取材于民间一般的生活，满腹牢骚，尽量发泄，嬉笑怒骂，极刻画之能事。可惜这一次会中收罗这一类的作品不多。从前先叔少梅翁藏有扇面画《算命先生》，题曰："灵于人，不灵于身。丁，丁，丁。"陆丹林兄藏的《赶猪郎》，题曰："世间有此便宜事，牵你风流又贴钱。"《群盲度曲》，题曰："盲三绝技不复作，盲佬多从此老学。而今剩有高佬奇，只会锣鼓杂弦索。"（按：盲三姓谭，道光时瞽者，有奇技，能同时弹奏各种乐器。蒋莲曾画其像，藏简氏斑园。府志有传。）这次展览只有几张有此作风。

苏氏此类作品，每幅必题小诗，别饶趣味。其讥讽社会，每每借画盲人寄意，深入民间。后来清末时期，革命先进潘冷残、何剑士、郑侣泉等宣传革命，在所办的画报里也是摹仿苏六朋的作风，而收很大的功效。中国的漫画，发源虽很早，但独创一格的，只有苏氏。到现在风行着的，是纯粹的西洋风的漫画；中国风的漫画自何剑士、郑侣泉而后，几成绝响了。

苏仁山的由历，我们能知道的已很少；但苏六朋的历史可考的，比仁山更少，他的生卒年月更无可查。同好者倘有关于二苏的生平史实现状，至盼寄给文献馆，使得完成考证的工作。

（1948 年 10 月 9 日，《大光报》）

品艺并高的赵浩公

"南宗嫡派承天水，北苑薪传让二樵。"这是广州前一星期广东文献馆、广东省美术协会联合主办的赵浩公先生纪念会中，何公卓先生挽赵先生的句子，真是最贴切不过的。赵先生的绘画，兼南北二宗，尤善画花鸟，从广东绘画史上看，真是黎二樵先生以后的一人。

在广州开赵先生追悼会期间，同时展览赵先生的遗作，出品全是从赵先生的朋友借出来的，全场共一百二十余件，花鸟占最多数，佛像不过五幅，人物不过二幅，山水不超过十幅，大部分是很精彩的作品。

纪念会开时，由香翰屏先生主祭。祭毕，香先生述赵先生的生平，胡毅生先生谈赵先生的艺术，陆幼刚先生讲赵先生的人格，最后由简又文先生讲纪念赵先生的意义，大家都一致强调赵先生的高尚人格。

赵先生的性情是真率的，是刚毅的。在广州陷敌的前夕，避来香江，及至香江沦陷，十天内即不顾一切，带着他的太太和子女，从东江徒步到韶关，中途曾经无粮而求乞，但从不愿腼颜事敌。这种精神是极值佩服的。艺术上造诣极深的也大有人在，但艺术和品格并重的如赵先生的则并不多，这是最值得我们景仰的。

赵先生和我已有三十多年的友情了，在广州癸亥合作社的时候，以至国画研究会组成的时候，我们都在一起绘画，画合作画。广州陷敌，我们也回到香港，每星期都有几次见面，谈谈艺术。我们同一宗旨，表面上是保守的、传统的，但我们也密切的注视时代，并不忽略时代。然而，我们并不同意以日本绘画为新国画，并不以盗窃拐骗得来的艺术为创作的艺术。最好有一个比方：从人家的袋里的金钱用扒手的手法盗窃得来，而硬说这是我的所有、我的创作，这是艺术上莫大的耻辱！盗窃、扒手的作风，这可能说是创作么？我和赵先生这一个主张，三十年来是一贯的。赵先生于胜利时从连县回到广州，大家又聚在一起了。他在广州的广东文献馆某女画家的展览会中，大骂某女画家媚敌、无耻，识错了人，直接的，当着面的，这是何等的痛快，何等的伟大！

赵先生和我一方面规复国画研究会，一方面计划着编一本近代广东画人名录，内容并不限于国画；赵先生的草稿还在，然而人是过去了！当他逝世那一天，他的高足劳洁灵女士跑来见我，相对无言，心中无限的悲怆。及至他入殓的时候，我到乐天殡殓馆，看到他的遗族，听到哀乐演奏，念着和赵先生过去三十多年的友情，一旦离别了，一切对艺术的计划都未完成，不禁悲从中来，泪如雨下。赵先生已过去了，我们为纪念赵先生的艺术，景仰赵先生的人格，继续着赵先生的遗志，完成重兴国画研究会和广东画人名录的编印，同时在广州、香港征集赵先生的遗作，选印成书，垂纪念于永久，为后学楷模，这是我们最大的任务。

民国卅七年九月九日，写于香江旅次

（1948 年 12 月 13 日，香港《星岛日报》）

名书画集

编者按：

  1930 年汪兆镛编的《岭南画征略》收录岭南书画家近 400 人的生平事迹。1940 年 4 月 24 日在中国文化协进会举办的《广东的绘画》座谈会上，与会者纷纷指出该书存在的疏误。次年，香港沦陷。抗战胜利后，先父黄般若参与广东文献馆及广东省文献委员会工作。据 1948 年 5 月 4 日《越华报》报道，广东省文献委员会曾嘱先父补辑《岭南画征略》："汪景悟先生所辑《岭南画征略》，搜罗颇广，然其中尚不无遗漏，且该书体例，生存者不录，而出版已将廿载，当时生存之人有不少已去逝。省文献委员会已嘱黄般若先生从事补辑，甚望各方对粤籍著名画家，业已去逝者，或远代各名画家，为原书所漏载者，开示其姓名、别号、籍贯、生卒年月，及其画之渊源特色，寄交文献馆。"然补辑之事似未见下文。

  1972 年，经汪宗衍增补的《岭南画征略》由香港商务印书馆出版。1988 年，周锡馥在汪宗衍手订本的基础上，对《岭南画征略》进行点校，由广东人民出版社出版。1991 年 6 月，编者访汪宗衍先生于香港，请教其手订本中偶有"波若笔记"条目到底来自何书，承告乃是访问笔记。又告曰："本书原由般若先生补辑，但般若先生告余，既然此书是你族人所撰，理应由你续补。我增补时有向诸前辈请益，不敢掠美，故以'笔记'之法记录资料由谁提供。"

时严南方和先父同为省文献委员会委员，主持《越华报》副刊，又与叶因泉、潘峭凤等组羊社，藉此机会，先父另起炉灶，编"名书画集"，以羊社名义刊于报上。该专栏基本上每日一期，每期介绍一至两个画家，并附图像。今从原刊辑录，仍以"名书画集"名之，以飨读者。

清林奇作《一团和气》

林奇，字庸夫，先祖戍守虎门，遂落籍东莞之太平乡。善作粗墨人物，用笔遒劲，其作风如挥写草书，开脱前人此画种之俗气。林为清光绪间人。

清张之万作山水

张之万，字子青，南皮人，张之洞之兄也。道光二十七年进士第一人及第，工诗词，精鉴赏，画笔高古，意象闲逸，为士大夫画中之逸品，与戴文节（熙）画名齐肩，有"南戴北张"之称。

清胡公寿作《天寒有鹤伴梅花》

胡远，字公寿，以字行，号瘦鹤，又号横云山民，江苏华亭人。画笔高逸，气魄雄厚，时人推为近代大家。寄居海上，于东城老学宫前辟室，作画莳花，名其居曰寄鹤轩，盖其号为瘦鹤也。方外僧侣，当代名流，无不相过从。不慕名利，惟终日孜孜丁画案而已。卒时七十，享上寿。胡为清道光间人。

明伍瑞隆作《富贵图》

伍瑞隆，字国开，又字铁山，香山人。明天启元年乡试举第一名，授化州教谕，编修《高州府志》，以信史称。擢翰林院待诏，迁户部主事，再迁员外郎，仕至河南巡道。明室沦亡，隐居故里，与鼎湖僧栖壑相唱和，以终其身。工诗，善书画，尤善写牡丹，世多宝之。

清梁蔼如写《秋山论道图》

梁蔼如，字远文，号青崖，顺德人。嘉庆十九年进士，官内阁中书。事亲以孝闻。喜吟咏，善书画，自题画有句云："空亭日落无人迹，黄叶满山秋气深。"画中有诗，诗中有画，两不能分。著有《无怠懈斋诗集》。诗学陶、韦，篆学《峄山碑》，隶学《夏承碑》，草书学王右军，真书学颜鲁公，行书学苏东坡，画学一峰老人，得其书画者，寸缣尺素，皆珍之也。

明张穆作水仙

张穆，字穆之，号铁桥，东莞布衣。善诗，尤工画马。久居罗浮，得云霭山岚、朝霞晚露种种之熏陶，故画山水有生气。亦善画鹰及兰竹。能技击，邝露称穆"短小似郭解，深沉类荆卿"，可想见其人。画马则类韩干。明室既屋，乃入闽招兵抗清军，后事无成，隐乡中不复出。

明陈士忠作《兰石图》

陈士忠，字秉衡，南海人。工诗，善写山水，绵密高逸，行笔高洁似文衡山。间写兰竹花鸟，亦潇洒有致。崇祯癸未岁，尝寓古冈彭氏家，以楚纸十幅，作兰竹芝石长卷，濡毫走笔，顷刻立就。性极脱略，不拘小节，有题明妓张二乔梅花诗，传诵士林。

清蒲华作《竹石图》

蒲华，原名成，字作英，秀水人。平生长于画竹，以东坡为法，轻墨数笔，仿佛雾笼月下，萧疏有致，为近代写竹巨擘，世称为三百年来板桥之下第一人。间作花卉，其作风在青藤、白阳之间。草书自谓效吕洞宾、白玉蟾，其用笔意，若天马行空。居沪数十载，鬻画自给。宣统三年，无疾而卒，自殁后声价顿增。

民国袁克文书《相见欢》词

袁克文，字寒云，号抱存，项城人，袁世凯之第二子也。善文词，精鉴藏，编自藏之古钱，著《泉简》一册。性不羁，尝与樊增祥至津门，宿于娼寮，数月不归，为其父侦悉，抬归囚之，而撤樊职，而樊当时为袁世凯之幕属也。袁世凯称帝，克文谏之不听，还自刻一章，文曰"袁二王子"，以表其不愿与兄争储君位之意。其书类鲁公而有潇洒之气，清丽如其人。袁于民国二十年间逝世，享寿四十余岁耳。

清熊景星作山水

熊景星，字伯晴，号笛江，南海人。嘉庆二十一年举人，官开建县训导，曾参与修《南海县志》。工诗古文词。恨文士绵弱，于骑射技击，无不备求，及老闲校官，乃借楮笔自娱，以发其郁抑磊落之气。善书，画山水花卉，声誉颇重。其论书画有谓"笔不重不奇，墨不浓不深"。书法颜、柳、北海、米元章，画仿吴仲圭、沈石田。

清于心写《兰花美人》

于心，字清田，一署石木山人，广西之义宁人。善写人物，尤长于仕女，云鬟设墨，缥缈轻淡，一脱前人纤滞之风。其所作仕女图，虽多非浓饰艳服，但雅淡宜人，隐含豪华之气，此难得之笔也。其粗墨之作，绝类黄瘿瓢之奔放。于为清咸同间人。

清李斗山写《秋溪听泉》

李魁，字斗山，新会七堡人。常居佛山，故或误以籍在南海。相传其少年时曾为泥水匠，以其天分高，故能绘事，超脱常人窠臼。善写山水，用笔浓厚，力辟奇境，取法清湘。卒年七十。李为清道光年间人也。

明林良作《双鹰图》

林良，字以善，南海人。善画翎毛花卉，少时为布政司奏役。布政司陈金，假有名画，良从旁疵评，金怒欲挞之，良自谓其能，金试使其临写，惊以为神，名自此远播。与四明吕纪先后供奉内廷。

清朱芾写《江上乘凉自抚琴》

朱芾，字石农，福建人。笔墨力追四王，尤善石溪法，设色古艳，意境深远。咸同间，侪辈无有过之者。

清蒙而著作《石门反照图》

蒙而著，字杰生，番禺诸生，自号咸菜道人。画师麓台，间仿蓝蝶叟。写山水以干笔皴擦，峰峦则全以点苔法而成，得石田遗法而自开生面。世居河南瑶溪乡，同治间人。

清龚贤作《清泉破壁图》

龚贤，又名岂贤，字半千，又字柴丈人，昆山人。流寓金陵，为"清代八大家"之一。山水得董北苑法，亦仿梅道人。性孤僻，有古风。工诗文，行草雄奇，山水每作烟云缥缈，墨气益然。其著作有《草香堂集》。

清伍学藻写花卉册页

伍学藻，字用蕴，顺德人。岁贡生，为学海堂学长。其画苍秀，尤工人物。尝居广州城长寿寺，即今之长寿戏院，号其寓斋为十二芙蓉池馆，盖家藏有十二芙蓉章石也。伍为嘉道间人。

清谭仲瑜写《柳塘双鹭图》

谭仲瑜，字小璞，新会凌冲乡人。工写山水，书画皆仿二樵，而运笔用墨，自成风格。谭为道光间人。

清梁于渭作《江楼月夜图》

梁于渭，字鸿飞，又字杭叔，一字杭雪，番禺人。善骈文，雅丽似初唐四杰。画仿元人法，而意境宕逸。以国子监生应光绪八年顺天乡试，副榜贡生，十一年中顺天举人，十五年成进士，授主事签分礼部。历充祠祭清吏司司员，惜晚年染痫病。画作多为画贾所赝，故如《江楼月夜图》真迹者甚少矣。

明释道济写《松外万重云图》

道济，字石涛，号清湘老人，一云清湘陈人，一云清湘道人，又号大涤子，又自号苦瓜和尚，又号瞎尊者，意奥不可解。瞎者失明，寓亡明之意，盖道济为明楚藩后也。善写山水兰竹，诗书画均臻妙境。《清朝画征录》评云："小品绝佳，其大幅惜气脉未能一贯。"

清张维屏写八哥红棉

张维屏，字子树，号南山，番禺人。嘉庆九年举人，大挑知县，道光二年成进士，官湖北黄梅县知县，有政声。才名甚盛，与谭敬昭、黄培芳称"粤东三子"。爱松，自号为松心子，著有《松心日录》《松轩随笔》诸书。

清李翔光写《潭江芦棉图》

李翔光，字星如，新会诸生。寓居佛山，善画翎毛、山水，笔墨有逸气，设色雅淡如新罗山人。此图写开平潭江红棉、芦花之景物。李为嘉庆间人。

清翁清写《竹石图》

翁清，南海人。善画竹，用笔萧疏有致，脱尽尘套，道咸间一时无两。

清张赐宁写《乔松千载图》

张赐宁，字坤一，号桂岩，直隶沧州人，为通州同知。山水人物，苍秀浑厚，超然拔俗，着色花卉独绝。

清招子庸写竹

招子庸，字铭山，南海人。嘉庆二十一年举人，出为山东潍县知县。工画兰竹，有郑板桥之风。写芦蟹亦工，相传其写蟹润笔，一蟹一金，有以半金者相嘱，意存破其定例，招以蟹匡半于芦中予之，其风趣若此。令潍县时尝作丛竹巨幅，今仍存于乡中。

清招宝莲写《春树江亭图》

招宝莲，字笛楼，南海人，副贡生，善山水。此图笔简气壮，景小意长。其句题云："前五百年无此画，后五百年无此画。是画不是画，不是画是画。此之谓弃旧图新，此之谓出神入化。"

清叶长华写《苍松书屋》

叶长华，字春生，鹤山人。写山水苍逸若黄道周，气魄雄厚，用墨秀润，行笔简朴。为同光间人。

民国蔡公时书法

蔡公时，字痴公，江西浔阳人。民国十五年，北伐军兴，蔡任济南外交特派员。日寇支持军阀势力，出兵以阻国民军北进，蔡出抗议，为日寇挖目割舌，因以殉职。

清华嵒写《丹凤碧梧图》

华嵒，字秋岳，号新罗山人，闽人。善人物、山水、花鸟、草虫，皆能脱去时习而力追古法，不求妍媚，诚为清代空谷之音。其写动物尤佳，但山水未免过于求脱，反有失处。能诗，亦古质。客维扬，晚年归西湖，卒于家，年望八矣。

清戴熙写《小竹图》

戴熙，字醇士，号榆庵，自号鹿床居士，又号井东居士，钱塘人，道光壬辰翰林。山水笔墨秀丽，丘壑工稳，深得烟客神髓。又善秋竹梅石，布置妥帖，气韵清逸。咸丰庚申殉郡难，谥文节。

清苏仁山《医林十五圣像图》

苏仁山，名长春，顺德杏坛人。能文章，设意奇特。富艺术天才，笔墨豪放，境界超逸，写人物有六朝造像之风。其行文思想，磅礴怪诞，时人目为疯子。当清帝制，父母恐罹灭族，遂捏为忤逆罪囚之，瘐死狱中。

清丁洗作《喜鹊白头图》

丁洗，东莞人。康熙四年，修县志，洗为绘图。写山水，笔墨秀润；设色花鸟，秀逸高古。

明高俨作山水图

高俨，字望公，又因其姓称高士，新会人。工诗书画，称三绝。晚年画益精，能于月下作画，视日间尤工。著有《独善堂集》。年七十二卒。尝有句云："名能累我身须远，贫不干人世莫邻。"此足传也。

清高其佩作指头山水巨帧

高其佩，字韦之，号且园，辽阳人。善指画，人物花鸟，天姿超逸，奇情异趣，信手而得，四方重之。官至刑部侍郎。

清罗岸先写《池荷晚送香》

罗岸先，字登道，号三峰，又号野舫，番禺人。居广州大石街，种竹百余竿，名其斋曰有竹居。书法仿文衡山，得其静秀之致，亦工人物草虫。罗为咸同间人。

清潘谦作《秋郊放马图》

潘谦，字寿石，山阴人。与倪墨耕同门于任伯年，善花鸟，工画马。光绪末年，鬻画沪上，名重一时。

清黄培芳写《松阴听泉图》

黄培芳，字子实，号香石，嘉庆九年副生。自少以诗名，与张维屏、谭敬昭被督学翁方纲目为"粤东三子"。工画山水，法宗九龙山人。卒年八十二，著作甚丰，自称粤岳子。

清黎简写《松阴小亭图》

黎简，字简民，又字未裁，号二樵山人，顺德人。乾隆五十四年选拔贡生。诗书画时称三绝，又自题曰狂简，亦称樵夫，又号石鼎道人。寓广州僧寺，种竹，名曰竹平安馆。其画得力于倪迁、石涛。

清苏六朋写《女卖卜者》

苏六朋，字枕琴，顺德人。画人物得元法，亦效黄瘿瓢，时有奇致，作细笔者尤佳。道光时人也。

明湛甘泉书法

湛甘泉，初名露，字民泽，号若水，增城人。陈白沙先生弟子，精易学，尝至南海大镇乡讲《易》，至今尚有湛园故址。

清吕材写《墨水牡丹》

吕材，字小隐，顺德人。其父吕翔，亦有名于画史。材得其家法，工绘山水花卉。道咸间人也。

民国宋彦成写《双峰耸翠图》

宋彦成，字顺之，外省落籍广州，世居甜水巷。民初，曾长东莞县政，性梗介廉洁，卸任后两袖清风。抗战时逝世，年八十余。广州国画研究会创办人之一。

清莲溪和尚写竹册页

莲溪和尚，别署野航，又号真然，扬州人。工绘竹石，飞禽走兽，俱皆佳妙。住上海一粟庵，求画者户限为穿。清道光人也。

民国容祖椿写榴花燕子

容祖椿，字仲生，东莞人。习画于居古泉，得居氏之"粉水法"，故写花卉、虫鸟、山水、人物俱皆佳妙。曾当广州市立美术学校教授，桃李遍国内外，抗战时逝世于香港。汉奸僧人铁禅所写之画，均请容为代笔也。

清禤超写梅立轴

禤超，字子佳，广东三水人。善以墨水作没骨法写梅，冷艳孤高，别成风格。为同治间举人也。

民国潘和写《山峡云封》立轴

潘和，字致中，号抱残，清末南海诸生。家藏书籍甚富，博学能画，长写山水，气势雄浑，追宗麓台、烟客。民国十四年癸亥，集广东画人，成立国画研究会于六榕寺人月堂，岭南画风，为之大振。

清沙馥写《爱月夜眠迟》

沙馥，字山春，苏州人。马根仙弟子，工人物、仕女、花卉，笔意纵逸，颇饶韵致；人物尤精妙，足与任伯年相仿佛，名声亦并著。

清冯敏昌写兰立轴

冯敏昌，字伯求，号鱼山，钦州人。乾隆四十三年进士，翰林院编修，改刑部主事。书法王大令，画松石兰竹，苍秀绝俗。著有《华山小志》《河阳金石录》《小罗浮草堂诗文集》，入祀乡贤祠。

清黄瑞图作山水图

黄瑞图，字子刚。工诗，作山水笔法酷似陈白阳。清咸丰时与邓大林等把酒唱和于花㘭杏林庄，庄园址至今尚存。

明海瑞写兰花册页

海瑞，字汝贤，号刚峰，琼山人。为官廉正自持，掌淳安县政，布袍脱粟，老仆菜蔬自给。总督胡宗宪尝语人曰："昨闻海令为母寿，市肉两斤矣。"官至南京右都御史，卒官，卒时葛帏敝箧，有寒士所不堪，民哭者百里不绝。

清秦祖永作山水立轴

秦祖永，字逸芬，号楞烟外史。金匮诸生，官广东碧甲场盐大使。喜收藏古书画法帖，精鉴别，工画山水，得烟客神髓。著有《桐阴论画》《画诀》《画学心印》三种，足为后学津梁。

清甘天宠写《傲骨凌霜图》

甘天宠，字正盘，号侪鹤，新会人。乾隆三十五年贡生。性孤介，绝迹公门。家甚贫，未尝有忧色。善书画，瘦秀孤高，如其人。主讲景贤书院，岁得束脩，分半以供社中文会。性虽孤介，然接物待人，温厚不立崖岸，樵牧皆乐与语，故人敬而爱之。

清秀琨写没骨海棠

秀琨，字子璞，别署红叶庄农；姓马佳氏，满洲正白旗人，英廉之从孙。工山水花卉，略变祖法，善诗词，能篆刻，著有《听秋山馆集》。居粤久，乾隆时人也。

清吕翔写牡丹花条幅

吕翔，字子羽，号隐岚，顺德人，吕材之父。天分绝高，所作花卉，艳丽如生。士绅缙宦，得其片缣，珍同古轴。先是，画苑有"南奚北宋"之目，谓葆淳与冈也。伊秉绶来粤，见翔画，遂曰"北奚南吕"矣，可见时重。其所为花卉，专学陈道复，参以钱坤一。吕为嘉道间人也。

清葛璞写社会生活册页

葛璞，字绍堂，一字小堂，湖南人。居粤习画于居廉，写人物笔法清丽，青出于蓝，时人重之。东莞至富张某，仰其艺，招置门下，专心为其制作宫笔之图，今得其片幅尺纸者，无不珍之。附图乃写乞儿生活，其题句云："叫化有师传，丐门中，出状元。一时名振卑田院，哼答教严，咿唔学全。莲花朵朵歌成串，韵悠然。沿街唱来，何大说撩天。"

明王敞写《宋二贤臣像》

王敞，琼山人。善画马及花鸟翎毛，绘像尤妙。游南京，有武弁眇一目求图其形，敞为一目审矢状，以匿其短。其敏思若此，见者无不服其机警也。

清何翀写《春社醉人归》

何翀，字丹山，南海人，居烟桥乡，自号烟桥老人。善人物花卉、山水、虫鸟，笔法仿新罗山人，喜作柳燕、竹林、了哥、豆棚、瓜架等小景。尝作《百鸟归巢图》，巨幅盈丈，飞鸣栖啅也。咸丰间，随将军奕湘遍游佳山水，画境益进，卒年七十余。

清陈务滋绘《唐荔园图》

陈务滋，字植夫，顺天籍湖北人，道光时为广东佛冈司狱。山水苍劲，气韵深厚。工楷书、篆隶，铁笔尤足古雅，仿如置身仙境，无半点人间尘气。园以植有唐时遗荔，故名。园址相传即今之荔湾，唐荔园湮没无可寻矣。

清李佩文作山水横幅

李佩文，字学仙，番禺人。生平爱好杯中物，因号酒痴。学画于崔侣樵之门，善山水，笔墨雄浑，有董北苑之气概。居广州之仙湖街，求其画者，门无断迹。李为光绪末年间人。

清萧毓芬写花鸟

萧毓芬，字湘依，顺德人。习画于任伯年，善写花鸟，笔墨老到，敷色清丽，诚为任伯年后之一人。居广州河南，求画者每日十数，惟爱墨如金，不苟滥作，故其作品留传不多。萧光绪间人。

清宝筏和尚山水横幅

宝筏，字莲西，俗家不详，广州海幢寺僧。善藏名画，所居曰画禅堂。工山水，善诗词，笔法王石谷。著有《莲西诗词钞》。其《游罗浮明月寺》有云："罗浮有福地，云水古丛林。明月只如此，青山长至今。钟寒三界寂，殿暗一灯深。笑问人世间，梅花何处寻。"张之洞、汪鸣鸾宴海幢寺，闻其名，请一见。宝筏曰："诸公爱和尚诗，非爱和尚也。"辞不见。其人清高如此。

清李星阁写《黄花故人》

李星阁，字丹麟，惠州人。善写花鸟，粗笔浓墨，气势如陈白阳、徐天池。南洋居人，家无李画，不足为文，其名重可想见也。李为光绪间人。

清陈镛写山水条幅

陈镛，字渌晴，毗陵人。道光时至广东为尉丞，习画于毕涵门下，工山水，笔法仿麓台。当时外省人以画名于岭南者，陈务滋、陈鼎、陈镛有"三陈"之称。

清孟觐乙写没骨金鱼

孟觐乙，字丽堂，号云溪，阳湖布衣。工山水花卉，超逸不群。能诗。尝作粤游，一时岭南画风，深受影响，如居家巢、廉兄弟，均受其启示不少也。

清谢兰生写山水立轴

谢兰生，字佩士，号澧浦，又号里甫，别号理道人，南海人。乾隆五十三年副贡，五十七年举人，嘉庆七年成进士。画法吴仲圭、董香光之妙，用笔雄俊有奇气。论粤画者，推其驾二樵而上，殆无愧色。著有《常惺惺斋文集》四卷、《北游纪略》二卷、《游罗浮日记》一卷行世。

民国何仲华绘《中饱图》

何仲华，南海南村沙乡人。少尝学剑于成都僧人，因字剑士。诗文词乐，无不习而能之。爱豢犬，夙嗜酒。所画每多讽喻。时光绪末年，国人革命思想多受何氏绘画之影响。清政府嫉之，乃避地香港，与潘达微、黄鲁逸辈游。其姑丈伍廷芳、从叔何启，时安富香港，而剑士不谒不干，日惟纵情画酒，遂以穷死。年三十九，时民国四年乙卯七月九日也。

民国温其球写《百合花》

温其球，字幼菊，号语石山人，晚号菊叟，顺德龙山乡世家。习画于许菊泉，肄业于水师学堂，研引水科，中年弃海上生活，专志绘画，精花卉山水。粉本牡丹，欲驾居廉之上。抗日兵兴，温有论日必败之语，谓日文薄，就以土出花卉言，绝无双托者，其薄如此，焉可天成？后日本果一败涂地，温竟言中矣。温避寇氛居香港，逝世时八十余岁。

民国李野屋写《芍药》立轴

李野屋，字尘外，番禺沙湾司渡头乡人。耽吟咏，善丹青，写花卉草虫，有南田、白阳胎息。居广州河南，筑园曰春风池馆。妻罗琼一，亦能画，画人罗仲彭之女也。抗日军兴，时李方卧病榻，促病重于空袭，遂卒于民二十七年十月九日，年三十九耳。

清袁蕙写《驴背诗意图》

袁蕙，字者香，台山人。善写人物，行笔遒劲，神态生动。邑人推重袁之遗作，因而画侩冒之应求，故真迹传世不多。袁尝客南洋，一时名重彼邦。

清潘瑶卿手拓六朝造像

潘瑶卿，番禺人，潘棣□庶常之女，盛云笙之室也。能诗，工画山水，笔法学文征仲，花卉仿陈白阳，卒年仅二十七。绘有《幽窗读画图》，张南山、黄香石、仪墨农等皆有题词。

清陈永泰写《白头双寿》扇面

陈永泰，字阶平，罗浮山道士，工绘山水花卉。尝留居越秀山三元宫，除修道外，即调琴对弈，虽名公巨卿求画者踵接，而陈绝不执毫，其清高有如此者，故得其断简片纸者，莫不珍如拱璧。

明今无和尚木石砚手玩

今无，字阿字，番禺人，俗家万姓。天然和尚之弟子，世所称之"十今"之一也。工诗善画。木石砚今藏新会李氏，木为壳，石为肉，天造地设，巧合异常。其自号为石木道人者，或取义于此欤？

清华镜宇写墨兰

华镜宇，字题蓉，金匮人。道光时附贡生，候选训导。性豪爽，工画山水，写兰有逸气，论者称妙品。

明屈驺写花鸟

屈驺，字友石，号淡翁，番禺人。崇祯壬午举人，清初授信宜教谕，选国子监学正，不就，归隐沙亭。写花鸟有逸致。

清张敔写木兰花

张敔，字芷园，号雪鸿，又号木者。先世桐城，还江宁历城籍。乾隆二十七年孝廉，为湖北知县。山水人物，花卉禽虫，白描设色，无一不妙，其写真尤神肖。往往不携图章，画竟率笔作印，亦精妙。为人聪颖绝伦，真、草、隶、篆、飞白等书体，至若左手、竹箸、指头书画，无不造极，工诗。

关家然写山水

关家然，字复生。善绘人物，写山水法董香光，笔趣飘逸，有雅淡之气。关为咸同间人。

清唐材写《菊石图》

唐材，南海人，字云洲，号晴川。领乾隆丙子乡荐，赴选，得闽建阳令，以不乐刑名，改教职，授德庆州学政。十余年，擢南雄嘉应教授。性恬淡，无猥琐气习。丙子与三河令陈鹤翔重逢鹿鸣宴，将入奏而陈卒，独唐与焉。在乡掌教养学三年，卒年九十。

清吴恬胜写梅兰花卉

吴恬胜，字醴泉，南海同治间举人。善书法，自成一家。游宦京师，慈禧太后盛许其艺，时人更重之，于是墨迹遍海内，惟绘画留于世者甚少。其写梅兰，飘逸潇洒，虽尺幅寸纸，均成妙品。吴为荷屋之族。

清符翁写《布袋真人像》

符翁，字梓琴，湖南人，随张南皮幕，居广州甚久。文章书画，时人推重，尝游峡山古寺，题联云："古寺重来猿鸟怨，峡山常绕髻鬟新。"盖指寺后之归猿洞也。善写花卉，法陈白阳，人物山水则甚少，得其尺纸寸缣者，莫不珍之。

明陈瑞写《希夷骑驴图》

陈瑞，字德贞，新会人。性豪迈，善写云烟山水，又工画松。成化中，驰名艺圃，至京师授直仁智殿锦衣卫镇抚，后师事陈白沙，力于学。漫笔为《希夷骑驴图》，益精绝，曾经乾隆御览，藏入《石渠宝笈》中。

清钟衡杰写山水花卉扇面

清钟衡杰，字南屏，顺德人。善山水花卉。山水法黄鹤山樵，有清新之气；花卉多写岭南风物，别开生面。钟为同治间人。

明张寿魁《髦耋吉庆图》

张寿魁，字旭升，岭南人。工翎毛走兽，笔法宋人，雅淡逸秀。所作《髦耋吉庆图》，尝庋藏于金山古寺，画顶嵌有寺藏之宝玺也。

民国程景宜写《紫竹绿梅图》

程景宜，字竹韵，号龙湖叟，南海人。画法王石谷、蒋南沙，兼工书法，创尚美画社，传授生徒。为人诚谨，故书画用笔皆平正。甲戌正月二十八日逝世，年六十有一。

民国方廷育写梅花

方廷育，字子竣，号维光，又号明垢道人，别号芝道人，东莞河田珊村人，咸丰十一年贡生。常隐居邑之观音堂仙泉观，与同道何仁山等诗酒唱和。工书画，兰石竹梅，随意挥毫，皆有妙趣。写梅法梅道人，秀劲逸致，晚年作两巨横幅，藏仙泉观中。生平好蓄砖石，故号居曰汉唐砖石之居。民国十七年卒，时八十三岁。

民国黎工伙写墨水菊花

黎工伙，字耦斋，广西人。民初即从事新闻界，历当香港各日报主笔。时国内政治昏暗，黎立论每忤当局，遂在香港被狙击而死，民国廿四年事也。黎善写墨水菊花，有"黎墨菊"之称。

民国麦汉生写紫藤双燕

麦汉生，番禺人，公敏之子也。少承家学，工写花鸟，秀逸生动。习新闻学，当日报记者。民国十七年，广州创举环市长途竞跑，麦参赛焉。后"七七"日寇发动侵略，乃投笔入伍，隶叶肇部任参谋，保卫淞沪，殉职战场，时年未及三十。其民国政府颁功章四人，麦居其一。

民国李辰辉写山水扇面

李辰辉，字次樵，新会人。富收藏，旁涉画法，所作山水，萧疏淡远，有山樵、石谷之妙。自号其藏画之斋曰鹿洞斋。

清叶兆萼写《双清图》

叶兆萼，字香坪，南海人。聪颖特绝，器宇不凡。髫年好学，旁涉画法，张嘉彝谓其所绘山水花卉，靡不各得其趣。

清深度和尚写《秋林书屋》

深度，字孟容，南海佛山赖氏子，原名镜，读书增城白水山，号白水山人，遭乱逃禅万寿寺。性淡雅，善山水，笔力遒劲，气格苍凝，有沈石田风致，一时声噪五羊。著有《素庵诗钞》。

清梁绍熙写梅花

梁绍熙，字缉嘏，一字兴伯，南海人。光绪十四年举人，设帐学部，生徒甚众。性嗜书画，收藏至富，束脩所入，尽付骨董。喜种菖蒲，水石苍翠，罗列庭际，错落有致。

明赵廷璧写芙蓉

赵廷璧，字公售，新会人。善写花卉翎毛，每以粗墨数笔，写了哥、白鹭，栩栩如生。

清陈壎写《春梅寒鸦》

陈壎，字孟卿，番禺人。精金石雕刻，曾缩临《定武兰亭》，自刻于端州绿石，大石盈寸，时人题句并附刻石，字有神采，点划不差，诚鬼工也，陈兰甫盛誉之。壎为道光间人。

民国黄少梅写元人诗意

黄少梅，字阿弥，东莞人。精鉴碑帖，绘画如董香光之作字，笔法淡逸，疏落有致。尤工仕女，体貌娟美，衣纹清古，设色雅淡，神态自然。尝以展品参加柏林万国展览会，独为外人重金购去，名以远播。黄与画人潘达微交最投契。民廿九年二月四日病卒，寿五十五岁。

清张嘉彝写兰花便面

张嘉彝，字纯叟，又字遁叟，号老迂，顺德人，锦芳之后人也。善写兰花，幽香清逸，潇洒不凡。性梗介，乐助贫而无依者，若遇有急需求援，虽万苦千辛，亦必完人请，心乃自安。常训其后辈，谓能助人者，其人必有责任心，否则不能付以重托也。张之观人，直能洞窥心肺矣。其写兰花便面，系以句曰："昔人工相马，惯向兰筋视。此花同梅清，合证九方氏。"张为同治间人。

明张涛写竹

张涛，岭南人。善诗，写竹潇洒有致。

清黄璧写《雪山行旅》

黄璧，字尔易，号小痴，澄海人。山水浑厚，气势雄放，意在梅花和尚之间，题款亦作草书。丰顺县顺洛公祠中，有黄画《出猎图》，苍城谢族亦藏黄山水大中堂一帧，惜乡人不善庋藏，致破残不堪。

明赵焞夫写竹立轴

赵焞夫，字裕子，番禺人。少以诗名，梁元柱、黎遂球辈开诃林净社，焞夫与焉。善写花卉，尤擅牡丹，时人称为高手。遭乱后作《春望》诗云："寒食萧条野望阴，一枝筇竹日行吟。出尘笑我烟霞骨，逝水还谁日月心。薇蕨长时知雨足，鹧鸪啼处怨山深。连年烽火何时息，残烧而今尚满林。"著有《草亭稿》。

清谢观生写《春雨云山图》

谢观生，字退谷，号五羊散人，兰生之弟也。工山水，笔秀气润，韵致合南田、石溪为一手，偶为临摹，可乱真也。谢为嘉庆间人。

清李果吉写芭蕉

李果吉，字吉六，中山人。精于画，深得黄子久笔意，又仿程六无斧劈皴法，芭蕉兰竹水石皆宗之，尤长于摹大米，点染雨景，极冥濛之致。尚藩时，金长史深相器重。

清仪克中写罗浮白鹤观小景

仪克中，字协一，号墨农。其先世山西太平人，父游宦粤东，克中庶出，遂落籍番禺。少聪颖，读书经目成诵。嘉庆二十二年，佐修《广东志》。后广州官窑大水决堤，庐舍漂荡，克中力陈疏浚灵洲渠，以杀水势，一方遂得免水患。著有《剑光楼笔记》。

清诸兆梅写兰石

诸兆梅，字豫占，号跰弛子，会稽人。写兰竹石有秀逸之气，书法《圣教序》。其写石有题句云："似虎者遭飞将之雕弓，似玉者受匠氏之磨砻。适于用者戕其躬，貌相似者犹不免以形迹致穷。似此之顽劣无状者，谁实纵之似犯跰弛之笔锋？"其题句类多清新可诵。诸为清初康熙间人。

民国王根仿新罗山人花鸟

王根，又名怀，字竹虚，先世浙江，落籍番禺。性旷达狷介，工画，笔法兼南北宗。精临摹，前人佳构，一经王笔，直可乱真，画商因其贫穷，每以贱值取其精作，以谋厚利。王以绝艺，受制于画贾，因而日穷。晚年胡毅生先生怜其遇，聘使教其盛夫人习画，境稍裕，然不久便卒，时民国初年也。

清黄廷桂写《万木松杉藏古寺》

黄廷桂，字小泉，北平人。写山水有飘逸之气，设色淡雅可人。与番禺叶衍兰氏友善，二人相砥砺，故其画笔作风，几成一体。黄为道光间人。

清黄钥写山水立轴

黄钥，字鱼门，归善诸生。作山水沉雄气厚，与邑人翟泉、赵念二人齐名。钥尤工诗，善篆隶，精摹印，著《印论》二卷，伊秉绶为其作序。黄为嘉道间人。

清陈豪写秋清扇面

陈豪，字蓝洲，晚号迈庵，仁和人。优贡生，任汉川县令，有政声。书法学苏眉山，画法文湖州，均有清韵，此扇面乃为其师东湖先生所写者。同治甲戌七月，距今适为七十五年也。

清何作干写墨水牡丹

何作干，番禺人，丹山之族人。工花鸟翎毛，用笔豪放，不若丹山之工致纤巧。尝见其《梅花百雀图》，四屏连幅，古拙生动，惜其名在丹山之下，未能极邀时誉耳。何为光绪间人。

清袁杲写《寻梅图》

袁杲，字颜卿，香山人。廪贡生，诗书画皆工，为张维屏绘《菊宴图》，古趣盎然。著有《覆瓿吟草》。袁为光绪时人。

清何瑷玉写《猫头鹰图》

何瑷玉，字遽庵，又号莲身居士，高要人。官翰林院待诏。

写墨梅秀逸天成，花卉学石田，著《书画所见录》十余卷。邀张之洞开发端州砚洞，耗库款十余万，尚未获得佳石，人皆废然，何独鼓励支持，卒达其成。现名砚之大西洞三层石，均于是时出土者，后得石制名砚无数，始回库款。非何之力，端州名砚，又何能面世哉！何光绪间人。

清梁若珠画《百蝶图册》

梁若珠，顺德逢简人。幼工画蝶，扑得其斑斓光怪者，每夹书册中，使之自平，旦夕对摹，神致逼肖，绘有《百蝶图》，时名流多有题咏。稍长，遂以虫介翎毛得名，从父允岐居广州，赍金求画者无虚日。番禺令彭人杰慕其名，聘为继室。梁为道光时人也。吴兰修有题其《百蝶图册》调寄《减字木兰花》词。

清冯誉骥写《大痴深林隐壑图》

冯誉骥，字仲良，号展云，高要人。道光二十一年进士，翰林院编修，屡为考官。衡阳彭玉麟器重之，疏荐，累擢吏部左侍郎，简授陕西巡抚，被议致仕，卒于扬州。平生廉洁，嗜书画，画法墨井、南田、烟客，秀润工致，世咸珍之。

清廖福之写《鹊鹿图》

廖福之，字锡培，番禺人。少为漆盒学徒，专心苦习漆画，凤赋天才。及长豁通画理，遂精绘花卉、翎毛、走兽，有宋人胎息。其作品流入东洋，日人珍之，以作瓷画之范本也。廖为光绪时人。

清陈璞写凌波仙子扇面

陈璞，字子瑜，号古樵，番禺赤冈人，因自号尺冈归樵。咸丰元年中举人，官江西安福知县，值兵燹之后，百事凋零，陈赴任只以一二老吏相随，遇有控诉，辄就田陇树下，反复研究，乡民聚观，判牍一下，相诵悦服。雅怀淡泊，一丝不苟。工书画，书得米、董神髓，画苍浑秀润，法大痴、北苑，间效清湘，殊自矜重，不轻涉笔。卒时六十八，著有《尺冈草堂遗诗》八卷、《遗文》四卷。

民国廖平子写山水立轴

廖平子，号萍庵，顺德东溪村人。能诗，书法董香光。平生所历，为文学家、慈善家、军人、新闻记者。父以县令谢政，隐居珠江之滨，曰西溪。平子与父偕隐，著《村居杂记》，淡泊寓志。抗战军兴，卒于曲江。

民国潘达微写红棉黄花

潘达微，字景吾，别署铁苍，又号冷残。辛亥三月廿九日，革命党人为争汉族自由，起义广州，失败斗死，就义者七十二人，清吏暴尸，无敢为殓。潘达微挺而收骨，葬之黄花岗，遂有今日之黄花岗烈士墓。又创立孤儿院，孤儿藉其荫者甚众。民国十四年，广州国画研究会成立，出其作品参与公展于禺山书院故址，一时称盛。卒于民国十八年己巳之夏，年四十九耳。民国政府赐葬于黄花岗烈士墓之侧，以征其善。

民国曼殊《寒林鸦阵图》

曼殊，俗家姓苏，名元瑛，字子谷，号雪蝶，中山县人。母为日女，父死穷困，为僧于光孝寺，坐关三月于员冈乡之海云寺中。海云寺旧名雷峰，天然和尚著《瞎堂诗草》之地也。曼殊工诗善画，通梵文，考述印度经典甚富。闲常爱作小说家言，著有《焚剑记》《绛纱记》《断鸿零雁记》，后者为自述之文云。诗有《燕子山僧集》。民国七年五月二日卒于沪上，瘞骨于西子湖畔，章太炎为书墓碑。

罗海空写山水立轴

罗海空，号落花，开建人。能文章，居香港，从业新闻界十数年。学绘事于潘达微，工山水，有元人气息。平生著作甚丰，有《白眼青天集》行世。

清张如芝写《橙黄橘绿诗屋图》

张如芝，字墨池，一字默池，又号默道人，顺德人。母为陈独漉先生之曾孙女。著有《秋香亭诗草》。工六法，作山水秀润中有书卷气。居广州泮塘，风景绝胜，榜所居曰荷香馆，与叶云谷、黄培芳辈游。橙黄橘绿诗屋为叶云谷游燕之所，图乃为叶而绘者。张为乾隆间人，汤贞愍论书诗有云："张黄谢吕，岭南四家。"盖指黄培芳、谢里甫、吕子翔也。

叶恭绰画竹及山水

叶恭绰先生在香港举行书画展览消息，已志各报，兹得其作品图片两幅，制版刊登，一为画竹，一为《海山埋碧图》。是图乃纪念赤柱圣士提反中学谭元博教授抗倭殉职而作，于海山浮动中着一孤坟，予香港人以极深之印象，此亦足以见叶老念旧之情，不同寻常描摹山水而已也。

清自渡和尚写花鸟立轴

自渡，康熙间僧人，不知何许人，托钵于顺德西峰庵。以左手作画，工花鸟，尤善牡丹，卒葬西峰山下。南海黄氏劬学庵藏有其设色花卉长卷，款署"七十三废髡前中翰自渡"，盖明遗老也，卷首有谢兰生题识。

清文信尼写《江亭春树图》

文信，名芳，本姓刘氏，道光广州越秀山下檀渡庵尼。梵行清严。工山水，笔法学石涛，极苍莽秀逸之致。

清明炳麟《秋山古寺图》

明炳麟，号灵橄，番禺东塱乡人，乾隆时举人。名甚盛，能诗能画，惟不常执笔。所作每为扇面，多追黄鹤山樵，而自有清新之气，得者莫不珍宝，盖其作品流世殊少也。

清宋葆淳写《风满楼图》

宋葆淳，字帅初，号芝山。乾隆丙午顺天孝廉，司铎隰州。工诗文书画，精金石之学，为名流所推许。山水苍秀嫣润，自成一家。游迹半天下，所至多诗书画作，至粤为叶云谷氏绘《风满楼图》，楼为叶藏书画之处，名重粤中。

明范熙祥写《斗鹑图》

范熙祥，字白贞，东莞人。善山水花鸟，与张穆同时。山水仿米南宫，有磅礴之气；花鸟则仿宋人，工致生动。惜作品传世甚少，令人得其片缣尺纸莫不珍若拱璧也。

明尹源进写兰花

尹源进，字振民，东莞人。善诗能文，工写兰花，有风晴雨露四态，时推第一。明末，与邑人张穆，招集志士，蓄粮买马，与抗清兵，卒事已去，遂隐邑中。屈、陈、梁、尹，后称"明末省中四志士"云。

清陈泰瞻写《石竹图》

陈泰瞻，字岱云，顺德人。富收藏，审鉴书画，独具眼光。工写竹石兰卉，有清秀气。书法草隶，亦负时誉。

民国姚礼修写文澜书院

姚礼修，字粟若，番禺人。少习法学于日本，学成归国入北大，为研究会会员，故精治法律。父名笃，为清孝廉，工画。粟若承家学，七岁能画。山水学大痴，花卉学南田。性嗜酒，以彼行三，朋辈呼为"三猫"，粤俗笑醉人之词也。卒于民国二十八年八月，著有《画学抉微》《清朝隶品续》《东海扬尘图记》。

明邓翘写兰花蜉蟒子

邓翘，字孟材，顺德人。善写墨竹兰花。明正德岁贡生，陈白沙先生弟子也。白沙答翘送晚菊诗云："氤氲何处送花舟，岁晚相看碧玉楼。笑把一杯天亦笑，年年公酒为菊留。"

清刘纯写观音大士像

刘纯，字子纯，岭南保昌人。善丹青，为人写真，形神毕肖。凡山水、翎毛，绘于他人，一经点染，即跃跃有生气。

清汪初写松鼠

汪初，广东人，县属未详。光绪间从莫清波习画，得新罗山人清逸之气，翎毛、走兽，追踪青藤道人。

清姚筠写山水扇面

姚筠，字俊卿，号巇雪，番禺人。光绪名孝廉。工山水，笔法有烟客、麓台二家气韵。晚清一代，岭南画人之工山水者，姚外无多见者矣。

清麦青写《独钓寒江雪》

麦青，番禺人。擅丹青，居广州，鬻画糊口。画肆常以低廉笔润，使其赝制古人名品，一经临摹，则直可乱真，其艺之精，可想见也。黎简作品，八九出其手笔。麦青为同治间人。

清何长清写山水中堂

何长清，字榆庭，中山小榄乡人。山水秀逸，气韵清新，笔法得董、巨中峰之长，脱尽偏峰习气，为晚清岭南诸辈未有多见者也。何为清宣统间人。

清积良和尚写山水立轴

积良和尚，番禺员冈海云寺僧，俗家姓氏不详。工山水，笔致超然，藏名画甚富。海云寺为明遗臣藉以秘集党人反清复明者之地，天然和尚为开山祖，斯时出家者多为奇士。积良为道光间人，想亦其类也。

清德堃和尚写《荷静纳凉时图》

德堃，字戴山，俗家李氏，本江西人。嘉庆间留广东为僧，居罗浮宝积寺，清苦自适。能诗，工画人物，顺德苏六朋师事之，故得其笔法精奥。德晚年当大佛寺主持，尝为中山黄香石作《粤岳山人采芝图》，一时重之，图尝藏于潘氏剪淞阁，今未知落何处矣。

民国吴清写鲈鱼

吴清，海阳人。邑之庵埠有蓬洲者，以细竹张绢制扇，号蓬洲扇，又名潮扇，清以工绘是扇著名。亦工画鱼，所绘大鲤鱼，鳞晖翅耀，鼓浪跃波，栩栩如生也。清逝于民国初间。

民国伍德彝写《看云图》

伍德彝，字懿庄，号乙公，南海人，延鎏之子。赋性聪颖。家藏甚富，得以研求古今名作，上而宋院、董、巨，近而道复、丽堂，诸家之胜，无不精究。更能诗善字，卓绝一时。世有获其寸缣尺幅者，珍如拱璧。习画于居古泉之门，晚年失明，人皆惜之。乙卯十二月逝世，著有《松苔馆题画诗》二卷、《浮碧词》二卷。

清陈广祥写红棉了哥

陈广祥，号云山，先世旗人，落籍广州。清室凡旗人有功者世食禄，袭先人余荫，生活优舒，专心攻艺，精写红棉、了哥。此二品均是岭南特产，故其制作，气韵独为生动，咸同间称能手焉。

清潘宝璜写田家风味

潘宝璜，字椒堂，岭南人。师征子，光绪翰林。墨梅师汤雨生，且画牡丹、蔬果，气韵清新，绝无时下骄矜之笔，时人重之。

明袁敬写《礼佛图》

袁敬，字敬德，东莞茶山乡人。万历四年举人，官天长县令，编立马户，清汰浮税，人美其绩。善书工画，写人物，极得生动之趣。长于诗，著有《白云集》《燕粤西征草》。

清陈在谦绘归去来辞意

陈在谦，字六吉，号雪渔，岭南新兴县人。嘉庆间举人。工山水，出入仲圭、云林，间作人物，笔法唐六如。

清潘正炜写独钓寒江

潘正炜，字季彤，番禺人。收藏甚富，日夕观摹，艺益得进，笔法高古，有宋元胎息。著有《听帆楼书画记》一本，今之研究画者，得其助益不少。

明李孔修写《寻梅图》

李孔修，字子长，号抱真子，顺德人。居广州高第街，混迹阛阓，人不识也。张诩荐于其师陈白沙，亟称之。李孔修由此得白沙无欲之旨，深造自得，操行廉洁；论者谓白沙之学，孔修得其真。每图，见者争爱而酬之金，曰："子长画也。"尤善画猫，毛骨如生，鼠见惊走。相传谓尝见其所写禽鸟，偶遇火，鸟从烟飞去。年九十卒，南海霍韬葬之西樵山下云路村，题其碑曰"明抱真先生李子长之墓"，并为之铭。

清何逢泰写梅花

何逢泰，字晋臣，顺德人。善写梅花，暗香疏影，别饶风格，清初时无有出其右者。

清吴韦写《寒林积雪图》

吴韦，字山带，号虎泉，南海人。与梁药亭同学，康熙副榜，后中举人。北游，卒于良乡。年七八便能画，花鸟、鱼虫、山水无不工，亦以诗著。

清钟震源临李白像

钟震源，字享民，号横塘，东莞横坑人。康熙间诸生，父早逝，读书无训督，因游心杂戏，八九岁时便能画地作人物，长遂工丹青。好作山水，不屑临摹旧谱，而层峦叠嶂，松林茅屋，描写逼真。性拘谨，虽尺幅亦必经旬历岁，刻意经营。喜弹棋，健谈，焚香啜茗，有晋人风度。以画中境界为诗，飘逸潇洒，适如其人，更时得江山奇景之助，诗意奇隽，著有《横塘诗草》。卒时年七十。

陈锦写荷花

陈锦，字绚东，号浣亭，东莞城内人。乾隆四十六年诸生。工诗能文，书法赵承旨，写花卉、白头鸟，有誉于时。

清元默和尚写石

元默和尚，字敏言，一字保庵，南海九江冯氏子。住光孝寺，高士奇学士视学广南，与为方外诗画友，常得交游唱和，其操行高洁，可想见矣。元默工写石，得绉、透、秀、丑之三昧，时人珍之。

民国李显章写江亭春树扇面

李显章，一名文显，字耀屏，一字瑶屏，又号榄山山樵，中山榄溪人。长于山水，兼善花鸟虫鱼，为画初摹白下吴石仙，后学法三王而自成一格，南海黄君璧曾师事之。李历任广州市立美术学校教授，桃李遍海内。华林寺僧人谦纯，亦师其习画，著于释门。李有女普伦，亦传乃父之学云。

清徐荣写梅花

徐荣，字铁孙，本旗人，落籍捕属。道光时进士，官绍兴知府。太平军之役，率兵据城抗拒，因而阵亡。平生喜画梅，有清新之气。

清李守仁写《东篱逸趣》

李守仁，字乐山，东莞县后坊人。少从父读，寄居黄岭道院，暇辄执笔写山水林木之胜。后至罗浮与德坤和尚游，互相切磋，画法大进，所作花卉、翎毛、人物俱佳。

清尹廷煦写大士像

尹廷煦，字殿霁，号东阳，源进孙，东莞人，康熙诸生。颖悟渊博，工词赋，能画，不轻示人。著有《蕉鹿草堂稿》。

清杜蘅写《钟馗引福归堂图》

杜蘅，字芳洲，嘉庆时人，先世随官广州，遂寄籍番禺。工人物，善写生。性嗜酒，每醉握管挥洒，泼墨淋漓，所作人物，无不生气跃然。

清何巩道写《松涛书屋》

何巩道，字皇图，康熙间香山人，明相国吾驺子。官锦衣卫指挥，明亡，屡谋匡复，与屈翁山、陈独漉为友，著有《樾巢诗集》。

清周翰贯写墨竹

周翰贯，字藻思，东莞墩头街人，康熙间诸生。工诗能画，写墨竹，气韵流动，行楷书专法东坡，时称三绝。著有《五老园历代诗稿》。

清陈世堂写《冷月箫声图》

陈世堂，字明举，番禺诸生。山水拟明季诸公之作，莫辨真伪。家藏唐寅《长江万里图卷》，不允吏官易，其珍惜可想见。陈为乾隆、咸丰间人也。

民国胡斌写《孔雀梅花图》

胡斌，亦名藻斌，字显声，号静观楼主，顺德人。少依伯父锦清，伯父能画人物、花鸟，显声好画，传其业。后年长，见日人画虎，窃慕之，遂专心研究新派美术，故其作风，略带东洋气息也。民国十年间，设如是美术学校于光塔街，后以忤当局意，遂闭校游南洋。迨太平洋之战军兴，香港沦陷，乃转避四邑开平之茅冈乡，罹痢缺药而死。

明廖相武写《牧牛图》

廖相武，琼山诸生。善写兽，尤工绘马，振鬣腾蹄，活然纸上，韩干亦不多让也。

清翟宗祐写山水立轴

翟宗祐，字洛巽，一字棋园，东莞周家村人也，乾隆间布衣。工书能画，尝于山水清幽处，构为小筑，安隐闲居。生平恬淡，不慕荣利，绝不与名公巨卿游，故时人无有识其面。日惟弹琴赋诗，书画自娱。卒年八十九岁，著有《憩园诗集》行世。

清刘光廉写山水立轴

刘光廉，字吉六，香山人。光绪间举人，历任招商局芜湖分局总办、泗城知府。喜画梅花，尤工山水，有倪云林之胎息。

清钟颖林写山水轴

钟颖林，字端木，号翠岩，东莞横坑人。年二十补郡庠，屡试不就，无介于意。日惟游于翰墨，工楷书，善行草，笃志古学，精篆隶，嗜金石，邑中屏帐、匾联、丰碑大碣，多出其手。能以笔描画图章，宛如石刻。作金碧山水，峰峦烟霭，树木波涛，人物犬马，莫不极其态，即或草草点缀，而意已足。尤好画梅，高致绝俗。康熙五十二年卒，年仅五十岁。

明区亦轸写《秋江诗意图》

区亦轸，南海人。善丹青，工写人物，写山水有秀气。万历间重修光孝寺六祖发塔、菩提坛，区为之绘图刻石，碑今尚存寺中。

清詹云写《春梅寿带图》

詹云，字晴波，同治、光绪间海阳人。长相古貌，以画自娱，精鉴古瓷。其徒周渭，亦工花卉。慈禧七十寿辰，尝以所作献祝。

民国余子谦写水墨牡丹

余子谦，罗浮道士，四会人，尝主持广州三元宫。能写水墨牡丹，颇有古意。市南康乐漱珠岗纯阳观中藏有余所画牡丹一帧，悬于客堂，其遗作不经多见，此幅亦堪足珍矣。

民国易廷熹写寒梅高士

易廷熹，字季复，号魏斋，又号大厂居士，晚号孺翁，鹤山人。尝师事梁鼎芬，清末以县案入学，能文章、诗词、篆刻。其画山水、花卉，多为意笔焦墨，纵不经心，恒多佳构，非曾学之手所能也。居申江，与海上闻人诗咏往还，名闻南北。性嗜酒，贫常不能买醉。与胡展堂友善，时得相资助，艺遂益进，而名益高。迨中日战起，迁徙四方，遂乖蹇以终。著有《双清馆词集》《大厂诗稿》等。

民国罗仲彭写枇杷

罗仲彭，号一道新民，番禺罗乡人。少居沪，从浙人朱俦习画，工花卉，木棉、腊梅为最。性嗜酒，每醉，缩足座上，状如虾蟆之蹲踞，提素巾，掩面效妇人歌哭，或为村女临嫁诉情之闺词，或为新娶丧偶之哀音，闻者莫不泪随笑声而落，其不羁有如此者。民二十七年适居沪，中日战起，宝山失守，为敌虏作夫役，驱使负器物，以年老不胜，忧愤骂敌，被杀于途。

清董一夔写《双骏图》

董一夔，字超庚，其先世游宦至粤，遂籍番禺。光绪间举孝廉，与汪兆镛同榜，而名列汪前。长山水、人物，亦工牡丹，妙胜赋色，以朵计润，时十两也。若至五两，则写以含苞未放之花，此亦一风趣之事。尝绘一猴，戴红缨帽，衣袍褂，而故大露其尾，题云：“上场时欢天喜地，下场时藏头露尾。”盖刺讽清末巧官之丑态也。著有《玉杯书屋文集》行世。

清张金鉴写鹦鹆芭蕉

张金鉴，字卓英，号子铭，东莞城内集德街人。道光十九年举人，二十四年进士，授礼部主事，充军机章京。咸丰四年，率乡兵御寇，事平，保举中郎。性恬淡和易，与人交无城府，尝主讲宝安书院。善属文，工擘窠大字，草书飞白，行笔若龙蛇，作墨水花卉，饶有气韵。惜天年不永，四十卒。

民国陈伯陶写山水立轴

陈伯陶，字子砺，东莞人，兰甫弟子。光绪己卯解元，壬辰探花，历署江宁提学使、布政使，补授江宁提学使，遂乞终养。辛亥革命后，卜居香港九龙城。著有《明遗民录》《孝经说》《胜朝东粤遗民录》《明东莞五忠传》《增补罗浮志》《修编东莞县志》《瓜庐文剩》等书。闲常挥毫作画，写山水宗法烟客，书法魏碑。民国十八年卒，年七十余。

清崔永安写《三清图》

崔永安，字磐石，旗人，籍隶番禺。光绪间翰林，直隶布政使、护理北洋大臣、直隶总督。写梅花秀雅清逸，时人珍之。

清刘宝鋆写《荷塘逸趣》

刘宝鋆，字少林，光绪间香山诸生。工诗，画学新罗山人，品致高迈，生平不轻为人作画，故传世甚少。

民国叶章写《纨扇美人图》

叶章，字大章，顺德龙江人。少习画于程竹韵，山水宗石溪，仕女师法蒋莲，号阿梨耶室主，曾为广东民众教育文化馆国画部主任。抗战军兴，避居香港。尝游青山，绘一长卷图，中山李仙根题有句云："凭君写出闲风景，展卷还疑某在斯。"又工人物，绘有《汉宫春色图》，楼阁玲珑，仕女如生，人皆珍之。香港沦陷，被困未能避出，绝粮饿死，时年尚未三十。

清蔡恺写《秋江帆影》

蔡恺，字乐樵，号小痴，顺德人，锦泉族侄也。工诗画篆刻，嗜茗饮，手制茶具精绝。善山水，法麓台，但喜用浓墨而妙。乡中荐绅多出门下，以布衣而一时推为祭酒。恺为咸同间人。

清叶洪勋写《平沙落雁图》

叶洪勋，号捷施，一号三多居士，东莞道滘人，光绪间布衣。好摹古，能诗，每画必自题咏，著有《延香小筑诗草》。

民国梁淯写《名士美人图》

梁淯，字琼仲，号又农，东莞石龙人。幼贫，弃读就商于香港。工草书，写墨竹、山水，取嵌印章，每画必自题诗句，或补以诗文，开题画之新声。民国七年卒。著有《不自弃斋诗草》。

民国陈俊朋写花鸟图

陈俊朋，南海叠滘乡人，曾参加革命党，析家产以助党人起义。素性梗直，不争名利，成不论功，有古大树将军之风也。能画花鸟，习居氏画派，得清新华丽之气。淡泊持志，终身以画学教授于南武学校。陈策任海军司令员，尝荐聘为军法史，公余之暇，仍时调朱粉，写绘不缀，其品格高洁可见。迫抗日军兴，随南武学校迁避香港，后以水土不服，乃走广宁、怀集间，遂客死。生前民国政府已簿录其开国功绩，按岁授以长禄。

清李遐龄写《寒木鸦栖图》

李遐龄，号菊水，嘉庆间香山岁贡生。工诗，善书画。著书甚富，三十余种，所行者有《勺园诗钞》，未行者有《容安堂全集》等数种。

清林碧秋写花鸟

林碧秋，钦州人，成干之第六女。少承家学，工花鸟草虫，时人目为恽冰后身，其名重可见。尝教授图画于广州，桃李出其门墙者不少。能诗，擅奏琵琶，继其妙响已无复有人矣。著《扑绣余诗集》《琵琶谈弦》等。

清林成干写山水中堂轴

林成干，字小山，钦州人。工山水，笔法王石谷。嘉庆间举人，尝官江西，深恶官场逢迎骄谄之鄙习，遂弃官归里，倡振学风，乡人德之。

清李桂馨写《寒驴诗思》

李桂馨，字冠芬，番禺人。寄居广州泮塘，筑园莳花，夏暑则每自泛乡人采菱之木舟，入荷塘深处，把杯独饮，谓此可驱炎暑云。光绪末年，与党人辈创办写真书画等，以揭露清末官吏之腐败，刻画入微，其时我国之有画报者，实始于李手也。

清陈铭圭写《双龙图》

陈铭圭，字京瑜，号友珊，咸丰二年副贡生，东莞人。工诗能画，授徒乡邑，科目多出其门。晚年慕道，隐居罗浮山，修筑梅花、酥醪诸观，与弟子讲经谈道其中。卒年五十八，时约道光七八年间。著有《罗浮志》《长春道教源流》《荔庄诗存》等书。

清源谦写《高官图》

源谦，字益否，一字益之，号益热，乾隆间新会人。能书画，写花鸟极工致。性嗜茗，特倩人精制阳羡砂壶，以供烹品，开粤人制宜壶之始。金武祥《海珠边琐》载云："一日过随山馆谈茗，偶举'琐不损'，玉泉信口以'源益热'对之，询工绝云云。"由此可知粤人制壶，不自始于潘、伍二家也。

清饶勋写《高士听泉图》

饶勋，光宣间潮阳人。能书画，作山水，笔逸境奇，疏朗如苏仁山。其兄锷，富收藏，耽朴学，构楼于邑城，颜曰天啸，藏书万卷，勋流连其间，画学益进。锷著有《天啸楼集》《潮州西湖志》《潮州艺文志》等行世，《佛国疏证》《王右军年谱》《汉代易学案》尚存家云。

清陈琼写山水立轴

陈琼，海阳人。曾画《筑堤图》呈康熙帝览，赏赐六品顶戴。雍正时，蓝鹿洲为普宁县令，又称陈为高士，名其地为高隐屏，并作记以表之。

清罗嘉蓉写《封禄图》

罗嘉蓉，字载微，号秋浦，一号石船，东莞西正街人。道光二十二年诸生，咸丰间岁贡。从邑人赖洪禧游，称高足。邑内外名胜，多留屐步，兴到则每为林木山川写照。偶摹宋人画本，工致生动，人少知之。与倪鸿、丁玉藻、邓大林、黄绍昌、李长荣、谭溥、曾务、陈熏、陈璞、郑绩等诗酒唱酬，工草、隶书。晚岁以诗课生徒，从游者常百人。卒年八十五。著有《云根老屋诗钞》《狎山阁明季乐府》《芝俦文稿》《石船山人笔谈》等书。

民国李文圭写长松飞瀑

李文圭，字植方，新会人。性嗜画，好写生，落笔纵横跌宕，气势苍劲，略带有东洋新画之风。李尝任五邑财政处台山分处处长之职，卒于民二十一年，龄仅三十有一云。

清李宗颢书生圹铭

李宗颢，字煮石，南海人。喜治金石、目录之学。少随父宦陕西，后至北京，游李文田之门，故文田墨迹，多出自煮石之笔。又能画，不多作，偶一点染，即成佳作。藏有名唐碑三十二，故号三十二芙蓉馆。今碑尚嵌西樵大洞乡家祠壁间。清末，盗贼蜂起，乡人拥李出治，匪不得势，恨如刺骨，乃为狙杀，乡人莫不哀悼。

清卢为霖写墨梅

卢为霖，字沛然，东莞步步高人。随从父应翔战贼，力战湘、桂间，由千总官至宁波游击，署台湾奉山副将，光绪元年卒于任，年四十一。儒雅能诗，善画，工写梅，尝有句云："自笑生平三样癖，美人名人与梅花。"可想见其人之风流倜傥。

民国苏楚生写兰花

苏楚生，龙门县人。少就读于天津北洋电报大学堂。尝于元宵见彩纱花灯，有善画墨水兰花者，心窃慕之，乃于课余之暇，辄取兰谱学习，后乘公干于浔阳之便，就师鄂人王善桥，盖王以画兰石名于时者也，于是得兰卉之三昧。又能诗善书，精鼓琴。其自题兰花有句云："任他遍地夸红紫，守我孤芳一味清。"其标格可想见。苏有子曰子者，亦以知书法名。

民国刘一苇写《三友图》

刘一苇，署画多用一伟，号茫然老衲，又号一佛，中山二区隆墟人。画法明八大山人，书法郑板桥，其祖父随洪秀全兴义兵，积战功，及洪氏败之，清吏没其家产，株连甚众，于是举家奔海外，经商美洲檀香山。一苇年二十八，随父经商于香港，值孙中山先生倡革命，遂参与焉，创立《时事画报》，鼓吹国人，倾覆清廷，重光汉族。迨日寇陷广州，遂拟秘密赴赤溪组游击队，事不密，为日寇所捕，遇害。邑人钦其壮烈，就其故居作为第二民众医院，以纪念垂永久也。

民国赵浩写《陶瓷颂图》

赵浩，一名秀石，字浩公，号石佛，别署牛口，台山人。少交王竹虚，得画学之要。工宋院派，精鉴别，临摹古人墨迹，直可乱真。性刚直，重节气。倭寇侵粤，遂避地连县，因不服水土，体质日就羸弱，胜利归穗，虽力调治，亦无得复原，民国三十七年遂病逝于广州故居之山南画舍，年七十余。广州文献馆及艺术团体，曾开会哀悼之。赵擅植盆栽，好藏古砖瓦，故自颜其室曰千甓精舍。著有《读雨庵画录》《花鸟画派》等。

民国崔六桥写《烟雨春耕》

崔六桥，鹤山人。其伯父业修，画名振邑中，六桥少从之，习山水人物，尽得其窍。长习医术，遂悬壶以济贫病。民国初年，与潘致中、赵浩公结交，加入国画研究会为会员。能刻印章，尝自制一画印，桥头风吹柳树，一鹿游于其间，见者曰："此吹鹿桥之所以为崔六桥也。"其有趣多类此。

清陈芳杰写晚堤诗思

陈芳杰，字民上，东莞同德人。康熙四十七年贡生。山水学倪云林，笔意清洁。偶作人物，亦合矩绳，用笔沉雄，不失明人之遗风也。

清邓锡祯写竹石

邓锡祯，字兴友，号野耕，云霄孙也，东莞南街人。顺治八年诸生，好吟咏，擅墨竹，工篆刻，著有《蠹余诗稿》。

清张芳觉写松风流水图

张芳觉，三水沙头乡人。流居广州，从番禺罗岸先习画，写山水，得北派蓝田叔之神韵气概，为罗之入室弟子也。光绪间，名重邑中。

民国利佳士写花鸟

利佳士，字品题，新会崖西人。民初间，省中名画家辈创立国画研究会于广州，利参与为会员。工花卉翎毛，一时推为能手。家非富有，遂鬻画以维生计，索画者踵趾相接。今之古式茶楼多以利画作点缀，其名重可想。民国廿四年某日逝世，艺坛莫不哀悼。

清崔芹写《梅花芭蕉图》

崔芹，字咏秋，鹤山人，因号鹤山山樵。家富于资，营席业。性嗜画，遂从何丹山习画，所作山水、花鸟，本诸师而变化己意，气韵自然。其人宽和，不重虚华，广颡高颧，虽身段非伟，而古貌有仪容，长衣小褂，雍容雅步，相从一童子，携长方竹篮，如小食盒，其实画具也。每遇顽童途中，相逐呼曰"六叔，买猪肉粥"以笑谑，崔点头微笑，绝不忤，间应曰："来我家当饷汝一大碗也。"其滑稽不若俗人迂滞。病卒于民国四年乙卯三月。

清周振宇写山水

周振宇，开平上阁乡人。少习泥水粉塑匠，天赋聪慧，遂成绘艺，善写云龙风虎，作龙则水云汹涌，气象万千，写虎则啸风凛凛，威声如生，邑中押店，每可质值十两，其名重无有出其右者。间作山水花鸟，亦得气韵飘逸之致。周为嘉道间人。

清王巨任写山水立轴

王巨任，字宗尹，东莞南栅人。常闭户读书，寒暑不就枕，务得要旨，卒通五经。雍正元年，惠士奇学士赏其文，遂补弟子员。王并工画、诗赋及青鸟之术，著有《易经贯义》《诗经贯义》。

清袁文桂写蝶

袁文桂，字香舟，东莞袁家涌人。聪颖能文，潜心术数之学，旁及绘事，以墨蝶见长。著有《邵子皇极经世图》《青囊宝照注》等书。袁为嘉道间人。

民国郑苌写人物

郑苌，字侣泉，亦号磊泉，又称磊公，顺德人。每醉挥毫，酒气墨韵，淋漓磅礴，人每目为戆，己亦欣然引称戆公。家贫，设学塾教童子于广州，鬻书画以自给，得钱辄以易酒，不事家人生产。清末，参与革命，抨击清政府，清吏怒而缉之，遂匿香港。党人胡汉民、黄兴、陈景华皆与相习，鼎革功成，各以显位相招，公引退曰：“我戆人，多与我酒，胜官多也。”陈景华为广州警察厅长时，偶过下肆食店门，郑正把酒持肉，蹲踞大嚼，见景华，即招同饮，景华唯唯，俯而趋，郑大笑，呼景华字曰：“六逵，如何不愿？如此饮食，我敢汝不敢，做官束缚，何如我自由也！”其戆气大抵如此。著有《人鉴》一书，书中多为写人间世相，感伤时事，一画一泪者也。民国十年间，卒以中酒穷蹙死，革命同胞，无不哀之。

民国梁绍基写野塘双鹭

梁绍基，号梅村，东莞旨亭街人。从居廉学画，写花卉鸟虫，栩栩如生。继张宗光后，为邑中学图画科教员，桃李满邑中。

民国蔡德馨写孔雀

蔡德馨,字兰圃,东莞平定里人。居廉弟子,工写花卉草虫。

清卢仲鸾写《春兰幽竹》

卢仲鸾女士,东莞人,黎朝佐室。能诗,谙绘事,尤善画兰。为道光时人。

清李岳云写《红桃丽影》

李岳云,字陵洲,号楞道人。先世浙人,随张之洞幕游广州,遂籍南海。工书画,尤以仕女见长。张创建广雅书院,以振南越文风,李之相助不少也。今院中壁砖题字,亦为李所手书。李有女孙秀芳,于抗战时避港逝世。

清黎焕章写罗汉

黎焕章,字倬为,一字汉查,东莞赐恒巷(赐归巷)人,道光间布衣。工书画篆刻。尹桐芳、罗嘉蓉等俱称赏之。著有《萝花庵小草》《卖愁集》《萝花庵小印》等书。

民国容葵馨写《英雄独立》

容葵馨,画人容祖椿女,东莞人。毕业于广东女子师范学校，任广州市立二十四小学教席。少承家学，写设色花卉，妍丽雅淡。惜不永年，卒于民十八年，时年仅二十有六岁耳。

清李映桃写《罗浮秋色》

李映桃，号花溪，东莞县厚街人。王廷桂室，工诗能画，著有《红余新咏》。

清区贺祐写《双凤图》

区贺祐，字少苏，南海佛山人。工写花卉、翎毛、草虫。写花卉笔法顺德伍学藻，翎毛酷似陈章侯。光绪间人也。

清黎朝佐写山水立轴

黎朝佐，字佐缨，号小邨，东莞城内赐归巷人。道光监生。善绘事，写山水法渐江和尚。

清元机和尚写罗汉像

元机和尚，字寄巢，未详俗里姓氏，乾隆时东莞金绳寺僧人。邑中时彦多与交游，为人慷慨侠义，有明遗民革命传统之思想。工诗善画，画笔工致，深染宋画院派之风格。

清尹伟写《古岩霁雪图》

尹伟，字景南，号泛虚，东莞万江洲（万家租）人。康熙间候选州同。工诗能画。

清不齐和尚写梅花轴

不齐，里籍不详，东莞龙沙庵僧。工墨梅，邑中名士，多与之游。不齐汇所投赠，曰《兰因集》。康熙时人。

清陶广荣写《野塘清趣》

陶广荣，字仲甫，番禺人。写花卉法徐青藤，别有新意。陶为道咸间人。

清骆兆炽写山水立轴

骆兆炽，字孟洁，号瑞征，惠阳人，光绪廪生。写山水法米海岳，归善江逢辰妹倩，极赏识其画。骆性嗜酒，工诗词，其自咏有句云："先生头脑虽云旧，曾向冰壶洗濯来。"

清何云梯写《百孝图之执砚涕泣》

何云梯，顺德陈村人，工写人物，同治庚午间人。鉴湖渔叟泰雕版刊印其弟兰浦之《百孝诗》遗作，商于郑纪常，附以图绘。郑力推崇于何，遂成图百幅付梓，名曰《百孝图说》。

民国林树熙写孤山放棹

林树熙，字建侯，东莞茶山人，光绪七年诸生。写墨笔山水，清新雅丽。卒于民廿年间。民初，潘达微开宝光照相店于香港，林与潘友善，尝以肖像照片，填补国画为背景，于时一新耳目，省港照相店中，今尚存林之笔迹也。

清黄凤衍写真像图

黄凤衍，字丹山，台山潮境乡人。咸丰间，其父永苍，得传画法于闽中。凤衍承家学，故写真传神，人争置之。今邑人族中祖像多出其笔。每像润金，例为二两，时值已超倍蓰，其名重可以想见。

民国欧阳亮写兰花

欧阳亮，中山人。从业粤剧，充小生脚式，班中名目"小生亮"。民初年与"公爷创"同时，蜚声剧界。工绘事，善写兰花，极有法度，潇洒无俗气。以事业关系，无多暇写绘，故传作甚少也。

清李启隆写山水立轴

李启隆，字襄文，一字留庵，番禺诸生。刑部主事。事母孝，母老告归终养，遂不复出。能诗，画山水仿梅道人，用墨参董香光法，苍润浑秀。花卉师石田、白阳，论者谓粤中自尺冈草堂后，几无对手。喜收名画、古瓷，鉴别精审。嗜鼻烟，藏烟壶多精品。辛亥革命后，尽出所藏，散之不稍恋。旋卒，年七十六。著有《留庵诗存》一卷、《随笔》一卷行世。

民国马鹤亭写山水

马鹤亭，台山白沙乡田心村人，从黄凤洲习写真，遂工人物，写山水颇有黄鹤山樵韵致。抗战时卒于乡，年七十余。

清林昶写山水

林昶，字日永，号惜阴，钦州人，故别署钦州散人。祖成干，工山水，昶承家学，亦以画名于邑。写山水，法黄鹤山樵，行笔潇洒，气韵秀逸，邑中无有多见者。昶为光绪间人。

清莫清波写《落花春燕》

莫清波，南海人。光绪初年，东莞张敬修雅爱书画，搜藏甚富，居巢、居廉，招驻其家，为之写绘。时边地不靖，张统兵镇压，战功煊赫，莫随军为其整理书画，因得尽览古今名作，故涉笔便成逸趣。写花鸟，有华新罗之秀韵，张有赠莫句云："清波无意写新罗。"盖即指此也。

清林兆梅写《上林清影》

林兆梅，字雪坡，钦州人，成干之子。工写兰竹梅花，潇洒飘逸，有昔耶居子之风格。林为咸同间人。

梁聪写《悬松挂月》

梁聪，顺德人，嘉庆间举人。工书善画，尤擅写松，苍劲而秀逸，时人珍如拱璧。

清温国辉写《九子图》

温国辉，字院山，号岭南居士，顺德人。写花鸟翎毛，有宋画院派之风。温为同光间人。

清邓华熙写山水

邓华熙，字小赤，顺德人。咸丰辛巳举人。历任安徽、山西、贵州巡抚、漕运总督，辛巳重逢乡举，赐太子少保衔。辛亥清室既革，遂屏迹韬光，年九十余卒，谥和简。

民国冯序东写达摩像

冯序东，新会人。家富有，至其父中落。序东工写人物、花卉，花卉法居氏，人物则学葛璞，鬻画以自给。日寇陷广州，愤敌之侵凌，遂绝食而死，闻者莫不哀之。

明吴旦写《春雨云山》

吴旦，字而待，号兰皋，南海沙头堡人。父章，正德庚辰进士、都察院左副都御史，为官有风节。且幼聪颖，十岁能属文，嘉靖丁酉科举人，官归州知府，治行第一，擢山西按察司金事。为诸生时，师事黄泰泉，与欧大任、黎民表、梁有誉为友，结社南园，世称"南园后五先生"。著有《兰皋集》。崇祀乡贤，又祀抗风轩。朱彝尊谓而待诗格清新俊逸，惜遗稿多散佚，为可憾耳。

清梁麟写苍松鹦鸲

梁麟，顺德人，嘉庆间举人。能文善画。作山水行笔潇洒，自成风格；间写花鸟，亦得韵致。

清陈鉴写《三清图》

陈鉴，字寿泉，番禺人。学画于居廉之门，尽得写花卉草虫之秘。居氏晚年应酬之作，多出寿泉之笔，其绘艺得居氏之重视，可于此见之。

清陈佐文写《雪竹图》

陈佐文，字梦熊，南海人，道光间贡生。工写芦蟹，写竹亦名于时，惟不常作，偶一为之，得者莫不珍如拱璧。写蟹每得新意，平沙浅草，令人想见江湖风景。其画蟹润笔，每蟹一金，有致半金者，佐文以半蟹藏于芦中予之。其风趣多如此者。

民国仇清华写《富贵长春》

仇清华，字景林，号石云山樵，久居佛山镇，为国画研究会会员。山水宗李思训、李唐，花卉宗徐熙、华秋岳。著有《巧拙草庐诗稿》。年九十余，仍能登山涉水。林著有《山川游览记》。

民国尹爤写黄菊雁来红

尹爤，字笛云，号侠隐，晚号紫云崖叟，顺德龙江人。清末广东讲武学堂毕业，后游西粤，探峰峦林壑之美，摹拟纸上，积久，意境一新。擅长山水，然亦常作人物、花鸟。人物工细者，他人每以为难于着笔，而尹优为之。性嗜牛肉，朋侪每呼之为"牛肉先生"。好为诗，不求工，每有吟哦，恒冲口为之，不作苦思也。其题九龙宋王台有句云："九龙山下水之隈，杜宇声声咽古台。此地今为谁管领，飘风零雨独低徊。"卒于民国十九年，岁七十四耳。

民国李鹤年写《凌波仙子》

李鹤年，字鹿门，中山人。清光绪初年，学画于番禺居古泉之门。与桂林杨元晖少初，最先得居氏写花卉草虫之奥秘，同享大名。居氏法传，李为一柱也。

民国麦公敏写天竹蚱蜢

麦公敏，番禺人。画法南宗，善花鸟草虫。创设南社于广州市河南，与时辈画人作艺术上之砥砺。麦爱藏书，颜其室曰竹实桐花馆，刻此文印以钤于书端，惜于广州陷于日寇时，所藏散失无遗，麦亦卒于此离乱之中。著有《竹实桐花馆论画》行世。其子汉永，能画，抗战时服役救伤工作，复员返广州，于诊病百忙之中，仍常执笔挥写不辍。

清许乃光写《寒林归雁图》

许乃光，字菊泉，曲江人。擅山水、人物、花鸟，远宗恽南田、陈白阳，山水略仿倪云林而自有新意。宦游广州，名画人顺德温幼菊之父砥园先生任广东军装局总办，与许同游，幼菊性爱美术，因而师事之，尽窥得其秘，故温工写粉本花卉，一时无及之者。

清黄华写《循湖秋色》

黄华，字秋浦，惠州人，同治间秀才。工写花鸟，山水不常作，每写则清新可喜，有山樵格调。任小学教师十数年，门墙桃李遍邑中。卒于民国初，年六十余。

民国李卿写山水立轴

李卿，字桂馨，惠阳人。工山水，尝寄居惠州湖畔之玄妙观，静观湖光山色，泼墨挥写，故得山霭村烟，雨晴开合之景界。邑中时辈，能以写生入画者，无出其右。桂馨卒于民国初年间，年五十余。

清李应春写山水

李应春，字磊山，三水人。能文章，通诗赋，画法戴醇士，复能作指墨山水。其弟健儿，有声于新闻界，以性嗜酒，日寇进兵香港，惊恐过度，从四楼跃下死焉。应春与今之名律师陈大年为同学，过从甚密，两极相得。光绪末年，婚一载，以目疾夜行，受惊悸死，年未三十。

清陆绍宗写山水立轴

陆绍宗，字荫芳，南海盐步陆边村人。同治间举人。初族中耆绅每以本族能得科名，遂凌他族，绍宗知之，乃敬告诸父老曰："余之得此科名，不外为余学问之纪程碑而已。今利为欺凌他族之工具，实非睦邻之本，吾不愿更得高科而增乡恶感。于是辍应典试，其深明大义有如此者。性友爱，其兄不事生产，家渐荡，绍宗尽以祖遗相助，不计也。宣统二年，创办陆边学堂，训勉子弟，其乡间办学校者，绍宗实其嚆矢也。画山水宗烟客，书法北魏。卒于民国二年，时五十余岁。尝讲学于花埭，桃李满门墙也。

清颜钟骥写墨水牡丹

颜钟骥，字筱夏，连平人。先世数代，均历任显宦。钟骥亦累官浙江布政使，极有政声。能画，擅花卉，写墨水牡丹更有韵致，法明伍瑞隆，一时无两。亦工篆刻。

民国罗清写盲歌女

罗清，字宝珊，中山人。习画于冯润芝，善写人物，以仕女为特有清丽之气。宝珊美丰姿，白皙如女子。清末年间，黄鲁逸及优人蛇王苏等创办优界改良社于广州，鼓吹革命，剧员多为新志士。宝珊为剧员，饰旦角。与郑侣泉友善，郑尝调之曰："安饰女子？女子害羞，试有调戏汝者，且看汝作何羞态。"因前捏其面，宝珊果大羞。宝珊中岁，常居西樵，绘艺大进。晚居澳门，卒于抗战胜利之后。时七十余，尤能握管作妖媚嫣然之仕女图也。

清韩友梅写山水轴

韩友梅，字实根，嘉应州人，同光间诸生。工山水，光绪间，进士丘逢甲以清廷割台湾，被推举副总统抗日，事败，乃返邑中卒。丘曾为友梅订画润例，其推许至甚。

民国程汉写《修竹小亭图》

程汉，字铁冶，顺德龙江人。画人龙湖叟景宜之子。承其家学，工写人物、花鸟，作山水法北苑。民国廿六年，日寇策动侵凌我国，广州沦陷，铁蹄所至，庐舍荡然，国人无以为生。铁冶困顿于敌寇之下，饥寒而死，时年未四十也。

民国张偕写《藏霞洞图》

张偕，一名隐，字云飞。能画，善写人物，法陈老莲；山水法石溪，尝作惠州西湖图册十二景，艺林传诵。习岐黄术，悬壶香港，以精医术，盛称一时。

民国罗国彬写《樵山耸翠》

罗国彬，字乐之，南海人。出身军籍，迭任军校教官、粤中军要。民国廿六年，尝主持西樵山云泉仙馆，颇有建树。罗为馆中第七十二字派，追抗战胜利，该馆百废待兴，罗又当选，主理馆政。以七五高龄，不任满遂归道山，时民国三十八年九月。罗能画，居恒为人写作，潇疏数笔，亦能脱去尘气。

民国成初和尚写独秀峰

成初和尚，为南华寺主持，俗家姓氏不详。性嗜书画，画写山水，法倪云林。民国二年，广集岭南画人于寺中，辟室挥毫，南国画风，振起一时。

民国冼少麟写《春郊试马图》

冼少麟，顺德人。工画时装仕女，风致嫣然。民国初年写仕女者，多未能以时人入画，而冼能合古今画法于一途，遂新风调。时简某创办南洋烟草公司，特邀冼为其写绘宣传广告，又开广告一新面目。冼不寿，瘵病而卒，年未三十也。

民国卢国雄写《鸳鸯宿雪图》

卢国雄，字观海，博罗人。工写花鸟，宗宋画院法，气力雄浑。与赵浩公、温幼菊等为国画研究会会员，得相切磋，艺术精进，不幸寿促，卒未四十。其兄卢振寰，亦工画，获盛誉于时。

民国谭云波写《陆羽茶经图》

谭云波，新会人，故称白沙里人，又颜其居曰梦痕斋。工人物，宗法宋元人，寄寓广州，鬻画授徒。新会罗艮斋出于其门，亦工人物，善绘佛像，能获盛誉于今世。

清梁禧写兰花立轴

梁禧，字梅泉，东莞人。习画于居古泉，工写花卉草虫，为居得意门徒也。家富有，藏古书画甚丰。其子景新亦能画，受聘于莞中学校教席。梅泉卒于宣统末年。

民国董嗣夔写《寒梅挺秀图》

董嗣夔，番禺人，一夔之子也。少聪颖，其父教学于广州，嗣夔得承家学，遂通五经，能文章，擅画梅花。时民初间，四乡盗贼如毛，嗣被掳，以家贫无金致赎，遂为盗害。

民国郑古珍写山水

郑古珍，南海人。工写花卉草虫，居佛山鬻画。抗战军兴，日寇陷广州，佛山相距咫尺，相继沦陷。郑年事已高，因以困顿于生活之下而卒。

民国梁鸾玱写竹

梁鸾玱，字芝生，南海西樵乡人。与康有为同学于朱九江先生之门。光绪间秀才，曾掌花县县政。工书法，变北魏隶书而自成一体。间写竹，潇疏有致。卒于民国三十六年，寿七十余。

徐冈写梅花幽禽

徐冈，字九成，号瓶山，钱塘人。家贫，以鬻画养母，甘旨无失，至老不娶，时人争誉之。画山水、人物、花鸟，无一不工。前以华秋岳为师，而尤擅花鸟，中年所作，几夺其席。曾应荆南太守景福泉方伯之聘，历游淮楚，襟抱展拓，卒以亲老不敢久客，旋返，杜门家居，名噪吴越。颐道居士有"生趣解传秋岳派，故应金粉胜南田"之句，挟币至门者日益众，乃患风痹，弗克举腕，至无以自给。比闻其疾稍瘥，犹能据床点色作便面小幅云。

清华镜宇写《墨兰》

华镜宇，字题蓉，金匮人。道光时附贡生，候选闽道。性豪爽，工画山水，写兰有逸气，论者称妙品。

陈泰瞻写《竹石图》

清陈泰瞻，字岱云，顺德人。富收藏，审鉴书画，独具眼光。工写竹石兰卉，有清秀气；书法草隶，亦附时誉。

清易崑山写《铁拐李骑驴图》

易崑山，字景陶，鹤山玉桥乡人。善画驴，山水法宗沈石田。道光间进士，著有《百石山房诗钞》。

清崔福葆绘《三友图》

崔福葆，番禺诸生。工山水，尝绘波罗神庙全景图卷，山陵宫室，详志无遗，长数十丈。嘉庆甲子，《波罗外纪》出版，附崔图，刻于卷首。

清蒋莲写《乔松高寿》图

蒋莲，字香湖，香山人。工人物，为熊景星画游具，笠、屐、瓢、杖、葫芦、拂子、扇、砚、剑凡九图，景星自有诗，徐荣和之，一时传为韵事。

明梁梃写山水中堂

梁梃，字器甫，号寒塘居士，又号铁船道人，顺德人。能诗善画。槎出生于邑西山之麓，时有莲开并蒂之花，人以为瑞。十五岁遇明室亡，遂自废，结茅隐居，颜其室曰寒塘，人又称寒塘高士，后于弟传其学，号为寒塘派。与陈恭尹、罗苏耀友善，画法云林，诗追中唐，冲淡自得。卒于癸丑，易箦之际，赋诗自述，有"香国来时香国去"之句，人谓其夙根也。

清吕桢写《江亭月夜图》

吕桢，字作周，南海人。常居佛山，榜润应面，时人重之。所作山水，笔法在清湘、麓台二人之间，行笔脱略爽朗，无滞俗之气。人物仿六朋。吕为同治间人。

清居廉写《石友图》

居廉，字古泉，居番禺隔山乡，自号为隔山老人，巢之弟也。时宋藕塘、孟觐乙等南游，岭南画风一时深受影响。居氏昆弟，窥其堂奥，廉更得其秘，施以粉水之法，于是开画法之新途。所画花草、翎毛、草虫，均为能事，继宋孟之后，能自成一家。

明林承芳写《石岸古松》图

林承芳，号竹窗，明万历间翰林，三水人。能诗文，偶写山水，涉笔有致。

邓芬之画风

吾粤国画界，自国画会成立后，人才辈出，而以人物见称者，众人皆推诵先邓芬。诵先曩于癸亥合作社时，与余为社友，及国画会成立，又皆为会员。平日观其造诣，辄惊其天才横溢，谓不可及。去今二十余年，诵先之艺，骎骎日上，自顾驽骀，益难方驾。兹者，诵先以其近作在港首次展出，属余为文以为评述，爰举所知，笔之如下，非敢谓评骘优劣也。

诵先作画，笔底具灵秀之气，所作人物，飘然高逸。吾粤所藏唐《采薇图》，向在何氏家，诵先尝见之，既而背临伯夷、叔齐人像，神态笔墨，皆能远绍前贤所作，其工力精到，有如此者。及创作诸仕女像，或侧或背，莫不婉曼有情致，意匠经营，传神阿堵之外，非天资绝高者，莫能致之。其花鸟极佳，花卉用粉法，更有独得之秘。比年以净墨写荷花，不藉丹青渲染，自能表现荷花之性格，尤为难能，盖诵先所悟于画理者深矣。

古人论画，以逸品居能品之上，谓能事以外，尚须具逸气，能者学力，逸者天成。今观诵先画风，盖能兼此二者，宜其见重于世，且决其必传也。诵先作画，非兴酣不下笔，而下笔则速，古人所谓意在笔先，亦于诵先见之。惟意足然后神完，随随涂抹而无疲惫之态。世人见其挥洒自如，疑为轻率者，不惟不足以知诵先，抑不明古人以意取笔之意。今诵先既并陈其作品，以为展览，但细赏其画，细味其意，便当释然耳。

（1950 年 1 月 29 日，香港《星岛日报》）

唐仇名作

明季四家，文、沈、唐、仇，其作品久为天下所重，而流派纷衍。后来学者□□摹拟，逐渐失真。纱灯派兴，唐仇作学，其不致为鱼目之混者，盖几希矣。

思补斋主人，好收藏，尤精鉴别，能独具慧眼。所藏仇实甫罗汉立轴、青绿山水，及《龙宫斋图》，《文姬归汉图》，胥极精妙，观其人物、山林、台观，工而能雅，非精于六法者，不能至此。以视彼摹拟者，直如薏苡之于明珠，真伪立判。信乎董思翁尝言曰："后世能仿其妙，不能仿其雅。"吾于仇英固三折肱，而于主人鉴别之精益心折矣。

世言北宋画无雅格，自唐子畏出而后使之雅。余初颇不谓然，嗣复遍观六如传世诸作，始略解其意，及睹主人所藏六如诸画，则豁然而悟，六如真能雅者也。墨菊一帧，着笔无多而花吐□□，才雄气轶，于豪迈中略无粗犷之气，不知何以臻此？□文仪写《西厢》本事，则又工细文静，转腕用笔处略无滞机，以视伯驹、龙眠，□嫌有作家面目。《湖山春晓》，则风骨深秀；《浦江叠峰》，使人有"六朝如梦鸟空啼"之思。观此数帧而不神为之王者，不足以言知画也。

今主人既以所藏付诸公展，则爱好艺事者，可以自由参观。余幸得饱览于先，敢靳数言，以告来者。

（1950 年 2 月 4 日，香港《华侨日报》）

唐云之绘画

唐云，字侠尘，别署尺庵，又号大石居士，浙之杭郡人也。其先世代风雅，藏图轴古籍甚丰，及唐君尤雅好绘事，穷六法之精蕴，得于心，运于手，挥洒如意，天才横溢，是故弱冠之年，即已饮誉江浙。既壮，橐笔之沪。时国中艺苑老宿、丹青名手，荟萃沪滨，唐君得广其交游，切磋砥砺，技益精进。及今则湛然纯深，成一家之法矣。

唐君画风，与新罗最为接近，潇洒绝俗，作出尘之想。昔人谓新罗作画，得于天趣者独多，惟其如是，乃为难至；新罗以后，效法者相踵，而得其要者惟欧七□一人，余皆荒率不可入目，或病甜熟，失其神旨。余生平亦颇善新罗，师其法，会其意，累月穷年，终不可至，废然而返，以为新罗者不能学。然今日乃见唐君画，始悟非不可学，惟视其资于天赋为如何而已。

曩于杭僧若瓢作品展览会中，得见唐君之兰竹小品若干事，未尝不徘徊观赏，不克自去。当时颇以未及窥其全貌为憾。昨唐君以其近作百事，举行个展，实惬余心。乃略举其所知，以告世人。虽然，鄙陋如余，又岂能尽唐君于万一哉！

（1950 年 6 月 20 日，香港《华侨日报》）

三十年来香港古文物展览

我到香港，今年刚好整整三十个年头。这三十年来，大部分的工作，是从事美术的工作，同时朋友也多是研究美术的。书画、古代文物的收藏家，也多数是认识的。所以这三十年来的古书画展、古代文物展，我大半数以上都曾参加工作的。现在回溯这三十年来的古书画文物展，是很值得一记的。

香港主办这些古代文物展，大都是从几个收藏家所发起的，而且多数是偶然的，并无一定的计划。偶然的闲谈、偶然的高兴，从发扬国光的主张下，花钱、费力，继续发展下去，后来或用学术团体的名义主办，而骨干仍多是收藏家及新闻界与好事者的努力而促成的。

三十年来的收藏家，变迁很大。有的藏品仍然保存，有的早已星散，有的物品已几度易主，有的几家主人早已遗世，两次大会的会场"大会堂"亦早已拆去。从这一篇短文，看到了古书画文物的变迁与收藏家的沧桑，自然会兴起了无限的感慨的！

中华古书画展览会，会期是1926年（民国十五年）11月，会址在香港大会堂。参加展出的有南海黄氏劬学斋、何氏田溪书屋、新会陈海雪氏、司徒卫氏、木林山人、黄君璧氏、南海黄砥江氏、蓬壶小隐、李务本堂、植剑泉氏、蔡渊若氏、冯氏香澣楼、赵斋李氏、平宁瓷佛庵等十四家。书法、绘画、碑帖等共四百余种，大会堂会场仍不敷陈列，惟有分日换展。其有名剧迹如北宋武宗元《朝元仙仗图》、元钱选《梨花卷》、北宋拓唐《云麾将军李思训碑》、宋释子温《葡萄卷》、宋陈居中《百马图卷》、宋叶念祖《水墨葡萄轴》、宋崔子西《四羊图轴》、元王蒙《一梧轩图轴》。他如明之文、沈、唐、仇，清之四王、吴、恽、石涛、石溪、八大山人、华新罗等作品，美不胜收。当时从广州内地及澳门来观者，逾千人。该会有尹文楷医生、冯己千、李耀汉、李景康、黎耦斋（《工商报》编辑）、黄慕韩、黄砥江、李尚铭、罗原觉等所发起，其经费由发起人捐助。今李耀汉、尹文楷、冯己千、黎耦斋、黄慕韩、黄砥江、李尚铭、蔡渊若诸君已先后谢世，而会中所陈剧迹如武宗元《朝元仙仗图卷》、元钱选《梨花卷》、王蒙《一梧轩图轴》俱已出国矣。

中国展览比赛游艺大会，会期1929年（民国十八年），会场亦设大会堂。除各种游艺外，并延请专家讲演中国之美术、中国之音乐等，并有即席挥毫一部；书画出品有黄氏劬学斋、冯氏香澥楼、何氏田溪书屋、邹氏听泉书屋、斑斓画社、李氏云麾楼、梁氏淡宁斋、卢氏朴园、李氏披云楼、关氏南越木刻斋、黎耦斋、霍□涛、莫氏赤雅楼、刘氏小廉州馆、南海黄砥江、梁氏仙石书屋、张宝树、吴氏藏经阁等。至铜、瓷出品则有莫幹生、潘氏、冯氏香澥楼、吴兆芹、郭少鎏、观象研斋等。

是次书画展品约一百一十件，数量较前次为少，然精彩之品如钱选之《梨花卷》、李唐《采薇图》、陈居中《百马图卷》、王蒙之《万松仙馆图轴》、沈周之《保儒堂图》、仇英《莲溪渔隐图》，四王、吴、恽及髡残、石涛、八大、华嵒等佳作亦多。

除书画外，瓷器最为精彩。宋代的钧窑、定窑、龙泉窑，明代的彩瓷和清代的彩瓷，多数是极名贵的。

1940年（民国廿九年）香港中国文化协进会和中英文化会合

作，每月举行艺术观赏会一次，会场在般咸道冯平山图书馆，会期每次只一日，每次的观赏会都有专题，并附有座谈会。如清湘、八大、石溪、渐江四僧的艺术观赏会，尤为学者所欢迎。

中国文化协会和中英文化协会主办的艺术观赏会，一共举行十次以上，后来，中国文协主持人认为需要举办一次盛大的文物展览，屡次会商。那时是日本侵略我国第三年，我国各地的收藏家大都把所藏的珍品，带到香港。那时该会的目标是"研究乡邦文化，发扬民族精神"，而倡办广东文物展览会，会期是 1940 年（民国廿九年）二月廿二日至廿六日，后来因观众挤拥，延期三日。这一次的展览，真可以说盛况空前，出品有两千多件，各种展出的文物，有很多重要的文献，出品者除旅居本港的收藏家外，即澳门、上海、国立北平图书馆，都有参加。

陈列是分类的，图像、金石、书画、手迹、典籍、志乘、文具、器用、古迹、制作、太平天国文物、革命文献等十二大类，出品人数约一百五十，二千多件的出品，大有裨益于学者的研究。会后，编印《广东文物》三巨册。共分两部：上部一册为图录之部，分五卷，卷一为广东文物展览会出品目录，卷二为广东文物展览会出品摄影，卷三为广东文物展览会记录，卷四为报章之记载，卷五为学生征文；下部二册，为研究之部，亦分五卷，卷六为史地交通门，卷七为人物考证门、卷八为人文艺术门、卷九为学术文艺门、卷十为鉴藏考古门。集中不少甚有学术价值的文章，成为研究乡邦文化不可缺的著述。

抗战胜利后，中国文化协会和中英学会恢复，携手联合主办中国古代文物展览会，会期是一九四七年（民国三十六年）一月廿九日至二月二日，会场是在罗富国师范学院。展出的物品共九百四十七件，内分书画、瓷器、陶器、铜器、古玉、典籍等部。

这一次是抗战胜利后第一次的展览，人心特别兴奋，从广州、澳门及各地来参加出品的人不少。如宋文同的《墨竹大轴》，有翁方纲、吴荣光、康有为与罗振玉等题字；宋人集册；元赵子昂《龙王礼佛图轴》；元王蒙《夏山高隐轴》等。典籍则有宋元善本多种。瓷器如宋定窑、宋钧窑、官窑、哥窑，无数的珍品，是从前各展览会所未见的。这会的价值，可以想见。二月二日闭会后，广州及澳门的收藏家，为着参加广州广东文献馆主办艺术观赏会，即将一部分藏品于二月三日晚乘"西安轮"赴穗。不料该轮于四日上午四时十分发生火灾，幸船仍未启行，乘客仓皇走避，而藏家郑氏、莫氏、何氏、钟氏携带之珍品，多数毁去，深为可惜！所幸文同《竹轴》及赵子昂《礼佛轴》为同轮某君抢救得免。计被焚于火者有：宋刊本《朱文公校昌黎先生文集》，明柯氏校刊本《史记》、明正统翻淳化本《后汉书》、明刊本《石室先生丹渊集》、明嘉靖刊《东坡集》、明嘉靖刊《奏议十五卷》、明刊本《应昭集》、明刊本程氏十五卷《松乡先生文集》、精写本《三元延寿参赞书》、明刊本《柳文四十五卷》、精写本《花溪集》、明嘉靖己酉翻雕宋刻本《文选》等善本。古画被焚者有：明唐寅《伏生授经图轴》、清王时敏《山水轴》、清王鉴《仿云林山水轴》、清王石谷《山水轴》、五代贯休《面壁图》、清吴历《山水册精品》（中华书局曾印）、浙江上人《十斋图轴》、石涛《莫愁湖图轴》、方以智《山水轴》、王时敏《秋山图轴》、明詹景凤《山水轴》、元黄公望《仙馆儗金图轴》、明丁云鹏《山水人物花卉扇册》等。

　　思补斋古书古画展览会，会期是一九五〇年二月四日至十日，会场在思豪酒店。思补斋为盛杏孙之后，所藏名迹至夥，宋元珍本典籍百数十册，法书名画约五六百件。惜以会场太小，未能尽量陈列。其中佳品有米南宫《珊瑚帖》、元张伯雨《诗帖》、明姚公绶《都门别意卷》、仇十洲《春江图卷》、龚半千《山水册》、渐江《山水册》等。近年盛氏已赴日本，其藏品亦带日云。

历代名画观赏会，是旅港藏家联合主办，会期是一九五〇年二月廿四日至三月一日，会场在思豪酒店，参加展览的有叶氏宝献堂、香氏梦诗庐、胡氏有所思斋、何氏嘉乐楼、朱氏采三秀室、何氏春雷阁、张氏思源堂、梁氏天影楼、梁氏真率斋、张氏百印楼、潘氏抱残室、莫氏集兰斋、郑氏德芬堂、邓氏怀古堂、黄氏四无恙斋、叶氏灵兰堂等十六家。其展品多为十年前展览会所未经见者，其中有故宫旧藏十数种，宋元法书十数种，明人法书一百数十种。盖以时值世乱，北地藏家纷纷南迁，古代文物荟萃于港，港人眼福，可谓不浅。

历朝名画选展会，会期是一九五〇年四月五日至六日，会场是花园道圣约翰礼拜堂副堂。参加展出者有叶氏小箓竹堂、高氏墨华堂、朱氏采三秀堂、张氏思源堂、何氏宝德堂、盛氏思补斋、张氏寄传庵、潘氏抱残室、香氏梦诗庐等九家。是次展出精品有北宋梁楷《布袋僧》、北宋李龙眠《十六罗汉》大幅、北宋燕文贵《武夷山色卷》及敦煌石窟经卷、佛像，都为香港前所未见者。

劬学斋、敦复书室所藏古书画碑帖石刻展览会，香港大学中文学会主办，会期是一九五一年二月十六至十九日，会场在冯平山图书馆。是会以石刻法书二册为最好，如汉武梁祠画像拓本、汉孝山堂石室画像拓本、汉朱鲔石室画像拓本、汉颜氏乐圃画像拓本及宋元三朝鉴遗翰册等为精。

今年四月，香港首届艺术节在冯平山图书馆连续举行：（一）中国古物美术陈列所；（二）金匮室、积善斋二家藏品展览；

（三）汉画石刻拓本展览会。

中国古物美术陈列所，展出的有史前陶器、战国或汉铜器、汉代明器。古瓷，则由半瓷至宋瓷、明瓷、清瓷，各时代俱备，以上各物大都为香港政府及大学堂所藏。又陈列一部景教铜十字架，据目录所注为基督教遗物（元代），蒙古边境出土，聂克逊藏。又新西兰石器、海丰出土石器，俱为极有研究之价值者。

金匮室、积善斋藏品展览，陈氏金匮室所藏有石器、铜器、金银器、象牙、玻璃、书画。会中石器、金银器，多为商殷时代遗物，不可多得之品。画则自五代董、巨而下，至清张若霭止，约三十余件。其董源、巨然、刘道士等，为我国南派画的鼻祖。马氏积善斋藏品由元倪云林起至清代戴熙止，共七十余件。陈氏藏的以宋元擅胜场，马氏所藏则以明清两代为佳，是各有千秋的。

汉画石刻拓本展览会，这会陈列马鉴先生所藏汉高公（君）阙画像、汉石棺画像、汉李夫人墓门画像。罗氏敦复画室所藏汉任城武氏石室画像、汉孝堂山画像、汉朱鲔石室画像、问官里汉画像、颜氏乐圃汉画像。叶灵凤先生所藏的汉武梁祠画像新旧拓本全份、汉墓砖、汉"千秋万岁""万岁""延年益寿"砖等拓本。李氏群玉斋所藏之汉永建五年食（飧）堂画像、五瑞图画像、鲁王墓石人像、汉沈君阙、汉南阳画像等拓本。这会罗氏敦复画室所藏而外，大都是香港前此所未展出过的。四川雅安、四川新津宝资山新出土的尤为难得。同时会中陈列中外出版的研究我国古代石刻砖刻的书籍不少，这是很有助于参观者的研究的。

以上所记三十年来的香港古文物书画展，遗漏必多，如香港大学主办的古玉器展览，因为记忆不大清楚，所以从略了。

（1955 年 7 月 8 日，香港《工商日报》三十周年纪念增刊）

介绍林清霓叶因泉香港风景写生展览

前人对于绘画，常说"画鬼容易画马难"，大概因为鬼物没有实形，可以随便乱涂，不必有所稽考，这就易于着笔，但马就不同了，画得像不像，谁都看得见，可以批评，所以就难了。同样，画山水景物，也是写实景难，纯属虚构的容易。前人的山水巨构，如《长江万里图》《富春山居图》，都是偏重虚构，徒取其意，怕就是对着实景不好动笔吧。

林清霓和叶因泉两君，绘艺甚精，近来留居香港，常于休沐之暇，畅游此间山水，不避繁华嚣市，无不履及，每到一地，辄共绘景物，日积月累，杰构甚多。友人邀其选出百幅，供诸展览，都是实景写生之作，风晴雨雾，市楼车马，杂现笔底，读之仿如置身真实景色之中。前人谓"画马难"之说，在二君倒是不成问题。他们更以中国的画法，写入实景，更足为中国画辟一新途径。好在他们的作风，又各有不同：林的线条婉转，逸淡可人，有如少女的妩媚；叶的用笔粗放，色彩热烈，显出倔强不挠的精神。两相对照，各擅胜场，我们当可在这个展会里，得到很好的享受哩。

（1957 年 1 月 7 日，香港《华侨日报》）

粤画序

　　吾粤之画，自唐而后，名家辈出。汪兆镛所编《岭南画征略》十二卷，得四百余家，惜仍遗漏不少。兹编之作，一方补其不足，一方注重图片。如唐之张询、宋之白玉蟾，惜遗作未见。现先就有遗画者言之，至于时代之先后，因搜罗图片之困难，恕不能为有系统之叙述，敬希读者谅之。

　　　　　　　　　　　　　　（1957 年，香港《大公报》）

张穆及其作品

张穆，字穆之，号铁桥，东莞人，明遗民。善画兰竹水仙，而画马尤著名。偶写山水，亦有逸气，盖尝读书罗浮山，朝夕漫游，得力于烟云供养者甚深。传世以八骏图卷为多，同时陈恭尹极推重之，有题《张穆之画鹰马歌》及《磨痒马歌》。其《磨痒马歌》曰："铁桥老笔多生趣，画马解作痒磨树。三足作力一足拳，短鬣萧萧首回顾。兰筋不动尾丝垂，竹耳双高目光怒"对张氏画马艺术，极言形容之妙。

张氏画马，以马为师。所画八骏、奔马、立马、磨痒马等，各尽其妙。世传张氏画马，其笔润为每蹄一金，有不付笔润而情不可却者，则不画一蹄。曩曾见一帧，两马并立于河边，蹄为河水所淹，想亦为未付笔润者也。

张氏身长三尺，能击剑，年八十余，步履如飞。邝露（湛若）称其"短小似郭解，深沉类荆卿，相剑类风胡，画马类韩干"，可想见其为人。

（1959 年 5 月 17 日，香港《大公报》）

汉唐石刻画像

　　古代石刻画像，以汉武梁祠为最著。武梁祠在山东省嘉祥县武宅山汉武氏墓前，墓有石室，四壁刻古圣贤、忠臣、义士、孝子、贤妇画像，所画人物、衣冠、车马、亭台楼阁、花木等，共二十余石，表现的艺术有高度的成就，研究汉代的绘画，以此为最丰富。其次便是孝山堂石刻、六朝的造像以及佛座边沿的装饰图案、唐代的昭陵六骏等，都是我国石刻画中最有艺术价值的。昭陵六骏，一曰飒露紫，二曰特勒骠，三曰拳毛䯄，四曰青骓，五曰白蹄乌，六曰什伐赤，都是纪唐初各次战役六骏的战功的。今六骏石刻一部分已流落海外，深可叹惜！

　　研究我国最早期的绘画，存世的约有以下的几种：汉彩画砖、漆画、石刻画、汉墓壁画。彩画砖、漆画、汉墓壁画等，多是孤本，为博物院、美术馆所保藏，如要研究，只能从博物院或美术馆偶一欣赏，我们在香港，更不易有观赏的机会。过去的收藏家有得宋元人的画，已认为稀世的珍宝，遑论汉唐？所以历来的藏家，都以石刻拓本为贵。石刻拓本，过去也不易得，近中华书局运到汉魏、六朝、初唐的石刻画像拓本一百六十余种，这是研究汉唐绘事及古代历史的好资料。

　　　　　　　　　　（1959 年 5 月 31 日，香港《大公报》）

苏长春其人其艺

苏长春，为粤画之表表者，人物、仙佛、花卉、山水，无一不精，而用笔构图，俱独具面目，雄视艺坛。徐悲鸿、叶浅予二氏游粤时，见其遗作，极为推重。惟汪兆镛氏所编之《岭南画征略》，则不将苏传编入，诚属遗憾，或以缺少苏氏纪载，遂致缺如耶？按《佛山忠义乡志》卷十四，纪苏氏最详："苏长春，字仁山，顺德人。工绘事，擅勾勒法，不假渲染，以笔之轻重为阴阳。所作山水、人物，迥异恒蹊，飘飘有出尘之致。道咸间主于梁福草比部家最久，为绘十二石斋图，纸仅数寸，而亭堂轩槛、几案鼎彝、树木花竹，靡弗悉备。十二石如小指头，其岩壑峰峦，状皆逼肖，堪称妙绝。每语人曰，生平作画逾千，以此图为最得意云。书法则篆隶真行，俱古雅可喜。其性极戆，与之言则言，否则终日观书，不发一语。尝据案作画，忽巨雷起于其侧，轰然穿牖而出，电光满室，人咸震惊，竟挥洒自如，不动声色，若无闻见者。事后问之，则谓'余方布置山水，未及留意'也。亦可谓奇人矣。"

卢子枢君曾获观苏氏仿文衡山山水绢本立轴，其题记可作苏氏之自传，大可为研究者之助，惜该图不知流落何所。兹录其题记如下："仿文衡山先生画意。先生名璧，字征明，衡山其号也，事行详《明史·文苑传》。余自少龄，便雅嗜图绘。及长，慕先生藻翰，而笔耕墨畹，历年多矣。予生一龄，惧猫犬，而多痌疾。二龄，反侧母膝，而父与剃发，便知毁誉焉，尚未能自言，何复知画？三龄，母教食乃食；母不命，虽左右与食，弗食。四龄，父教以区正叔《三字经》，至是始知书，亦不及画。五龄、六龄，嗜写字，遇门墙垣壁，无不学书。七龄、八龄，能画山水景物，题句颇能道说景中意。九龄，出馆就傅授经，日授书数过，不暇计画。十龄、十一龄，间以学诵之余及画。十二龄而画著闾里。十三龄，名动庠士。十四龄，出游羊城。十五龄，嗜临盈尺汉隶。十六龄，学举业。十七龄，嗜诗赋。十八龄，嗜理学。十九龄，赴督学试，不遇。廿龄，博览策学。廿一龄，就傅，兼习当代典礼。廿二龄，赴试，仍不遇。廿三龄，决志弃试艺而画复癖嗜焉。廿四龄，适苍梧。廿五，游桂林岩洞。廿六，居家。廿七，始图居室大伦。今年廿八，而悔言行多谬矣，故记之。时道光廿一年岁次辛丑冬十一月画于仙城，顺德苏仁山识。"

苏氏轶事，可考者绝少。传说三十岁以后，其父以其疯狂，以不孝罪送之顺德狱中，后则更不可考。苏氏为画坛怪杰，遗作极多，近年黄蒙田、李凡夫、任真汉三君皆曾为文研究。兹编特详录《佛山忠义乡志》及苏氏题记，以供读者参考，或不嫌其赘也。

(1959 年 6 月 7 日，香港《大公报》)

招子庸

招子庸，字铭山，南海人。嘉庆二十一年举人，出为山东潍县知县。潍县前后有二风雅令，一为郑板桥（"扬州八怪"之一），一为招铭山，俱能诗善画，俱能为兰竹。尝于南海横沙招氏宗祠，获见招氏墨竹大横幅，阔约二丈，高约七尺，笔墨淋漓，是画于潍县署中寄归乡里者，诚巨制也。招氏又擅画蟹，平沙芦岸，充满湖乡景色。世传招铭山画蟹通灵，潮退则蟹栖于平沙，潮涨则栖于高岸。大抵时人以招氏画蟹如生，遂故神奇说耳。

招氏擅为粤讴，知音律，能弹琵琶，《夜吊秋喜》《桃花扇》等曲，均为招氏手笔，其词凄丽，听者往往泪下。

（1959 年 6 月 21 日，香港《大公报》）

石鼓砚

　　石鼓，其形如鼓，上镌篆文，鼓凡十。在隋唐以前，其名本不甚著，自唐韦应物、韩愈两诗人作《石鼓歌》，始为世人所重。其书法在籀文与小篆之间，其文体为诗。其刻石年代，唐以前考订者恒多异词，有以为周宣王时者，有以为周文王之鼓至宣王时刻之者，有以为周成王刻之者，有以为秦代者，诸说纷纭，莫衷一是。近人有以秦代金石刻文辞考之，则与秦文俱同，遂定为秦刻。其书法高古，拓者甚多，后有以金填其文字，不准复拓，然求之者众，又剔去其金，经此数厄，残伤更甚！清乾隆临雍讲学，见石鼓原刻，惧其岁久漫漶，为立重栏以障之，别选石摹刻十鼓以供椎拓，石仍存北京。

　　阮元督学浙江，为爱护古刻，亦雇工摹刻于杭州府学。阮字伯元，号芸台，仪征人，乾隆进士，由编修擢詹事，嘉、道两朝，历官礼、兵、户、工等部侍郎，浙、闽、赣、粤诸省巡抚，及湖广、两广、云贵总督。生平淹贯群书，精研经籍，所至以提倡储藏自任，在浙设诂经精舍，在粤设学海堂，吾粤学风之盛，阮氏之倡导有功焉。此石鼓砚为阮氏督粤时所选端石，琢为鼓形砚，上为砚池，下则缩摹石鼓原文，砚大仅数寸，书法既精，刻工尤美，其第十鼓下有"臣阮元进呈"等字。盖吾粤端砚，地方有司多选其最者为贡品，今此石鼓砚为阮氏所选所摹，尤为难得之品。

（1959 年 7 月 5 日，香港《大公报》）

黎 奇

　　黎奇，字问庐，顺德人。善画牛，世有"张穆马，黎奇牛"，并称为画兽双绝。黎氏能诗，惟不多作，写竹亦佳，曾画百牛于一卷，牛各一态，林间田上，各极其致，盖得力于田间者也。晚年隐于广州河南，以栽花种竹为乐，卒年八十余。

　　　　　　　　　　　（1959 年 7 月 19 日，香港《大公报》）

陈乔森

陈乔森，原名桂林，字木公，一字一山，号擎雷山人，遂溪人。咸丰十一年举人，官户部主事。与会稽李慈铭、文昌潘存齐名，有"三才子"之称。性磊落，诗文雄骏，善山水、芦蟹，山水多写己意。同治辛未重九在都门与周寿昌、谢维藩、陈修彝、董文焕、张之洞、朱逌然、王懿荣、李慈铭九人，宴集慈仁寺毗卢阁，诸人为诗及序记，乔森为之图。李慈铭极器重之，尝倩乔森画《湖塘乡居图》《玉河秋泛图》，评其画"极细密，用墨尤佳"。

（1959 年 9 月 13 日，香港《大公报》）

近代五大家的画风

我国近代杰出的画家，要推任伯年为首。任氏少年时作画，已天才横溢，为任渭长所赏识，教以画法，以陈洪绶人物为主，后来自抒己意，参以华秋岳的方法，所作人物、花鸟、草虫，无不妙趣横生的。任氏早期的作品，细笔勾勒；晚年则画法大变，每一幅画的画材，每一幅画的布局，很少相同。就以《引福归堂图》而论，曾见到十余幅之多，有用碎笔，有用墨笔，千变万化，每幅都有其独到之处。

任氏的画，好在妙趣，人物线条，用笔遒劲，似轻而实在沉着。用墨用色，澹而有韵，令人玩赏不尽。

吴昌硕的画，老笔纷披，能写山水、人物、花卉，尤以花卉为最擅胜场。构图及技巧，虽以徐青藤、陈白阳、金冬心、李复堂等为师，而又是自出机杼的，其功力实得力于《石鼓》。《石鼓》为汉以上的石刻，书法奇古，吴氏以书法入画，是其特点。又善刻印，书法、绘画、刻印合而为一，有这样的成就，金冬心之后一人而已。

齐白石的画，早期是取法于吴昌硕的，从许多齐氏的作品都可以见到。不过他到了成熟时期，已渐渐地摆脱，尤其是八十岁以后的作品。

齐氏作品，写生的最好。从求似到求不似，求似不难，求不似则难。所谓"失于自然而后神"的，齐氏可谓得其秘了。

　　黄宾虹丈曾到过香港，在此间的写生不少，如九龙宋王台、太平山顶及环岛风景，都曾收入黄丈的笔下。苍苍莽莽，淋漓尽致。黄丈富收藏，其画法除得力于新安派之外，并将秦汉印中的篆法入画，书画同源的理论，于此可见了。

　　徐悲鸿早期学西洋画，基本的画法是很好的；从法国回来之后，觉得中国固有的绘画艺术，尤为伟大，遂改而画国画。其特点是以西洋画法入画。西洋画法加入中国画法，其来源很早，明末清初的画家，最知名的如吴墨井、郎世宁，近人如高剑父、高奇峰兄弟，都是走这一路的。吴墨井把西洋画法入中国画，而气氛纯是中国画，观者不觉得有西洋画法的渗入。郎世宁为意大利传教士，他是以中国画法加入西洋画里的，那写实的作风，是另具面目的。近人高剑父、高奇峰，是师法日人竹内栖凤、横山大观，所以东洋的气氛很重。至徐氏的画法，有中有西，他是做到了独来独往的境地，不是郎世宁，亦不是竹内栖凤，自有面目。中西画法汇而为一，这是徐氏所创，而又最成功的。

（1959 年 10 月，《中国近代五大家画展》场刊）

赵浩公的画

　　台山赵浩，别号牛口，晚年作画，多署浩公。少年时与博罗卢镇寰、卢观海组山南画社。初期以摹古为业，所仿的多为唐宋名迹，如唐人的仙佛，韩干的人马，黄居寀、赵昌的勾勒花鸟，马远、夏圭的北派山水，都仿得很好。赵氏能仿各家的书法，宋徽宗（赵佶）的瘦金书，恽南田的行书，王梦楼的楷书，随手写来，很为相像。那时是民国初年，溥仪尚居故宫，宫中所藏，除庚子之役偶有散失，如韩滉的《五牛图》，就是那时失去的。及至溥仪将离故宫之际，将宫中的珍贵书画典籍，借着赏溥杰的名义，纷带出宫，除部分留为自赏之外，多盗卖与外国人，如上海商务印书馆出版的梅花道人《渔父图》也是溥仪盗卖的。溥仪卖宝的条件：第一要出得起大价，第二是要卖给外国人。我们中国人虽付得起大价钱，但是不欢迎的。有某画家，伪装日本人去看溥仪的藏画，看到《渔父图》及赵昌《折枝花卉卷》，拍案叫好。那时那画家已经忘记了是中国人扮演日本人，用国语说"太好了"，溥仪甚为惊讶地说："你们日本人，说我们的国语说得这么好，也难得了！"那画家几乎露出了马脚。后来虽把《渔父图》买得，也费了九牛二虎之力，才把那国籍的问题弥缝过去，否则也不会成功的。同时宋赵令穰（大年）的《湖庄清夏图卷》，也是这时卖出（该卷后来由黄君璧买得，黄君璧前年赴美国，把这画卷卖给美国波士顿博物馆，得美金十余万）。溥仪盗卖的国宝是很多的，那时日本朝野人士，多来搜购；欧美的富豪，纷来京沪，以得我宋元名迹为荣。北京的琉璃厂韩某、上海的古玩商伍某，俱以求过于供，无货应市，闻广东有此好手，遂求赵氏供应，从五代到元朝的名迹，以能仿《宣和画谱》所载的剧迹或历代有著录的画则更佳，源源不绝地订制。赵氏那时忙极，往往深夜仍不停工作。所仿的画，已好到绝顶，纸、绢、印章、款字、题跋、颜色、装裱，都无一不像，有时连故宫装潢的式样也仿得极好，所以琉璃厂那时不愁没货供应了。日本人买他所仿的最多，从日本出版那部唐宋元明及宋元明清画册，赵氏作品很多，而欧美的博物馆，收藏的也不少。不数年，赵氏积资很丰，买屋数幢于广州司后街（今之越华路），所以朋友辈多称之为"多金画人"，赵氏不以为忤。当时林直勉、胡毅生等和赵氏最好，见赵氏多才多艺，计划以三年为期，供应赵氏所需，赵氏则以全力摹古，从五代以至清代各名家，俱一一仿制，完成时则带往日本、英、法各地展览。后来林直勉死，时局多变，卒不果行！

赵氏多才，从绘画到刻印、写字、装裱，样样俱精。二十岁前从王竹虚学画，那时王竹虚摹古已很有名，但竹虚不能写各家的书法，不能刻章，不懂装裱，不能为工细的人物和花鸟，所以赵氏有"青出于蓝而胜于蓝"之称。

民国初年，广州的画风盛行着两派：一派是上海派，如任伯年、朱梦庐、钱惠安、吴石仙等；一派是河南派，居古泉、何丹山、伍彝庄等。河南派，因画家们都居于广州对岸的河南，故名。这两派雄踞广东，学画者多以这两派为宗师，不知何者为奚、黄、汤、戴，更不知何者为四王、吴、恽，唐宋绘画更无论矣。所摹所作，俱这两派，画风日益不振，毫无生气。及至陈炯明督粤，办广东第一次全省美术展览会，请赵浩公、卢镇寰、高剑父为审查委员。赵氏绘画向极珍秘，不轻示人，而社会人士也不知赵氏写得如此好画，到开幕时，赵氏等出品幅幅巨制，以北宗山水及双钩花鸟应征，一新粤画风格，无不叹为观止，从此赵氏能画之名，不胫而走。后来与卢镇寰、卢观海、黄少梅、黄般若、潘致中、姚粟若、罗卓八人组癸亥合作画社。癸亥合作画社创于一九二三年，初期为以上的八人，后来增加至十四人，新加上为邓芬、卢子枢、黄君璧、张谷雏、何冠五、李瑶屏等。该社以复兴中国画艺为目的，虽曰复古，但仍以启发新意为重，每于周末集于惠爱西路之西园，作合作画。赵氏作画新颖可喜，普通合作画多为折枝花卉，而癸亥合作社所作之画，千变万化，作意至佳，山水花卉，人物虫鱼，题材广泛，不拘一格，此亦为赵氏倡导所致。

癸亥合作画社画展成绩最佳，广东画风渐变，画家想加入的很多。赵氏以为扩大癸亥合作画社，不若另组广东国画研究会为佳。会既成立，六榕寺主持将寺中人月堂送出为广东国画研究会的会社。那时画格大变，浅薄没内容的绘画，几乎绝迹。经过几次盛大的展览，会务日益发达，会员增至三百余人，每周必在人月堂开会，并创立国画图书室，搜罗关于绘画参考书籍逾千种，在日寇占领广州时才停止活动，书籍、藏画及会员的巨制，多已散失。赵氏及卢镇寰、黄少梅、黄般若、姚粟若、邓芬、温其球等均先后来港，香港本来已有广东国画研究会的分会，由潘冷残、黄般若等主持，潘冷残死，国画分会亦已星散，无复当年盛会了！

邹鲁做中山大学校长时，曾聘赵氏为画学教授，并曾由中大出版《花鸟画法》。这本书为赵氏的力作，图文并茂，彩色印刷，可惜印书不多，不能普及，这简直是绘画界的一大损失！赵氏最大的成就，是执教于广州市立美术学校，循循善诱。那时没有一本好的中国绘画史，赵氏编了很完备的课本，及各家画法的画稿，用"钟灵"印刷机印刷，分发给学生，所以市美的生徒获益最多。同时市美的学生，一方面到六榕寺人月堂的广东国画研究会学习，另一方面到山南画社深造。赵氏最好的作风并不是为了金钱酬报才教学生的，他和学生相处的态度，多数是在师友之间，现在香港他的学生实在不少，而在师友之间的弟子则更多了。

（1959 年 10 月 4 日，香港《大公报》）

苏六朋《得胜图》

苏六朋，字枕琴。善人物、山水、花鸟，早岁精细之作，多仿宋元，尤工赋色。曾见其山水册，有拟唐六如者，有拟赵孟頫者，其青绿重设色尤精，吾粤自黎二樵而后，一人而已。

苏氏晚岁专攻意笔人物，有"扬州八怪"黄瘿瓢之风，所作风俗画及《群盲聚斗图》尤为人所赏。亦擅作小诗，曾作《戒阿芙蓉图》四帧，每图一诗，有血有泪，百年前苏氏已对瘾君子深恶痛绝，极力抨击矣。

苏氏又擅作图，张维屏、黄培芳诸人之《修禊图》，俱苏氏手笔，汉镜斋所藏之《得胜图》长卷，尤为苏氏杰出之作。该图所纪，为咸丰四年（一八五四）太平军攻广州城北之役。当时守粤者为叶名琛，所部调镇东莞，而太平军已至北郊，各路清兵未能遽集，由团练黄贤彪出战。黄字慎之，番禺人，任草场汛外委。是役太平军无功而退，黄以此擢西关汛千总，西关绅士为之绘图，名《羊城西关纪功录》，此图即纪其事者。是图开卷则为越秀山镇海楼，山下则为两军攻守战，守军火力充足，枪炮齐施，太平军则前仆后继，奋不顾身，以后则描写农庄村舍，村民纷起，恍若争往响应。读是卷者，莫不以为甚奇，盖《得胜图》之原意为表彰团练黄贤彪战功，而苏氏所画，则有同情于太平军之意向。图名"得胜"，本欲纪功，苏氏作图则反是，其亦别有用心欤？

（1959 年 11 月 1 日，香港《大公报》）

孔伯明何代人也

孔伯明是那时代的人？据汪憬吾丈所编的《岭南画征略》说是元代人。《岭南画征略》说："孔伯明，南海人。事父母以孝闻。能诗，善画仕女，用笔工细，元画院以'万绿丛中一点红'试士，伯明取杜少陵'天寒翠袖薄，日暮倚修竹'诗意，画美人绿衣倚竹，惟朱唇一点，风致嫣然，非诸士所及，遂擢第一。"下注"县志"。这可见是根据《南海县志》编的。但是同治九年重修的《广州府志》第一百三十九卷"列传二十八方伎"的《孔伯明传》，是编在明代的。现将《广州府志》的《孔伯明传》录下："孔伯明，南海叠滘堡人。事父母以孝闻。能诗，善画仕女，用笔绝细致，画院曾以'万绿丛中红一点'试士，伯明取少陵'天寒翠袖薄，日暮倚修竹'诗意，画美人绿衣倚竹，惟朱唇一点，风致嫣然，迥非诸士所及，遂擢居第一云。"下注"采访册"。以上两篇《孔伯明传》，除增减几个字之外，文义是相同的。汪丈所根据的《南海志》，把"叠滘堡"三字减去，而在画院上加"元"字，成为元画院，把孔伯明定为元代画家。《岭南画征略》的元代画家，亦只得孔伯明一人。不过治史的人，是要力求真实的，如把"叠滘堡"三字减去，令到读者只知孔伯明是南海人，而他的乡里反而不传，这是一大缺憾！何况明明是明代的孔伯明，一改而为元代的孔伯明，这是要不得的！

不过，这不是汪丈所改，而是有所根据的。当民国廿九年，香港曾开过一次广东文物展览会。书画方面，孔伯明的绘画出品共四件：一件是绢本的，可惜款字是新添入的伪品；其余三件，一是南海阮氏藏的仕女，一是黄咏雩藏的山水，一是黄石山房藏的寿意仕女。这三件的出品，俱是真迹，从绘画的风格及纸的质地去看，至少只能定为明末时期的作品；当时主办者叶誉虎先生，对汪丈所编的孔伯明年代，也起了怀疑。后来也有人主张两个孔伯明之说，以汪丈所编《岭南画征略》的元代孔伯明是一人，而广东文物展览会三幅孔伯明的作品又是另一人。不过两个孔伯明之说，是不健全的。《岭南画征略》的《孔伯明传》，及《广东府志》的《孔伯明传》，是同出一人的手笔，只文字上略有增减，大概是引用参考书辗转传抄之误而已。

现再考《广州府志》"列传二十八卷方伎"，晋代有一人，唐代有四人，五代有一人，宋代有四人，元代有三人，明代有二十四人；孔伯明的传是编在明代朱完之后，为第十九人。关于朱完的传，《岭南画征略》是编在明代，卒于万历四十五年；而《广州府志》的《孔伯明传》，排在《朱完传》之后，则孔伯明最早也只能与朱完是同时，必不会是元代的。

又从孔伯明的画风来说，《广东文物》里刊印的南海阮氏所藏的仕女、黄咏雩所藏的山水、黄石山房所藏的寿意仕女，都与《广州府志》所说一致。

孔伯明的仕女，细致高雅，有仇英的遗风，从绘画的风格，及其纸墨，从《广州府志》的列传去看，都可以决定孔氏是明代的人无疑。

（1959 年 11 月 8 日，香港《大公报》）

陈白沙先生的书法

先生名献章，字公甫，号石斋，晚号石翁，新会白沙乡人，学者称白沙先生。生于明宣德三年（一四二八），是遗腹子，生而无父，事母至孝。正统十二年中乡荐，再上礼部不第，从理学家吴康斋学，半年后回白沙，筑春阳台，静坐其中，不出数年。后再游京师，太学祭酒邢让使试和杨时《此日不再得》诗，惊曰："龟山不如也！"扬言于朝，由是名满京师。后来归居江门，不求仕进，终身在乡间讲学，从游者很众。

先生道貌岸然，仪干修伟，右颊有七黑子（即黑痣）。善画梅花，但不多作，在当时已经很贵重，每一幅可易绢数匹（那时丝织品是很贵重的）。生平所作的诗文，约万多首，不拘绳尺，纯任自然。诗妙入神品，书法亦然。先生的书法，以茅笔字为最难得。我国的笔，俱用毛制，有羊毫、兔毫、鸡毫、狼毫，七紫三羊、五紫五羊，有刚有柔，有不刚不柔。但是用茅草造笔，是由先生开始，据说是先生山居无笔，束茅草代笔，号曰茅龙，晚年专用，遂自成一家。先生的书法，恍如其性，柔而带刚，圆润活泼，分行布白，或大或小，或肥或瘦，乍舒乍卷，乍险乍夷，左盘右辟，互相顾盼。至先生的茅笔书法，则苍劲生辣，笔势险绝，如惊蛇投水，如渴骥奔泉。

先生的书法，最著名的为慈元庙碑，亦是以茅笔写的。该碑在崖门崖山大忠祠，今仍完好，白沙乡人有善于拓碑的，把它拓成白地黑字，恍如真迹　般。

白沙先生祠堂里的屏门，刻先生的诗很多，每屏刻诗一首，乡人拓出，以供应游客所需。

白沙先生的署款，有献章、石斋、白沙村人、公甫、石翁等。昔杨守敬在湖北见先生书一卷，款署"石翁"，初以为沈周所书（沈周字石田，为"明四大家"之一，与白沙先生同时，曾为先生画像，画仍存新会县），后再三考证，方知为先生写的。

先生书款，绝无署"白沙"二字的；此间画肆，常有先生法书，有只署"白沙"的，这是赝品。因"白沙先生"之称，是世人尊重先生而讳言其名，故尊之为"白沙先生"，后人则简称为"陈白沙"，不过先生的书法，是绝不会署"白沙"两字的。

茅龙自白沙先生创造，后人亦有仿制的，新会城有一家专制茅龙的商店，茅龙有大有小。茅龙写字最难，不易控制，用墨干枯，白沙先生之后，用茅龙写字而有成的，是苏珥一人。苏珥字古侪，顺德人，为"惠门（惠士奇）八子"之一。苏的大字，有白沙先生的遗风，坊间画肆，往往去其下款，以充白沙真迹，这一种伪品，是常见的。

（1959 年 11 月 22 日，香港《大公报》）

李丹麟《百旬图》

李丹麟，字星阁，号罗浮琴客，惠州人，善花鸟人物。生平到过很多地方，客南洋尤久，南洋居人以能有李氏的作品为荣。一九五九年八月时，香港举行广东名家书画展览会中，有李氏所画的《百旬图卷》。用笔工细，比平时的粗枝大叶尤精，百鹑之状，飞鸣宿食，无一同者。卷末有戴鸿慈、陈伯陶、朱汝珍、曾习经、叶新第、张选青、吕渭英、谢诗屏等题字。这卷作于光绪二十二年（一八九六），戴鸿慈的跋说："星阁大令游历中外，胸次广博，兼通艺事，所绘人物，皆具天倪，不规迹象。此图鹑以百数，飞腾隐伏，各有神致，无相同者，斯可谓神乎技矣！"陈伯陶的诗："自写鹤鹑号百旬，周游四海见天真。抱琴他日罗浮去，四百峰峦一老人。罗浮琴客，足迹穷八极，乙巳秋相遇都门，出示《百旬图》为嘱题，客无不能而若一无能，盖深得《养生主》者，他时游倦归来，当相对老人峰下也。"曾习经的跋说："琴客妙写生，偶然涉笔，皆有天趣。此卷独精细，如见南宋院本，可宝也。"而题得最好要推卷首绮青的五言诗，绮青不识为何人，款下只一印，为小篆"汉珍"二字朱印文。兹不厌其详，录下以供参考："罗浮有琴客，示我百鹑图。展卷细披玩，灵怪满座隅。琴客擅写生，妙笔工临摹。南宋夸院本，绘画多禽鱼。宣和称最妙，旧本恒荒芜。琴客发豪兴，欲与争驰驱。伸纸洒烟墨，尺幅同网罗。众鸟罗其中，如聆声喁喁。是图画鹑百，一一形状殊。雄者奋若飞，雌者常纡徐。或修伟健翮，或矫捷轻躯。或刷羽翔举，或侧目睢盱。或离而独立，或聚者群居。或喜同得耦，或鸣类将雏。或倦飞偃息，或啄食欢娱。或轻飞似燕，或浴水疑凫。体态各肖妙，差失无锱铢。此鸟实微细，经典向阙疏。偶然一征引，只见运斗枢。鹌鹑本二物，今人混称呼。雨水始一鸣，节候良不诬。物生即善斗，豪少争赢输。按谱定臧否，一鸟千百铢。背城或借一，博进罄藏帑。是图鹑有百，形色无不俱。独不写斗者，并非意象拘。琴客不喜博，竞争心亦祛。与人无所争，于物何龃龉。天真本浑穆，何知物性趋。世人谈天演，唯守老子书。琴客告我言，语语足起余。客最爱长寿，喜人百岁誉。即图其寓意，百旬为方诸。我更增君算，百岁尚有余。持此还颂客，毋嫌吾词谀。"

此图李氏的自署款篆书三字，曰《百旬图》，下为"光绪二十二年秋月，罗浮琴客李丹麟写于美国使署"。旁钤"李丹麟"朱文印，右下角有"谪仙后人"白文印。

关于李氏的参考资料很少，不过从戴鸿慈跋所说"星阁大令游历中外，胸次广博"，又如陈伯陶所说"罗浮琴客，足迹穷八极"，又从李氏自署款说是"写于美国使署"，则李氏是以外交官的关系到过不少的地方的。

李氏是近代人，大概民国初年仍生存的，其生平行谊，及生卒何时，俱不大清楚，这是很可惜的！

（1959 年 12 月 13 日，香港《大公报》）

戆公郑芡

郑芡,字侣泉,号磊公,顺德人。嗜酒,饮后挥毫,淋漓磅礴。写山水人物,草草几笔,粗线长皴,简澹而有韵致,全写自己的襟怀。但不善处世,不懂谋生,有钱即买酒狂饮,醉后或歌或哭,友辈长以为戆,呼之为"戆公"。郑不以为忤,故作画亦署"戆公"。戆公和潘冷残最友好,清光绪末年,孙中山、黄兴、陈景华、潘冷残等,为着推翻清王朝的统治,在广州创办《时事画报》《平民画报》,宣扬革命,执笔作画的有戆公、何剑士、冯润之、潘冷残、黄少梅、谭云波等,它的内容有评论、时事画、谐画(即漫画)、诗歌等,对清王朝的官吏施政,极尽嬉笑怒骂之能事。辛亥三月二十九之役,画报停刊,戆公遂来香港,仍以卖画为生,但过着很贫穷的生涯,时时得潘冷残及梁国英的照顾,才勉强生活下去。

清帝制被推翻后,汪、胡等曾以显位相招,而戆公以戆人为辞,不适于做官,多给以酒,尤胜于高官厚禄。陈景华为广州警察厅长,偶过廉价食肆门前,时戆公正把酒持肉,蹲踞大啖,一见陈景华,即招同醉,陈景华唯唯低头急走,戆公大笑,呼:"六遽!六遽!(陈景华别字)何以不顾?做了厅长后,便不敢同饮同食乎?做官便受束缚,不似我仍自由自在之为妙也。"

戆公著有《人鉴》一书,书中有文有画,感伤时事,有血有泪!后戆公卒以酒病死于香港。

(1960 年 2 月 14 日,香港《大公报》)

罗铭的写生

近几年来，从《中国画》及《美术》这两本刊物中，读过不少罗铭的作品。罗君的作风是倾向于写实的，它用我国传统上的线条皴擦点染的各种方法，来画祖国的各地风光，画法是新颖的。它不同于高剑父、高奇峰的岭南派，"两高"的画派，虽然亦是折衷东西两方的画法，但可惜的是太倾向于日本化了。罗铭的画法，是创作的，是有自我的。

这一次罗铭的侨乡风光国画展，展出的是他最近的作品，全部共一百三十余幅，幅幅俱是写生，有福建的，有广东的，尤以广州、潮阳、海南、汕头、普宁、饶平、澄海、丰顺、揭阳、梅县、高要、湛江等地的风光占大多数。

从这个画展百余幅画中，看到了罗铭艺术的成就。过去的画家，大部分都不敢面对现实，逃避现实，尤其是见到新的建筑，新的装饰，新的事物，都不敢写入画中；罗铭却正相反，每一幅所画的都是现实的题材。

艺术最高的领域，是有作者的灵感，有作者的个性，又能够表现所要表现的气氛，所要表现的特点，这才是一幅好的艺术品。以上几个条件，罗铭的画都具备了。

（1960 年 2 月 21 日，香港《大公报》）

谭云波

　　谭云波，名泉，新会县白沙村人，故号白沙里人。工人物，潘达微办《时事画报》时，摄影机仍未普遍的使用，所有的新闻画，都是画出来的（如上海的《点石斋画报》的新闻画图片，也是画的，画家以吴友如为最好）。广东新闻画图片画家，有谭云波、黄少梅、冯润芝、尹笛云四人。《时事画报》是旬刊，每期的画，都选最新最动人的新闻做题材，由四位画家负责插画。其中谭云波擅画人物画，用笔圆厚，对新闻插画，无论怎样的复杂，都处理得很好，每一期的《时事画报》，他画得最多，故有"广东吴友如"之称。

（1960 年 3 月 13 日，香港《大公报》）

游广州，看书画

一别十年的广州，面目已全部改观了；它不只面目改变，人民的生活和一切的建设，都已改变。市内有数不尽的新建筑，大厦林立，高耸云霄，各种的展览馆，经常有各部门的展览，每一个展览场所，场内都挤满了观众，而场外还排了很长的人龙。展览馆内每一部门，都派定青年学生担任介绍，遇有参观者注视一下，他或她便尽量地解释，口若悬河，滔滔不绝，作详细的介绍，这种富有教育性的服务精神是可钦可敬的。参观的群众，不论男女老少，也尽量来求取新的知识，这真是一种可喜的现象，这是前所未有的。

我们这次参观了很多展览会，如农业技术革新展览会、陈家祠的民间艺术馆、广东十年来文物出土展览会、广东名人书画展览会、广东美术院的陈列馆以及河南新滘公社、广东的钢铁厂等，真是琳琅满目，美不胜收，展示了新广州十年来伟大的成就。

我是从事美术工作的，现在就我的所见，谈谈广州美术的新建设。广州美术馆，是新建的；美术馆旁的画廊刚刚完成，画廊的装饰，是红木家具套红套蓝的玻璃窗，光线柔和，气氛文静，悬挂书画的位置，与观众的位置有相当的距离，同时还嵌以大玻璃片，以避风尘。馆中展出的是广东名人书画，收罗异常丰富，陈列很有系统。明代的书法，有陈白沙和海刚峰的手札，天然和尚、陈子壮、陈子升、邝露、今释和尚、欧必元、黎密、梁国栋、梁非馨、薛剑公、彭睿瓘、光鹫和尚、大汕和尚、陈恭尹、何不偕、陈士忠、屈大均、王蒲衣、梁佩兰、甘天宠、陈昌齐、胡方、汪后来、黄丹书、张锦芳、苏珥、冯敏昌、朱次琦、宋湘、陈澧、简朝亮、曾刚父、黄晦闻、康有为、梁启超、桂坫等的书轴或卷册。绘画方面，有林良的鹰及水禽图、张穆的马、赵焞夫的山水和花卉、彭睿瓘的兰竹、袁登道的山水、深度和尚的山水、黎二樵的山水人物、黄培芳的山水、郭乐郊的花卉、仪克中的人物、黎奇的牛、甘天宠的花鸟、谢兰生的山水、蒋莲的人物、汪浦的仕女、梁九图的兰花、苏六朋的人物和青绿山水、罗阳的山水、苏长春的山水人物、李丹麟的花鸟、陈乔森的山水，韩荣光、张如芝、谢观生、吕翔、吕材、曾望颜、李斗山、黄国兰、罗岸先、游作之、邓如琼、蒙而著、李魁、柯有榛、王竹虚、潘和、黄少梅、潘达微等的山水，居巢、居廉、居庆、高崙、高翕、陈树人等的花鸟。应有尽有，又有系统的介绍，这有教育性的书画展，是可贵的。

广州美术学院创立以来，其成绩是惊人的，雕塑大的立像，岁尾年头的年画，以及一切美术的设计，都是由该校所主持的。院长是关山月先生，关先生年轻而有为，指导后学，注重启发个人的性灵与创作，对印模式授徒的方法，弃之如遗。院内附设有图书馆、陈列馆，陈列了很多的参考品，以供学生研究。陈列馆是相当大的，画的派系，从唐宋到现代的画，非常完备，其取材不一定全部是真迹，但其每一种类如工笔勾勒花卉、意笔花卉，"元四家"如倪云林、黄大痴、吴仲圭、王叔明；"明四家"的沈石田、文征明、仇十洲、唐伯虎；"清六家"的王时敏、王鉴、王原祁、王石谷、恽南田、吴墨井，和"金陵八家""扬州八怪"，奚、黄、汤、戴，近代的任伯年、吴昌硕、齐白石、徐悲鸿等。其中有无数的真迹，最好的有八大山人、陈老莲、龚半千、袁江以及许多宋元无款的好画，以供学生的研求，所以才有如此好的成绩。

（1960 年 3 月 20 日，香港《大公报》）

李瑶屏

李耀屏，又曰瑶屏，原名文显，中山小榄人。李氏的画，对近四十年来画坛，是有不小的影响。李氏作画很勤，能画山水、人物、花卉、翎毛、草虫。在广州女子师范和美术学校教画，性情和蔼，循循善诱，是一个很好的教师。从李氏学画而有所成就的，如黄君璧、吴梅鹤、郑漪娜、华林寺僧谦纯等，都是能传其学的。李氏的山水，最初是学吴石仙。吴是南京人，善雨景山水，以米南宫的泼墨横点，而参以西洋画法，自远观之，有风雨迷蒙之感，吾粤人士，特别爱之。同时学他的有龙柏颐、熊柳桥、熊柳亭等。后来李氏以吴石仙雨景山水微带俗气，不够雅致，遂转而师法"四王"（王时敏、王鉴、王石谷、王原祁），把过去的画法弃去，遂有今日的成就。

李氏童年曾学技击，能力举百斤，及其画艺成时，则绝口不谈武事。犹忆广州某年大巡游，双门底惠爱中路之间，观众人山人海，路旁忽来一电单车，将撞入人丛，其时李氏见状甚危，惧伤人太多，乃以脚踢电单车，车跌丈外，观众无不大快，亦可见李氏的脚力矣。

（1960 年 3 月 27 日，香港《大公报》）

居巢的画法

　　居巢，字梅生，号梅巢。番禺人。能诗词，善书，尤擅画草虫花卉。曾为东莞张敬修幕客，张敬修亦能画，大概是受到居氏影响的。

　　居氏作画，不轻易下笔，一花一叶，都刻意经营，尺幅小品，往往费时半月，所以他的作品传世不多。他画的风格，澹逸清华，轻描淡写，有恽南田的韵致。他很爱慕恽南田的画法，甚至连所居亦名瓯香馆，可见他对恽南田的景仰。

　　居氏的花卉草虫，虽取法于南田，但是自具面目。他创立了撞粉、撞水之法。他画的花，华而润，恍如朝露未干，迎风招展，极得花的神采，尤以画梨花的艺术为最好。梨花用淡墨画轮廓，先用薄粉，后以水注入小许，将纸稍为斜倾，粉色一边厚、一边薄，花色特好而有实感。梨叶则用水墨挞叶，俟半干的时候，又注以水。叶是没骨法的叶，但加了些少的水渍，它的效果，墨色鲜润。因为撞水、撞粉，画法相当复杂，写得很慢，一日只能画数花数叶。他寄寓东莞张敬修的可园时，生活最闲适，画得也最好。可园是张氏所建，亭台池沼，结构精巧，园植花木很多，为广东名园之一。

　　粉的用法，有洗粉、染粉、挞粉、钩粉、点粉各种。我国花卉画法分两大派，一是勾勒派，一是没骨派。勾勒派是以线条勾勒轮廓为主，没骨派是以色彩点染而无线条轮廓的。居氏的画法，是采用没骨法，偶然也有用线条画轮廓的，这是很少数，它的特点是每画一花一叶，将干未干之际，注入少许的水，或注入少许的粉，使花或叶的边沿，有了很轻微的轮廓线，这轮廓线，不是勾勒出来的，而是撞粉或撞水所造成的。居氏对撞水或撞粉的方法，特别地发挥而加以利用。后来居氏的弟弟古泉，名廉，号隔山老人，也是用这撞水、撞粉之法写花卉成名的。古泉的画，略嫌韵味不足，这就关乎他们二人的修养不同、生活不同。过去曾见古泉录古人诗或录梅生诗词于自己的画上，很多错误，很多别字，故梅生常警告古泉不必多题字，这是藏拙之道。古泉早年题字，往往犯此毛病，晚年已极力避免了。

撞水、撞粉之法，并不奥妙，最要紧的是技法熟练，注水、注粉不要太多或太少，画法既熟，便能恰到好处。居氏妙在有意无意之间，后之学者极力求工，流于刻板了。

清光绪末年，广东的画家，学居派的最多，一时风气所趋，画风益萎靡不振，故有"居毒"之称！其实这不是二居的罪，只是学画者不从大处着想，既不师法自然，又不向大名家学习，终日调脂弄粉，撞水撞色，真是舍本逐末，那能有所成就？

居氏遗著有《今夕庵读画绝句》三十四首，都是批评古人及朋辈的画而作，又有《今夕庵题画诗》七十余首。以上二种，是由潘兰史据稿本所辑，而顺德邓秋枚编入《美术丛书》中。

（1960 年 4 月 24 日，香港《大公报》）

海瑞的墨迹

海刚峰，名瑞，字汝贤，琼山人。生平为学，以刚为主，自号刚峰先生。明嘉靖举人，官户部主事。时世宗专意斋醮（世宗名厚熜，在位四十五年），瑞上疏切谏，下诏狱。穆宗立，得释，迁右佥都御史，巡抚应天，有政绩。卒谥忠介。

海氏的书法，一如其人，但存世很少。在十五年前，此间曾有一次广东文物展览会，会中有三幅，但没有一幅是真迹。

最近在友人家，看到一幅海氏的信札，有陈其锟的跋。海氏的手札云："昨有鄢转运过境，乘彩舆，用多多女子辇之，声势赫赫，殃我子庶甚苦，殊可悲悯！是以不惮其强骄，抑之使去。瑞所恃者无他，抚治内元元，不至饥寒，以答主知耳。伏愿长翁先生示我周行，为此致候时善。近日风冷，望珍重珍重，不宣。谨上。五月八日，海瑞启。"信内钤有"迂庵秘玩"朱文印，"伍氏俪荃平生真赏"白文印，"伍元蕙俪荃甫评书读画之印"朱文印，"黄德峻评书读画之印"朱文印，"黄氏樵香阁藏弄图书"朱文印，"伍氏澄观阁发藏书画"朱文印。后附陈其锟跋云："此鄢懋卿按部淳安时事，公为邑令，权贵敛威，平生风概，可想见矣。后学陈其锟敬识。"下钤"陈其锟印"白文印。

关于鄢懋卿的事，《中国人名大辞典》所载："懋卿，鄢高之子，江西人。嘉靖进士，屡迁左副都御史，为严嵩父子所昵。户部以两浙、两淮、长芦、河东盐政不举，请遣大臣总理，嵩遂用

197

懋卿。所至市权纳贿，岁时馈遗严氏及诸权贵，不可胜纪。性奢侈，至以文锦被厕床，白金饰溺器。其按部，尝与妻同行，制五彩舆，令十二女子舁之，仪从煇赫，道路倾骇。官至刑部右侍郎，及嵩败，被劾戍边。"

海氏这通信所说："昨有鄢转运过境，乘彩舆，用多多女子辇之，声势赫赫，殃我子庶……是以不惮其强骄，抑之使去"这与《鄢懋卿传》所说"尝与妻同行，制五彩舆，令十二女子舁之，仪从煇赫，道路倾骇。……及嵩败，被劾戍边"，是同一事。海氏这通信是劾了鄢懋卿之后给长翁的。长翁何人，待查。

(1960 年 6 月 26 日，香港《大公报》)

黄士陵的印与画

　　近六十年来篆刻有两大派系：安吉吴昌硕一派，学者很多，吴昌老是浙派，浙派的流传将有百年，到吴昌老而更盛；在广东的一派，则为黄穆甫。黄名士陵，号黟山人，早岁随吴大澂入粤，后吴大澂改官湖南，牧甫留寓广州，为张之洞、王秉恩等幕客。吴大澂的篆书，是受他的影响的，甚至有人说吴大澂的篆书，大部分是由他代笔的。他精于篆刻，尤邃于金石、考订之学（近人每每以为精篆刻便是精于金石，这是最大的错误），吴大澂的著述，亦得力于黄氏。广州广雅书院内，现仍存有黄氏的碑刻。黄氏的篆书，以金文为主，间参以石鼓文。吴昌老以学石鼓文鸣于时，但有"笔过伤韵"之讥，昌老的刻印及书画都是如此。

　　黄氏的刻印，早年之作，是学邓石如的；晚年取法汉印秦玺以及六朝造像文字入印，苍古遒劲，而没有狂怪邪俗的毛病。他留寓广东最久，到晚年才回他的故乡安徽黟县，广州的印人李尹桑兄弟俱是黄氏的弟子，邓尔雅、冯康侯的印受他的影响很大。黄氏虽留寓广州，其名气是相当大的，北京、上海的收藏家，及达官贵人名流等，都请他刻印，吾粤诗书画名家如黄公度、陈乔森、梁鼎芬、伍懿庄等，俱有黄氏的篆刻。

　　黄的篆刻，知者很多，但他不只善刻印，更擅于书法。篆书法周秦钟鼎文，楷书则法钟王而兼以六朝造像文字，高古朴拙，自成一格。

　　黄氏不只擅篆刻、书法，尤精于画。他的画运用我国传统的画法而参入欧西的画法，擅于画商周古铜器，既有实感，而又富韵致。从前如六舟和尚（人称"金石僧"）擅拓商周铜器鼎彝之属，复由陈曼生、赵之琛等画花卉蔬果，别有风趣，可惜是画法与拓本不大统一；黄氏的画法则不然，以西洋画法入中国画法，自然而不牵强，既不同于郎世宁（意大利教士），亦不同于日本画法。用线条勾勒，阴阳向背，略施洗染，画法新颖，是从写生得来，最难得的是有雅致，无俗气。他的篆刻是自具一格，而画法亦独树一帜，惜乎学他的只有易德三、罗宪等二三人，不能发扬光大，这未免是一大憾事！

　　　　　　　　　　　　（1960 年 10 月 16 日，香港《大公报》）

从吴荣光笔山谈到石湾陶器

　　吴荣光，字伯荣，号荷屋，又号石云山人，南海人。嘉庆己未进士，官编修，累官至湖南巡抚兼署两湖总督。晚年归隐佛山家居，筑赐书楼，多藏古籍，刻《筠清馆法帖》，著有《历代名人年谱》《吾学录》《石云山人文稿》《绿伽楠馆诗稿》《辛丑销夏记》等。收罗法书名画甚富，交游很广。佛山和石湾交通很便，吴氏尝定造各种陶制文玩馈赠亲友。在今天开幕的"广东石湾陶瓷展览会"展出的有挹翠阁所藏翠毛釉笔山，釉彩略紫红色的窑变，非常精彩，底刻有石涛上人的诗句"搜尽奇峰打草稿"的篆书，下有一方印曰"石云山人"，物轻情意重，同时又可把家乡的特产广为流布，这是很足以为我们所取法的。

　　石湾陶器始于明代，其泥质及釉彩，俱有其特质，最初是由阳江迁来，出品多仿均窑。阳江窑间称广窑，北京故宫博物院所藏有月白釉瓶，有翠毛釉梅瓶，都可以与均窑并驾齐驱的。阳江窑后来衰退的原因，是因为当地陶泥日少，而南海县石湾陶泥可用，且蕴藏量丰富，四五百年用之不竭；惟至最近三十年来，好的泥质渐少，现在用的泥，有自东莞常平、横沥，番禺郭圹，清远及广州近郊西村增步采取的。东莞及宝安产的泥为上泥，清远、从化为中泥，石湾大帽山所产的为下泥，但是上泥、中泥俱脆而易破，不及石湾的下泥为坚。同时石湾制陶工人有数百年传统的技术经验，质量俱优，近年且有电气用的陶具、洁净用的陶具，以及其他工业用的陶器制品，这真是一个足以自豪的景象。不过我以为仍未能满足今日所需求，此后石湾新的制品，除足够今日工业的需要之外，更应从我国历史的发展、文化的传统、技术的追求，再加以发扬光大，如多制作历史上伟大人物的造像、我国文化产生的日常生活用具，一方面要保持我国传统的艺术，而另一方面也要创造新的技术。吴荣光是清代嘉庆、道光时的人，他很懂得发展自己家乡的文物，这是我们要取法的。

（1960 年 11 月 10 日，香港《大公报》）

廖平子的润例

廖平子，字蘋庵，顺德人。能诗文，尤擅山水，和潘达微交情最好。山水的风格，也是受潘达微的影响，作画多干笔焦墨，几株小树，造石数堆，有苍凉冷静的感觉。他的画孤芳自赏，不求人知，亦不求人爱，他的润例亦别开生面，与郑板桥润例有异曲同工之妙。兹录如下："蘋庵所作书画，自娱而已，非欲炫世，奈近来见索者甚多，或以金钱钓取，或则强夺，此皆伧鄙行为，不可也！蘋庵愿与同好相约，凡欲得本人书画者，最好以艺术相赠答，庶得观摩之益，其次花草竹石等类，凡足以供幽斋赏玩者，亦足以慰笔砚之劳，否则面却则令人难堪，徒劳则趣味缺乏，尚希见谅焉。蘋庵谨白。"

廖氏有《自怡室诗》甲乙集，散文集则有《生趣》。客南京时，曾为叶遐庵作山水横幅，笔墨苍苍，崛强如其为人，上题七绝一章，诗曰："群山如梦不曾醒，中有啼鹃着意听。我欲更寻高士宅，落花如雨扑阶庭。"

（1960 年 11 月 13 日，香港《大公报》）

沙头公

临摹古人法书名画，以假乱真，始于何时，是不易考证的。以现存晋人法书来说，就有不少伪品为唐宋名家所摹的，其原因是晋唐时代相去尚不太远，纸的质地，墨的色泽，加以书法优美，这几项条件都颇相近，后人就定为真迹，这种事例非常之多。为何要作伪品呢？大抵一种是出于游戏，一种是出于冀图欺骗，一种是平时日课的习作，是无心作伪的。米元章临晋唐人法书，而王诜误以为真迹，这一类游戏玩弄的故事，见于各种的笔记，是相当多的。

纸寿千年，绢寿不过几百年，古人的名迹所以一天比一天少，其价值一天比一天贵，而作伪的艺术，也一天比一天高明。作伪的艺术，是不道德的，而另一方面则是有功于艺术界的。纸寿千年，真迹亦有时而尽，古人名迹，古人艺术，赖以延续不断，大部分是靠历代摹临高手的遗迹，得以不绝于世。如现存英国博物馆的顾恺之《女史箴图》，便是后人临本，其风格，其派别，得以不绝如缕者，其功不小。

沙头公是南海县沙头乡人，其姓名早已不为世人所知，他善于写字，能伪作历代名人法书，上自王羲之、颜真卿、柳公权、苏东坡、黄山谷、米元章、蔡京、蔡襄、岳飞、文天祥、方孝孺、文征明、沈石田、陈白沙、海瑞、王守仁、史可法、袁崇焕，以至清代黎二樵的字，都能伪造。唐宋人的书法取材于《淳化阁帖》及各家刻石，尚易得参考，而忠烈之士的遗书，至不易得，如文天祥、岳飞、海瑞、史可法、袁崇焕等是不易找到参考品的，沙头公则完全虚构，抄录唐诗一二首，书法、体裁，则随意为之，同时纸质不佳，以清代的宣纸，伪为唐宋元明的纸，是一望而知其为伪的，不过在当时不少附庸风雅之辈，或官场送礼，或为景仰先烈，一时亦颇流行。但在今日，印刷术日精，古人名迹复制日多，鉴别亦易，故沙头公的伪品，已无法可以骗人。

（1960 年 12 月 11 日，香港《大公报》）

颜宗的《湖山平远图》

粤画家最古而见于典籍的，唐有张询，宋有白玉蟾，明有陈永宽、陈献章、麦玄中，都可惜未见画迹。有画迹传世的，如李孔修、林良、邓翘，已经是最古的了。

最近在海上徐氏所，获见颜宗的《湖山平远图》长卷。绢本，绢色明净。卷首画松树两丛，有二人骑驴，一童子负琴书随后，远处有寺院、有塔，隐现于烟霞之外。中境有三数农人，耕于田野，再过则丛山叠岭，飞瀑流泉，村舍中竹树参差，湖上捕鱼小舟无数，鸿雁飞翔于空际，渔村点缀于远山近水之间。整幅约长丈余，画风像郭熙山石的皴法，松树及蟹爪树，山头沙嘴，烟霞掩映。用笔好，运水好，淹润活泼。桥梁屋宇，位置得宜。渔人农夫的生活，刻画入微；写湖山平远之景，极尽艺术的能事。卷末署"南海颜宗写湖山平远图"十字，楷书两行。画淡设色。

颜宗，字学渊，南海人。永乐二十一年（一四二三）举人，景泰中为兵曹，转员外郎，后官邵武知县。善画山水。林良是明代有名的花鸟画家，亦南海人，见颜氏的画，叹曰："颜老天趣，不可及也！"林良如此推重，可想见颜氏的艺术造诣。

颜氏官邵武知县时，善于断狱，爱人民，置义仓，救荒悯旱，很得人民的爱戴。

这画卷是我所见粤画中最古的。唐宋时的粤画，既不可得。

孔伯明有谓为元时人，这是错误的，其实是明末清初人。吾粤的元代画家见于典籍的，可说未有。明代的粤画，当以这幅《湖山平远图》为最早。

关于颜宗，《画史汇传》所引《图绘宝鉴续纂》《无声诗史》作："顾宗，字学源，五羊人，仕中书舍人。画学黄子久，苍劲有法。"而《南海县志·林良传》作"颜"，这可以证明《画史汇传》所引用的书，或有错误。由于"颜"与"顾"，"学渊"与"学源"，传抄是易错的，今得见此卷，得知所谓"顾宗"，实即为"颜宗"而已。

(1961 年 1 月 8 日，香港《大公报》)

佳作如林的守拙斋藏画展

守拙斋主人，以收藏丰富、真而且精，驰誉香江，去年曾展出所藏的广东名人书画，观众数万人，无不叹为观止。这次响应《华侨日报》的济贫运动，展览所藏书画，并举行义卖，得款以济贫童。这展览会中所陈列的，不只广东名人的书画，并且有很多上海、北京各地古今名家的珍品，共二百多点，约四百余件。在圣约翰堂展览，昨日已经开始，琳琅满目，观众们既可欣赏古今名家的艺术，同时义卖以济贫童，一举而数善备，这是一九六一年的一件伟举。

粤人书画有黎二樵、宋湘、谢兰生、谢观生、吴荣光、黄虚舟、黄香石、陈鼎、吕翔、吕材、熊景星、张如芝、李斗山、居古泉、陈兰甫、蒋香湖、张锦芳、苏六朋、苏仁山、梁于渭、陈璞、汪浦、叶衍兰、鲍俊、张应秋、康有为、朱执信、陈少白等，有以书法擅胜场的，有以人物、仕女、山水、花鸟雄视艺坛的。

各省的名家，有明代倪元璐的法书、文嘉的山水；清代的有成亲王、蔡之定、戴熙、李鸿章、左宗棠、黄士陵、王小某、黄山寿、任伯年、杨守敬、符子琴、翁同龢、李秉绶、汪昉、钱慧安、胡公寿的书或画；近代的则有吴昌硕、萧俊贤、徐燕荪、陈半丁、谢公展、余绍宋、溥畬、吴杏芬等画，都是各有千秋的。

会中名家的佳作如林，各擅胜场，是难分伯仲的。不过我个人的爱好，特别列举—部分名作，如魏象枢的行书，陈古樵的岳游图，鲍俊的竹，陈理斋的山水，罗雪谷的指头画荷花，刘彬华的山水，张锦芳、黄香石、叶衍兰的法书，李秉绶的松竹，李斗山的山水，樊樊山的书扇，冯秀琨的山水，张如芝的水墨花卉，黄虚舟、杨守敬、冯展云、谢兰生、何诗孙等对联，都是非常好的。近人的画有谢公展的画菊大轴，溥畬的钟进士横幅，白蕉的行书，朱执信、陈少白的对子，余绍宋的修篁，徐燕荪的纨扇仕女，吴杏芳的仿华新罗山水等。其他斗方扇头小品，尤为精妙，如居古泉的花卉，罗三峰的山水，李斗山的山水花卉册，何丹山的人物，伍乙公的山水，吴让之的行书，汪浦、蒋莲、袁廉的仕女，都精新可爱。会中有数不尽的法书、名画，这一次义举，其成绩是大有可观，可以预期的。

（1961 年 1 月 17 日，香港《华侨日报》）

人像与艺术

——序徐东白油彩人像展览

欧洲艺术起源于宗教。文艺复兴之后，艺术家以其毕生精力贡献于宗教者繁有徒，是以宗教画之流传，纵深广博，迄今欧洲各大都市之艺术馆、博物馆所藏，十九皆昔时之宗教画，于此可见宗教与艺术之关系深矣。

宗教画之特征，在于人像之绘画，此则与我国以山水风景为艺术主要宗派者有殊。吾国自魏晋以来，佛教称盛，佛像与佛徒故事之绘画，虽盛于晋唐之间，而吴道玄、韩闳等，亦得以人物专其绘事。然莫为之后，虽善不传，结果中国绘事仍以山水为主。此中西艺术所以不同，言艺事者不可不知也。

由于宗教画之演变，成为以人像为主题之西洋画代有传人。自波堤拆利（Botticelli）崛兴于十四世纪文艺复兴之后，以《众圣图》一画成名，继之者则有文西（da Vinci），葛莱滋（greuye）、米来斯（Millais）等，均以擅写人像为一代宗师。文西以《最后的晚餐》一帧成名，而其著名之《莫娜里萨》像，则被认为是表现女性美之不朽杰作，情调神秘而和谐，明媚而幽静，观之令人意远。葛莱滋之代表作《凝视》，以其妻为对象，美丽而活泼，同为具有最高价值之艺术作品。其后如墨西拿之《十字架上》《科勒佐之女教徒》《替善之灵与肉》，均丹青炳耀。瑰宝艺术，至今仍脍炙人口。

是以习西洋绘画艺术者，莫不以绘人像为能事。十七世纪之后，风景画虽然乘时而兴，然人像则迄今能并重如故。至林白令（Rembrandt）、普来司（Pryse）辈出，风景与人像乃并擅兼入，然仍以人像居前茅也。

吾友徐子东白，习油彩绘画数十年，其风景画已驰誉南国艺坛，而于人像之造诣，亦戛戛独造。作风远宗古典派之文西，近学林白令。吾尝获观其少女像，妍丽而明媚，对于女性美之表现，最能恰到好处。盖能文西之《莫娜里萨》及林白令《Juno》之两种作风而成，为近世不易多见之杰作。其余高燕如、陈仲璧、冯百砺诸君之造像，在用笔与用色方面，亦均能表现其杰出之风格。大抵徐氏绘画，最能把握对象之性格，故毫楮之间，神态毕现，栩栩如生，而赋色璀璨，变化百出，配合调和，使人一望而知为一幅成熟之艺术作品，非徒为肖像而已。徐氏研究人物绘画垂三十年，作品之现存于香港者二十余帧，今从友人之劝，举行人像展览，余于遍观徐氏诸作之余，认为人像绘事能如徐君者，百不一观，爰略举所知，藉为绍介，并愿世人之爱好西洋绘画者，于风景而外，兼能注重人像焉。

（1961 年 2 月 17 日，香港《华侨日报》）

梁樵的山水

"绝无黏滞绝根尘，肤发完归与两亲。胡蝶梦中醒睡客，白莲花里去来身。天边星已占方朔，谷口名犹说子真。不恨夜台多好友，西山薇蕨渐无人！""寂寞空斋闭竹门，寒塘西畔暗云屯。心从灰后仍余热，水到穷时自得源。作传敢辞朋友责，遗经深幸子孙存。朱明丹火西樵月，照尔千秋处士魂。"这是陈恭尹哭梁寒塘的诗。寒塘姓梁，名樵，字器甫，自号寒塘居士，又号铁船道人，顺德人。生于明崇祯元年（一六二八），卒于清康熙十二年癸丑（一六七三）。生平慕元倪云林的为人，喜画山水，师法大痴、云林，不轻易落笔。好游，罗浮山、西樵山每年都登临一次。

（1961 年 3 月 5 日，香港《大公报》）

吴清画鱼

　　吴清，字史臣，海阳人，善画鱼。海阳的庵埠，有地曰蓬洲，多产竹，乡人将竹劈为细枝，编织为扇，糊以细绢，号曰蓬洲扇，亦即是潮扇。蓬洲扇是潮州的特产，轻而凉，制作良精，扇上画有细笔的人物，画的多为故事，色彩缤纷，雅而且丽，晚清时候，非常流行。吴清在乡时，是专画这些扇子的，但俱不署名，他原是不满意于这些扇子的画法的。

　　海阳的渔产，是非常丰富的，鱼与虾就成为吴氏绘画的对象，大部分是用水墨洗染，水藻鱼虾，栩栩如生。他的洗染方法，与东洋画法略有不同，尤注重水藻，用深而黑的焦墨画水藻，用笔细而有力，画后再加小点；鱼藻底下衬以很多的小鱼与小虾，更增加画面的效果，令观者有如看到池底的感觉。

　　　　　　　　　　　（1961 年 4 月 9 日，香港《大公报》）

忆宾虹老人

　　我在童年的时候，已很爱画，常看到潘冷残先生所编的《平民画报》《时事画报》及上海《点石斋画报》等，那时我的六叔少梅，也经常替《时事画报》《平民画报》绘图和编写，所以我也能常常得到潘冷残、王秋斋、蔡寒琼三位先生的指导。潘、王、蔡三位，是广东出版界的前辈，也是画报界的前辈，他们时时谈到宾虹老人的书画，宾虹老人的诗文，宾虹老人的收藏，那时我脑海中已经有着宾虹老人的幻象，总希望有一天能拜谒宾虹老人，请他指导我以绘画及鉴别书画的方法。

　　潘冷残先生主编的《天荒》杂志里，有宾虹老人的画二三幅，俱是用焦墨画的，我见到喜极了。寒琼先生特地替我求宾虹老人画一小幅山水送给我，那幅山水画是题着"仿唐六如画法"，其实宾虹老人绘画的态度，非常谦虚，他所谓"仿唐六如画法"，并不是直接的摹仿，一切都是用自己的画法。题款所谓"仿某家的画法"，都是我们国画家习用的语句，用惯了，题画时信手拈来而已。

　　我认识宾虹老人，是在丙寅年（一九二六），从那时起，得到宾老的指导，从书法到绘画、鉴别等，都是获益不少的。记得我丙寅年到上海，到步之时，马上往访宾虹老人和易大厂、王秋斋等。宾虹老人那时住在西门路，楼下是张善子、大千的寓所，曾李同门会也设在那里，时大千先生刚往日本，未得晤面。宾虹老人替我安排欣赏几家大收藏家的藏品，复得宾虹老人的介绍，获得八大山人的《游鱼图》和石涛的《三清图》两幅。八大山人的《游鱼图》，是一帧三尺多长的堂幅，当中只画一条鱼，上下不画水而有水，左角上题款，并五言诗一首；石涛的《三清图》，是画水仙竹石。这两幅画都曾刊在宾虹老人所编的《神州大观》，都是很好的名画。从那年起，我每年都往上海一次，每次都往谒宾老，谈书论艺，从古到今，读过不少宾老的宝藏。同时，邓秋枚先生、易大厂先生、潘兰史先生、王秋斋先生、宣古愚先生，时时在一起谈艺喝酒，大厂先生酒量较豪，宾老对酒可饮可不饮，兰史先生年纪已大，不大喝酒了。

我初到上海，宾老曾赠给我墨笔山水小幅。第三年再到上海，值某旅行社主办普陀山游览，我借这机会到舟山群岛的普陀瞻礼，回到上海，宾虹老人即为我画了一幅舟山海洋所见的墨笔山水小幅。老人待人接物，和蔼可亲，卖画卖文，绝不计值，如有喜爱老人诗画的，随时都可赠送的。宾老一生从事于艺术，不求闻达，一生保持着"我画我的画，我自为我"的态度，数十年如一日，不肯随波逐流。

宾虹老人、邓秋枚先生、王秋斋先生、潘兰史先生、宣古愚先生、易大厂先生，已先后谢世，怀念着在上海时谈书论古的各位前辈，都已过去，这是不无伤感的！

宾老的画，早期的作品与晚年期的作品，虽有显著的不同，但风格是一样的。宾老的书和画，是不入时人眼的，所谓"早知不入时人眼，好买胭脂画牡丹"，他并不同意这种态度，一向都是我行我素。在上海西门路寓所时，我曾有一部分书画交宾老转由神州国光社及中华书局刊印。如《石涛山水人物花卉画册》《八大山人赠黄燕思山水册》《陈洪绶杂画卷》是由神州国光社出版的；《黄慎杂画册》《华新罗人物册》《顾鹤逸山水册》是由中华书局出版的。

宾老是安徽人，他很喜爱家乡菜，曾带我去吃安徽小菜。那时年轻不大懂得吃，觉得安徽菜和上海菜、苏州菜、扬州菜都差不多，分不出它的特点，不会忘记的是这些菜都比我们的广东菜咸些而已。

宾老最爱秦汉小玺，有暇的时候常到古玩店走走，见有文字别致的小玺，总拿着不忍释手。在这种情况之下，古玩店主人也一样的不肯放手，索价特别高，而宾老也毫不吝惜，必得之而后快。

宾老既爱周秦玺印，更爱新安派书画。在北京、在上海的书画肆，每于作画之余，走到那边看看有没有新收到的新安派名画，倘有所发见，就非得到不可。他藏画既多，画肆中人，知道他的所藏，遇到宾老藏有可得巨值的名画而又有利可图，就不惜千方百计，以新安派画和宾老交换。宾老有这弱点，常常都吃亏的！

宾老的书画既不合于流俗，在上海卖画，是不合时宜的。他倾其全力于绘画和写作，偶遇知音，一赠二三十幅，毫无吝惜。他的广东朋友，得他的画最多的，早期要推蔡寒琼先生、唐天如先生、黄居素先生等；及至宾老的晚年，刘均量先生、张谷雏先生也得到宾老不少的书画和论画的书札，但最多的还是要推澳门吴鸣医生，大概有二三百幅。

宾老是以书法入画的。他的行书，用笔遒劲，古籀文更苍老有致，所书楹联，瘦劲如老藤，不枯不秃，无霸恶习气，这是得力于金石文字，及平日专心研求周秦小玺之功。近世画家，能有宾老这般好的修养，恐怕不多罢？

《湖山爽气图卷》，苍苍莽莽，密不通风，从极浓密中，通以小桥流水，房屋数幢，小舟三两，不画水而有水，密则更密，疏中有疏，老笔纷披，色彩绚烂，这是宾老最杰出的作品。论者有比之于今日的欧洲最新的抽象画派。其实好的画，是不必用这些术语来夸张的，中国画自有中国画的特点和好处。宾老画这幅画时，是得到一张百多年前的旧纸，旧纸的作用，既可发墨，又能积墨，所以动笔时非常奔放，得之于心，应之于手，快意极了，所以才有这样的成就。宾老擅于用墨，浓墨淡墨之间，墨色之多，是数之不尽的，笔与墨互相交织，互相映发。昔人有言，画初看时好，再看不好，那不是好画；初看时不大好看，再看颇好，越看越好，那才是一幅好画。我看宾老的遗作，越看越好，百看不厌，宾老的艺术造诣之深可以想见了。

戊辰年（一九二八）宾老曾到过香港，这里的鉴藏家和画家，都非常欢迎他，不过那时他住港的时日很少，要到广州，转赴广西讲学。当时广州的癸亥合作画社，已改组为广东国画研究会，这个会拥有会员五六百人。在宾老未到广州之前，我即以电报通知国画研究会的主持人赵浩公、黄少梅、潘致中、温其球等，欢迎这一位名满全国的画家。

当宾老到穗之日，广东国画研究会曾开了一个盛大的欢迎会。我那时因事未能陪同宾老同去，值蔡寒琼先生也在广州，寒琼先生在大会上替宾老介绍他的学术和绘画，赵浩公致欢迎词，宾老对我们广东人也特别要好，非常地高兴。他在广州文德路画肆，得到一册黄吕的山水。黄吕字次黄，号凤六山人，是黄白山的儿子，尝游楚粤，这画册是绘广东和广西的风景的。宾老既爱新安画派，凡看到新安同乡的绘画必倾囊以购的；这黄凤六的画册，是他南游时的最大收获，后来这画册也在神州国光社印出。

宾老在桂讲学完后回到上海。及至乙亥年（一九三五）再往广西讲学，道过香港。我知道这一个消息，当他到港的那一个早上，唐天如先生、黎工佽先生、邓尔雅先生和我都到沪轮上接他。头一天是住在大东酒店，后来天如先生通知黄居素先生，宾老和居素先生的交情是在师友之间的，他们见面时是称"黄老师"，居素先生主持神州国光社时，古书画及《美术丛书》《神州大观》画册的编辑都是请宾老主其事的。当时居素先生闻讯马上赶到大东酒店，相见甚欢，坚要邀请宾老到他家里去。那时我刚刚学会了摄影，带着相机，陪着宾老等到东山台居素先生的家去。这建筑，一边是东山台，一边是宝云道，风景非常好，庭前种满了葡萄（菩提子），我请宾老摄照（这照片放大后由宾老题辞赠居素先生为纪念）。饭后小休，驱车到山上去，环山一周，沿途宾老遇到美景，便下车出纸描草稿，居素先生旁立，我也为他们拍一张照片。游罢山顶，宾老住在居素先生的家里，宴游无虚日，一有时间，便往欣赏此间收藏家的藏品。有一次，某藏家以游艇载宾老环游港岛，游艇从中环开出，经鲤鱼门，那时东风颇大，波涛从艇边来，时某藏家出王石谷山水卷，展观未及半，浪忽飞来，某藏家手急眼快，瞬即以身遮掩，不为海水所湿，亦算是幸事的！

　　宾老住居素家七日，后来搬到他的长子春秧街寓所，两日后便到广西去了。返棹之日，道过此间，李凤坡先生邀请宾老游九龙半岛，并到沙田李氏的慧业山堂小饮，席间谈艺至乐。陈凡先生所编的《黄宾虹画语录》的《沙田答问》，亦即是时论画的记录。

（1961 年 5 月 1 日，香港《华侨日报》）

苏六朋的戒毒诗

苏六朋善画人物，尤擅画讽刺性的人物画。从前广东文物展览会展出的苏六朋的《盲人图》，其题句非常精警。一幅画一盲人，肩一雨伞，前一人肩挑药箱酒坛，其上题"旧时管店今已盲，学卖药酒称先生"。另一幅则画瞽者三人，合玩弦索，上题"盲三绝技不复作，盲佬多从此老学。而今剩有高佬奇，只会锣鼓杂弦索。"盲三，开平人，谭姓，能一人同时合奏乐器多种，称一时绝技。叶云谷曾为之作记，香山蒋莲为他画像，原画尚存此间某氏处。

昨在友人案头，获观苏六朋画《吸毒图》四小幅，第一幅画一瘾君子，瘦骨嶙峋，上无衣，下穿短裤，二路人掩鼻而笑。上题云："往事回头万念灰，云烟吐纳最堪悲。且从吴市吹箫去，漫向侯门托足来。霜雪多情随鬓发，神魂无梦绕蓬莱。嗟君只剩尸居气，休怪旁人骂不才。"

第二幅画一瘾君子，侧卧床上，一手执烟枪，一手拈烟托，瘾大作，张口打呵欠，床边妻儿皆哭。上题云："膏肓疾痼，久成痴病。作速开灯，乃可活命！"

第三幅一瘾君子坐床前，室中家具破烂，黑白二米皆无，妻儿掩面哭，上题云："苦口难开，追悔莫及。稚子饥啼，室人饮泣。"

第四幅画一妇人以刀破烟枪，而瘾君子力阻，上题云："害命鸩毒，视如金玉。娘子军来，势似破竹。"

这四幅画是画于咸丰四年（一八五四），那时鸦片烟的毒氛已弥漫全国，吸毒而至身败名裂、倾家荡产者，不可胜计，苏氏这四幅画，是针对那些瘾君子，使观者警惕，寓劝世之意的。那时距现在已百余年，只鸦片一项，害死我国人之多，已是无可估计。今之香港，鸦片而外，尚有红丸、白粉等，其害更无法估量！假如苏氏生于此时此地，想必奋笔横扫也。

（1961 年 6 月 4 日，香港《大公报》）

余绍宋画扇

余绍宋，字游园，别署寒柯，浙江龙游人。擅书能画，尤善墨竹，生平好游，国内名山大川，游之将遍。著有《画法要录》，《书画书目解题》等书，条分缕析，有益于后学颇多，这两书俱由中华书局出版，现已不易得。

余氏曾主杭州《东南日报》笔政，《金石书画》三册，亦由余氏所编，书中罗致书画，多为吾粤黄氏小画舫斋及三水田溪书屋的藏品。

余氏曾来广州，馆于黄氏小画舫斋数月。黄氏的藏品，俱由余氏甄审真伪，最精彩的，由余氏携回杭州，如赵孟𫖯的《老子道德经》，及新罗山人花鸟卷等，越十年而后还诸小画舫斋。

余氏曾为小画舫斋主人画扇十二页，一师沈石田，二师石溪，三学龚半千，四学王烟客，五师李檀园，六师董香光，七师邹臣虎，八师文休承，九师唐子畏，十师文征仲，十一师石涛，十二师戴鹰阿。余氏题云："宋元真迹，传世较稀，今人动云临摹，未可深信，若清代则去古已远，画格较卑，其足为吾师者，惟明人乎？子静七兄以素扇十二属画，因杂拟十二家笔意，心摹力追，仍未能仿佛其百一，则学力限之也，教之为幸。龙游余绍宋记。"余氏作画的态度，非常认真，此扇虽云仿明十二家，其实是文、沈二家的法度较重。余氏曾编《龙游县志》，其体例极为方志学者所称许。

（1961 年 8 月 6 日，香港《大公报》）

李恕扇面

李恕山水泥金扇面，原中山郑氏所藏，今归黄氏乐志轩。他的画存世不多，画的风格，笔圆墨润，颇有董玄宰的味。扇的左旁，有伍叔葆题跋："李恕，字相如，一号十潭，广东肇庆府四会县人。《岭南诗钞》称其工诗，并善山水。此画仿米家山树而兼倪、黄者，空山无人，穆然意远。"下钤"玉雁楼"朱文印。伍氏粤人，藏扇甚多，今已散尽。手边无《岭南诗钞》，不知李氏为何时人，但从这扇的金色，及山水画的风格、画的题跋，可能是明代末期或清代初期的人物。

李恕的传，汪氏《岭南画征略》未载，可能汪氏未及见此扇及《岭南诗钞》所记，故未收入。

（1961 年 9 月 24 日，香港《大公报》）

梁蔼如《夏日山居图》

梁蔼如的《夏日山居图》，是刊于最近出版的《广东名画家选集》内的。梁氏生于清乾隆三十四年（一七六九），中嘉庆十九年进士（一八一四）。这幅《夏日山居图》，是画于道光戊子年的夏天，那时梁氏已五十多岁。他的画传世非常少，是吟诗写字之余，偶一游戏为之的。我曾看过他所画的山水有三幅，都是巨制，画的风格，极似沈石田而微带生辣，气势是雄厚的，境界是壮阔的，用笔是圆重的。

据《诗人征略二编》说："梁蔼如，字远文，号青崖，顺德人。嘉庆十九年进士，官内阁中书。事亲以孝闻，生平澹泊，好静坐，时趺坐榻上如老僧，尝与谢兰生、张如芝游罗浮。喜吟咏，善书画，自题画云：'空亭日落无人迹，黄叶满山秋气深。'著有《无怠懈斋诗集》。"又谓梁"诗学陶、韦，篆学《峄山碑》，隶学《夏承碑》，草书学右军，真书学鲁公，行书学坡公，画学一峰老人，得其书画者，寸缣尺素皆珍之。"

梁氏的画是以书法入画，笔笔中锋，圆浑而静穆。看这一幅《夏日山居图》近景的松树，有点似黄鹤山樵，夹叶用笔，笔笔如篆隶，远山的松杉苔点，俱凝重如铁铸。粤人的山水画造诣如此，黎二樵、谢兰生之外，一人而已。

（1961 年 10 月 8 日，香港《大公报》）

小画家的天才

中国儿童绘画展在大会堂展出。大部分的作品，是用国画颜色写在宣纸上面；其中也有油画，有水彩画，有剪纸，大都充满天真与稚拙。他们用不大纯熟的技巧，表现他眼前所见的事物，抒发他们天真的灵感。

近年来世界艺坛，都重视儿童画，发展儿童画，有些成熟的画家，也向小画家低头。

这次会中展出的王明明的《耕田》一幅，有齐白石的风格。白石翁的画，是以稚拙擅胜场的；他的画，以晚年八十八岁以后尤好，"老以成嫩仔"，艺术也回到童年，其作品的拙朴，较之八十岁以前更甚。白石画派，南北画家师其法的很多，但能好过白石的，找不出一人！其原因便是写不出拙朴之美。今王明明此幅，较之白石所作益见古拙，这是不可及的。

黄小笃的戏剧人物，李庚的《女起解》，描写剧中人物，比关良更为有味（关良是专画戏剧的画家）。又如卢子雄的《我们去旅行》，李小可的《帆船》，常寿石的《樱桃》，杨伯令的《山虎》，王卫明的《运苹果》等，都是充满天真与稚拙的。

在会中站在天才小画家的作品之前，其气氛如置身于天真活泼跳跳跃跃的儿童群中。这天真可爱的艺术，我可能会受到不少的影响的！

（1962 年 6 月 21 日，香港《华侨日报》）

居梅生逸诗

　　《今夕庵读画绝句》及《今夕庵题画诗》各一卷，辑在《美术丛书》第二集中。今夕庵诗文，居氏生前并未刊行，据邓秋枚在《今夕庵题画诗》的跋中说："居巢，号梅巢，一号梅生，番禺人。善画，花卉草虫尤胜，赋色落墨，善于用水，栩栩欲活，为写生家别开生面，兼能山水，书法规抚南田，有"三绝"之称。吾粤书画大家，首推二樵山人，二樵后惟君继起，声誉并重，尺幅兼金，人争购之。生平著作，身后多散佚，友人潘君兰史辑为《今夕庵诗钞》，以写本示余，为择其关于题画读画之作刊之。顺德邓实识。"

　　居氏的诗，未发表的想必很多。我所藏的扇二页，一书一画：书扇的一页，是七绝一首、七律一首、五律一首；画扇是画仕女，小楼一角，树阴中微露月亮，楼上美人持团扇作沉思状，画法高雅，有新罗山人笔意。书与画都是写给张鼎铭的，画扇左上角小字题云："西北高楼倚暮烟，玲珑孤月照中天。玉臂清辉相永夜，斗婵娟。盈手定知思远赠，入帏还恐笑无眠。只合徘徊纨扇子，共团圆。右调寄《山花子》，为鼎铭仁弟大人属，即请指正。己未仲夏二日，居巢并识。"读此则居氏不只能诗，亦能填词，可惜居氏的词，并不多见。

　　书扇，行书，书法秀丽绝俗，诗云："红棉碧嶂樵夫画，白蟹黄鱼绣子诗。大好江程星火急，石尤偏与尽情吹。（《发自东官

道中口占》）是何年少气纵横，岂意穷经转锢身。去日枉抛乾馔
子，当时曾识弃繻生。闭门合辙歧偏误，袖手观枰劫正寻。今日
登坛方揖客，好将书剑学从军。（《寄陈朗山孝廉用李师中体》）
学士春婆梦，维摩天女禅。雨花空结习，露电了因缘。何所无芳
草？青山好墓田。虽然谁遣得，柳老正吹绵。（《谒朝云墓作》）
于役惠州近作三首，录请鼎翁太守老弟大人吟正，居巢未定草。"

鼎铭名嘉谟，东莞人，是张敬修的儿子，亦能画花卉，晚年
专画墨兰。东莞城的名园可园，即为敬修父子所筑。敬修官广西
按察时，居氏尝参与军幕，后归广东，敬修早死。鼎铭极重居
氏，尝延居东莞。梅生作画，大多作于可园。此次岭南美术出版
社出版之居巢作品选集，扇面十幅，俱为鼎铭所藏者。此诗扇及
仕女扇，亦有鼎铭上款，当为可园旧物。居氏诗书画俱属逸品，
他的作品以画花卉、蔬果、草虫为多，画仕女者殊不多见。

（1962 年 10 月 21 日，香港《大公报》）

林 良

　　林良，字以善，明南海人。良少时，为布政使司奏役，布政使陈金摹古人画，良从旁疵评，陈怒欲挞之，良自陈其能，试使临写，惊以为神，自此驰誉于时。后拜工部营缮所丞，直仁智殿，改锦衣卫百户，与四明吕纪先后供奉内廷，世有"林良吕纪，天下无比"之称。吕纪写生，勾勒重笔设色，师法黄筌；而林良则以水墨花鸟见胜，苍苍莽莽，纯任自然。所画水禽鹰隼，俱得其神，日本人尤推重之。

（1962 年,《艺林丛录》第三编）

画笔纵横铁铸成

—— 潘天寿画展读后

　　潘天寿的画，这几天正在大会堂展出。画家天才横溢，能诗能文，对我国的画学史研究尤精。远在三十年前，已著有《中国绘画史》，由商务印书馆印行。当时我国艺术学校及美术专门学校，都没有一本可供教学及研究之用的，潘著一出，有益于学术界不少。后该书编为大学丛书之一，现已非常难得，为珍贵刊物之一种。

　　这次展出画家的作品，有山水，有花卉，有虫鱼，有人物，多寻丈巨幅，笔墨淋漓，大气磅礴。画家又擅写指头书，《柳阴系马》《鲶鱼图》《灵芝》《育雏图》《鱼乐图》《秋夜》《丰收颂》《梅兰竹石图》《松鹤》《棕榈》《母鸡》《八哥》《朱荷》《竹石》《荷花》《美人蕉》《兰石》等，这几幅都是用手指醮墨画的。指头画源出于高其佩、罗两峰，但指头画线条粗犷，易流于俗，不易驾驭。而画家所作，重不伤韵，这是得力于书卷的。如所画的荷花，着墨多，浅淡轻盈，读此画时，如闻荷香，这是画家最成功的。

　　画家的线条，如铁画银钩，长卷大轴，气势如虹。如《雁荡山花》，如《鱼乐图》，如《黄山松石卷》，如《水墨花石卷》等，都是浑然天成，用笔如篆如籀，如铁铸成，这是以书法入画所得的效果。

（1962 年 12 月 23 日，香港《华侨日报》）

多才的郑家镇

　　家镇兄是我们画会"十友"之一，以擅写漫画著名，又能写诗，所作皆图文并茂，含义至深。又好游，游踪遍及大江南北。这次画展，大多为写生之作，江南江北的壮丽的河山，尽收笔底。镇兄用笔豪雄，用墨浑厚，如《晓过北江》《海南岛万宁分界岭》《东坡诗意》《出峡》《六和塔》各轴，可见一斑。西湖行的几幅小品，轻描淡写，又另有一种清新的风格。港九各离岛滩头的写生，如大屿山、樟树滩、西贡、船湾等四十幅，都能表现各地风光。构图有从平凡中求特异，有的以险求胜。每地的特点，经过笔墨变化，或简练的，或雄厚的，都有非常好的效果。镇兄爱用宣纸，以笔运墨，随浓随淡，墨韵至佳。我尝与镇兄偕游，游则满载画稿而归，但好与多都远不及镇兄，每自叹不如也！

　　镇兄的舞台速写小品，如钟进士、代子都、四进士、行路，他以宣纸湿笔描写戏中人的情态，以快速的笔写瞬间的动作，画面温文淡雅，这是更难能可贵的。镇兄诗文好，漫画好，国画更好。多才的镇兄，能不令人倾倒！

（1964 年 1 月 9 日，香港《华侨日报》）

广东绘画的风格

　　我国绘画的流派，有很多是以地域来区分的，如沈、文、唐、仇的吴门派，吴伟的浙派，王时敏的娄东派，浙江的新安派，龚贤的金陵派，黄瘿瓢的闽派等，大抵是每一地域的历史文化的遗传，一部分是地方人士习惯的影响，一部分是当地山川名胜的特征，在无形中不期然而然地造成了每一地方性的风格，不只绘画如此，文学以及一切的艺术，都有这样的现象。

　　吾粤的绘画，地方性是最显著的。过去曾有人将这地方性说成是广东的土气，我是认为不对的。吾粤杰出的画家，各有专长，各具特质，所以形成了强烈的地方性。如林良、陈瑞、钟学等的水墨花卉翎毛竹石，流行数百年；赵焞夫、彭睿瓘、伍瑞隆、陈士忠、薛始亨、屈驺、吴韦、赵焌、丁洗、甘天宠、赵廷璧、文斗、郭适等的绘画艺术，或为花鸟，或为竹石，一开卷便知为广东的画派。

　　山水方面，如袁登道、高俨、赖镜、李象丰、梁桢、李果吉、汪后来、黄璧、陈怀、黎简、谢兰生、吴荣光、黄培芳、梁蔼如、吕翔、张如芝、熊景星、罗阳、郑绩、韩荣光、梁琛、李魁、湛莹、罗岸先、梁于渭等，他们或者是取法黄公望、王蒙、倪瓒、吴镇、沈周、文征明各家的画法，但是各人的作品，广东的地方性仍是非常显著的。

　　人物画方面，孔伯明、黎简（黎简工山水，但人物画也非常好）、苏六朋、苏仁山、蒋莲、易景陶、何翀、汪浦等，所画的仕女人物，虽间有学自陈居中、仇英、唐寅等，但广东的地方性也是浓厚异常的。

居家画派，上仿恽南田，近师孟丽堂、宋光宝两家，且对花卉、翎毛、草虫的生活状态，十分注意。赋色之中，加"撞水""撞粉"的特殊技巧，其成就非常之大，流行将一百年，其风格也是独具的。

岭南派也是由居家画派蜕变而来的。高剑父、陈树人、高奇峰，初学居派花卉"撞水""撞粉"之法，后来去日本采取东洋的东西折衷画法，一方注重写实，一方加以中国用笔用墨的技巧，画狮子、老虎、雀鸟、虫鱼，洗天染地，大部倾向于描画对象的实感，而树木草石，则以日本制的山马毫（日本山马毛制成的笔）逆笔取势，写实之中而有笔意，号称折衷派，亦有人谓之岭南派。这一派，五十年来，风靡一时，惟广东省以外的画家，很少有画这一派的，广东风格也相当浓厚。

折衷中西画法，由来已久。明代西方的传教士，带着西洋绘画法东来，广东濒海，那时中西的交通多取海道，广东的画风，不少受其影响，尤以清代初期，意大利传教士郎世宁东来，雍乾两朝的画坛，受他的感染很大。注重写实，侧重明暗，这一派至鸦片战争之后，更为风行。但日本的折衷东西的画法，与我国折衷东西的画法，其风格略有异同。苏曼殊的绘画，亦是中西合璧的，其作品不止有西洋画的实感，更有中国文人画的气质，可惜曼殊早死，否则他的作品，当有更大的成就。

广东画的风格，还有以省内地方性为区分的，如潮州派、顺德派、河南派、隔山派等。隔山派亦即是居巢、居廉的居派，因居廉居于隔山，隔山乡人多种花，居氏于绘画之余，栽花种竹，俱所留心，并捕捉草虫，观察其动静之态，后来学他的渐多，流行将逾百年，居派亦名之隔山派。

何翀，爱学新罗画法，人物花鸟，俱以新罗山人为师。伍德彝，字懿庄，学画于居廉，晚年专画山水，有出蓝之誉，所居曰万松仙馆，富花木池沼之胜。崔芹，字咏秋，居河南，何翀弟子，秀逸有士气。蒙而著，字杰生，番禺诸生，自号咸菜道人，能诗，工山水，世居河南瑶溪乡。这些画家人称之为河南派。

黄璧，字尔易，号小痴，潮阳人，山水浑厚，能画壁画，丰顺吴六奇祠，有《出猎图》。余颖，字在川，海阳人，写真得曾鲸笔法。吴清，海阳人，善画鱼虾。这属于潮州派。潮州接近福建，人物画风格，近于闽派。

黎二樵、苏六朋、苏仁山，俱顺德人，故亦有名之为顺德派的。黎二樵，名简，字简民，又字未裁，能诗，工缪篆，善画山水。苏六朋，字枕琴，画人物得元人法，有时亦师黄瘿瓢法，画瞎子相争及民间生活，俱有独到之处。苏长春，字仁山，山水人物，独具一格。这三人的画风，盛行一时。顺德文风极盛，书画亦随而发展，顺德一县，能书善画的，明清两代，代不乏人，不只黎二樵、苏六朋、苏仁山三人而已。

百年来这三家的画，影响很大。山水一类，多以二樵为师；苏六朋、苏仁山的人物，学者亦多。清末辛亥革命之前夕，画家郑磊泉、何剑士等，于《时事画报》《平民画报》发布抨击清政府的漫画，对封建统治冷嘲热讽，郑、何两人的画法及题诗的格调，都是受到苏六朋、苏仁山影响的。

广东画风，有文秀的，有豪放的，有写意的，有写实的。画家之众，画派之多，不下于江浙，而广东精神的绘画，直接间接地有助于辛亥革命，这是我们广东画坛值得骄傲的。

（1964 年，《艺林丛录》第四编）

庸社专辑

搜尽奇峰打草稿

香港的海山，香港的帆樯，香港的夜色，在世界各大都会中，是有其特殊的风格。初到香港的人，无不为之陶醉。不过我们住惯了，看惯了，好像有点寻常而不会陶醉了。

为着寻幽探胜，为着了找寻不寻常的香港，那就要走到较远较冷僻的地区，才能满足我们的欲望。香港的美，是数不尽的。如山城之美、岩洞之美、庙宇之美、古迹之美、海滩之美、瀑布之美、岛屿之美、渔村之美、农村之美，加之以四时之不同、朝晖夕阴之变幻、风云晴雨之各异，种种式式的美，是无法尽举的，也可以说欣赏不尽的。

我是一个从事于绘画的工作者，为着追寻美的境界、美的画稿，如石涛大师所云"搜尽奇峰打草稿"，希望踏遍了香港的山林，描写尽香港和九龙的景色。然而香港虽不很大，但是想走遍香港，想欣赏遍港九的佳胜，想描写好的港九风光，真是似易而实难！有好些地方，不是老行友领导着是不易到的，有时人少也不能行的，旅行的条件相当复杂，如旅行的目的地、路线的计划、旅伴、交通、工具、费用等，都是旅行者不易解决的问题。

我近年才加入庸社，庸社替我解决这些不易解决的难题，庸社以最简单最经济的办法，领导我走了很多冷僻不易到的地区，游了不少的世外桃源，美丽的农村、奇诡的岩洞、饶有诗意的岛屿、庄严的寺观与庙宇、波涛澎湃的滩头，帆樯林立的海湾，画囊添了无数的画稿。这，全拜庸社领导者及各老行友之赐。为着我的理想"搜尽奇峰打草稿"，我希望庸社永远存在，庸社万岁！

（1957 年 12 月 8 日，《庸社第二十五年年报》）

郊游杂话

今岁春夏之交，庸社集体旅行，登大埔之八仙岭。是时雨雾迷漫，山峭路滑，百余行友，鱼贯而登，达山巅则雾更厚，丈外不见人，惟闻人语，云端小立，恍如仙境！

友人罗落花，善为诗文，今作古十余年矣！曾忆其某随笔所云："但愿筑室于海之滨、水之涯，居三年，则必有所悟。"读之每幻想为美丽画图，萦于脑际，青山环走一役于铜鼓滩头，恍有此景，门对沧波，天风冷冷，倘能如落花所云"居此三年，必有所悟"者，当倍增灵感。惜以人事拘牵，未能作一夕之留，遑论三年，故终无所悟也。

庸社行友，旅行途中，每好为踢毽之戏。老老少少，围聚一隅，兴高采烈，老者不知为老，少者不知为少，说者谓庸社有返老还童之功，信然。

香港、九龙各地，庸社行友多已游遍，有游至一二十次者，盖年年如是，周而复始。然参加者日益多，旅行而外，行友欢聚笑谑，每周如是，已成习惯，有非到不可者，无以名之，惟称之为旅行癖可也。

庸社行友，不谈政治，不谈宗教，不论贫富，不论阶级，不知为老为少，一出市郊，都市之烦恼尽忘。或谓庸社行友，已达鸥忘机之境矣！

（1958 年 12 月 7 日，《庸社第二十六年年报》）

庸社行友之"猫"

庸社行友很多，在嗜好上有相同的，也有不相同的。不过"行"是行友们绝对相同的目标，"行"是行友们共同的嗜好，但求能够行，能够健步，其他如政治、宗教、思想、嗜好，这都是个人的事情。所以在旅行的时候，"粮水自备"：有人爱吃面包，有人爱吃糯米鸡，有的爱饮茶，有的爱饮汽水，有人爱饮咖啡，有的爱饮酒。而酒之中，又有人爱喝土酒，有人爱喝洋酒；洋酒之中，有的爱饮威士忌，有的爱饮佛兰地。在相同之中，又有不同；在不相同之中，也有相同。这是很微妙的！

在这里什么也不谈，只谈谈饮酒。我们行友之中，爱好酒的很不少，有晚间能饮，而白天不敢饮；有的非酒不可，有的一饮便醉。我们在"有酒饮酒""爱饮者来"的呼声下，每每在山之巅、在水之涯、在游河轮中、在机帆艇上，一有机会，解下背囊，把带来的酒，和下酒之物，不问你和我，不分她和他，大家饮个畅快。行友们呼之为"猫"。"猫"，我们酒徒也不讳言的。

"猫"之中，有的三杯到肚，诙谐百出；有的三杯到肚，笑骂由他；有的三杯到肚，我醉欲眠；有的三杯到肚，指天画地，手口不停；有的三杯到肚，风驰电掣，健步如飞。"猫"的个性，不一而足，千奇百怪，数之不尽。洋洋乎，大观乎！

（1959 年 12 月 5 日，《庸社第二十七年年报》）

崒

　　旅行林村、锦田，在林锦公路旁见到一个地名牌曰"上崒"，又在沙田见到地名牌曰"下禾崒道"，"崒"字不知要读何音。回到家里，马上翻翻辞书，在《辞海》下册一五七页"酉集·车部"查到这个"崒"字，下注："音未详，见'崒人'条。""崒人"条下的解释是："崒人，瑶族。"《说蛮》："崒人，澄海山中有崒户，不供赋，有崒领其族。崒，巢居也，其有长有丁有山官者，稍输山赋，赋以刀为准者曰猺，猺所止者曰峒，亦曰崒。海丰之地有罗崒、葫芦崒、大溪崒，兴宁有大信崒，归善有窑崒。"由是可知道的："崒人"是瑶族的一种，"崒"又是地名。但仍不知这"崒"字的读音。后来再到林锦公路，请教当地的乡人，才知至这"崒"字的读音：崒，读"斜"的去声。此间人称上下倾斜的道路曰斜路，上高曰上斜，下山曰落斜，这"斜"字是读去声的，与"崒"字同一音。

　　"崒"字可用来替代"斜"字，因上崒路、落崒路、行崒路的"斜"字，不若直接用"崒"字之为妙，因为音与义都很对。

　　　　　　　　（1960 年 2 月 13 日，香港《华侨日报》）

237

师造化

我国历代的名画家的画法，大都是从大自然界得来的，如王维的《辋川图》，卢鸿乙的卢鸿草堂，黄筌、黄居寀、徐熙的花鸟，曹霸、韩干的马，韩滉、戴嵩的牛，董源的《潇湘图》，张择端的《清明上河图》，李嵩的《西湖图》，黄公望的《富春山图》，文征明的拙政园，沈石田、唐伯虎的江南名胜图，石涛、梅清、渐江的黄山图。以上各大画家都是观察自然界的山川、花草、虫鱼、人物，与夫风云雨露、朝晖夕阴的变化，正如王维所说"外师造化，中得心源"，然后才有这些效果的。

十年前，我曾到不少地方，游过苏州的拙政园、虎丘山千人石，杭州的保俶塔、三潭印月、九溪十八涧、六桥三竺、灵隐寺、六和塔等名胜。真像翻开李嵩、沈石田、文征明、唐伯虎等的画本，江南名胜，千百年来，依然如故，这可见我国名画家艺术的造诣。

我极主张画家诗人，应多接近自然，多游山水。游，不必定要名山大川，或为少小钓游之地，或为旅居之地，或偶一过境之地，留意观察，心领神会，则必有佳构的。

庸社有诗人，有画人，有史地学者，有种种不同行业的行友，其同一的目的是行与游；而行与游这接近大自然，直接间接于诗、于文、于画、于摄影、于史地、于健康，都是有很大的收获的。

（1960 年 12 月 4 日，《庸社第二十八年年报》）

愉快的游侣

庸社行友，在每一节目中，或登山，或涉水，都是载言载笑，忘却一切的烦恼，忘却了富贵贫贱。在树之下、在峰之巅、在庙之前、在海之滨，小憩之时，把酒猜拳，乐而忘返，此时此地，已沉浸在物我两忘的境界。

香港新界各农村、各山峰、各瀑泉、各海湾，庸社行友，游之将遍，但是我们不厌重游，循环不已。人、地、天、时，在不同气氛下，每一次都有不同的感觉，有不同的风光，所以周而复始，不会厌倦的。

我们以愉快的心情，参加每一次的郊游节目，身心康乐，却病延年。庸社行友，万岁万岁！

（1961 年 12 月 3 日，《庸社第二十九年年报》）

三十而立

庸社的社龄，今年刚好是三十岁。《论语》说“三十而立”，这是说年三十而有所成，可见人与事的成长和发展，是要经过长的时间的培养，然后才有所成就的。

庸社也不例外，也经过了悠长的岁月，经过了老行友黄贤修、吴灞陵、布达才等的努力，以康乐运动为中心，不管人世间的是是非非，每于休假之日，寒天则远足登山，暑天则浮游绿水，数十年如一日。二十九年中，人事经过了无数的变迁！而庸社则本着一贯的精神，所以能很愉快地度过这二十九年。

三十岁的庸社，本是很年轻的，不过庸社虽是年轻，但庸社的性情是非常固执的，对于不管人间闲是非、不谈政治与宗教、守时间、郊游时不采摘花果、广结友情等几项，是要严格遵守的。

庸社既有老年的行友，也有年青的行友，而小行友则更多了。老年的行友，在郊游时，也像年青的行友及小行友一般的年青，跳跳笑笑，更不知老之将至。

（1962 年 12 月 2 日，《庸社第三十年年报》）

皆大欢喜

游山玩水，年复一年，转瞬间已三十二周年了，这其中，经过了不少的阴晴雨雾，看遍了青山绿水。虽然此间的地方不很大，但可游的山水仍复不少，加之以建设日日增加，今年来游所见的景物，与去年所见的大大不同。同游的行友，亦有去年来游的，今年不来。天时的变幻，风景的殊易，行友的不同，影响到游者对环境的感受，情绪自然地起了变化。这环境总觉得是新鲜的，是欢欣的，是健康的。

庸社行友，为了健康而登山涉水，行友的队伍越来越长，行友的精神也越来越龙精虎猛，旅游的节目也越来越丰富。今日是庸社行友三十二周年，正宜以浅醉低吟、放歌狂舞，以皆大欢喜的情怀，来度我们的佳日。

（1964 年 11 月 29 日，《庸社第三十二年年报》）

收　获

　　庸社行友瞬眼之间又三十三年了，这一年郊游之间，有很大的收获，而且有意外的大收获。我们在春、秋、冬三季，游遍了香港、九龙之间的山山水水，及至泳季节，因为游河船供应充足之故，海浴的次数与人数，都比往年为多，港外的离岛，也差不多游遍了。

　　意外的收获，要推夜攀凤凰了。夜攀凤凰是庸社行友大节目之一，行友最多，又富刺激，工作也较繁重。今年夜攀凤凰，参加的行友较去年更多，行列也最长。当登上昂平，微雨纷飞，饭后也时晴时雨，天上黑云，遮蔽了凤凰双峰。行友们都以为雨后路滑，即使冒险攀登，也观不到日出，徒费脚力，所以多数主张中止攀登，后来有人力排众议，要贯彻登山目的，于是大队又照原订计划进行。当出发之前，进斋面之际，天空黑沉沉的仍未好转，及至登上凤顶，则天气清朗，东望水平线上，旭日冉冉上升，行友们无不惊喜若狂，叹为奇观。回忆过去四五次夜攀凤凰，都观不到日出，而今年于雨后登山，乃能得观旭日，这是出于料想不到的大收获，无怪乎行友们皆大欢喜了。

　　　　　　　　　（1965 年 12 月 5 日，《庸社第三十三年年报》）

山水有灵，亦惊知己

　　寻幽探胜，已为庸社行友每周必备的节目。每周的节目，按天时气候而作出决定，暑天不适宜于长途与攀山，便到各离岛海浴，冬天则选高而且远地方去。

　　郊游已成为康乐运动之一，每当周末或假期，男女老少，纷纷到郊外去，或远足，或露营，或海滨嬉水，或溪间野餐。交通工具，挤逼异常，肩负背囊，胶鞋手杖，这种郊游的装备，已成为一时的风尚，有人名之为"庸社行友装"，其实这不是郊游或爬山的装备，"庸社行友装"这名，庸社行友既不敢掠美，更不敢就此"受落"而不辞！

　　庸社行友，喜爱郊游，喜爱攀山，卅四年来提倡不遗余力，行友也越来越多。有人说香港、九龙的山水，是俗山恶水，也有人说香港、九龙的地方不大，没有可观可游的名胜，这观点我们是不同意的。香港、九龙间，有不少奇峰怪石、广阔海湾、雄壮海涛、深邃岩洞、宁静山村、奔流瀑泉、庙宇碑刻、四时山花，都各具其美，庸社行友，一年四季，都欣赏不尽，穷其胜，探其幽，山水有灵，亦惊知己了。

　　　　　　　　（1966 年 12 月 3 日《庸社第三十四年年报》）

附录一　黄般若谈艺录

吾粤画之评者，皆谓土气过重。将来如何改善，能去了土气而又不至有洋气，成为全国化的和有创作性的国画？所谓广东画有土气者，即指其有地方色彩而言，如金陵派、吴门派、娄东派等均富地方色彩，盖此乃特色，非含有恶意之批评也。然"土气"中有好处亦有不好之处，如林良之画确无一点广东色彩，而昔人有"林良吕纪，天下无比"之语，足见其全无土气而至名满全国；又观苏六朋、苏仁山之画，即极富地方色彩，但亦大有成就，无论其漫画或工笔或意笔，造诣均深。

宋代已有熟纸，其质极厚，故就生熟纸一点而言，不能为孔（伯明）非元人之证。不过当时人物画多用绢本，而且泥金扇面亦始于明代；有人指出孔画作风多受仇十洲影响。由器物制度作风而论，则孔确非元人可以断定矣。

阮（季湖）君所藏之赵廷璧水墨山水，作品亦甚精，但亦不知其为何许人。或谓其为新会人，而不知其生于何时，《岭南画征略》亦不所载。深愿同人对于此等被埋没的画人的历史加以考究，如有所发见，尤盼公之同好，俾将来可补《岭南画征略》之缺。

梁蔼如山水一幅，笔墨苍厚，气韵灵秀，与二樵、里甫画不相伯仲，但知者极少。其人实顺德梁九图、九章之祖也。

相传苏仁山为聪明绝顶的人，性甚奇辟，不满于清，其父恐受株连，乃以大逆罪送押县署，仁山自是得狂疾。其早年之作工力极厚，且甚工整，狂后所作则寥寥数笔，妙趣横生。

清代广东画家之山水，黎、谢齐名。昔人多以二樵名高，但近人评画，多谓里甫之画高出二樵之上。如去冬张大千到港时题简又文君所藏里甫真迹，更谓二樵不及里甫远甚。究竟孰为伯仲，请大家研究研究。

蒋莲为盲歌者谭三写像，极写生传神之能事，堪推第一流人物画。同时复有苏六朋画瞽目歌者，其题字亦有关于谭三者，可谓为无独有偶。

画家写生不是易事，不可不似，又不可太似。不似则不能生动传神，太似则缺乏灵气。明末遗民张穆写马，是养骏马而写生者。清末居巢、居廉亦善写生，好写实物。曾见其芽菜、蚊虫两扇面，及画节礼之类，皆能直师自然而臻造化之境，是写生能手而具创作性者也。相传张穆写马也有一段趣话，凡请写马者，白银十两写脚一只，四脚齐全者收四十两，画两马者收八十两，不付笔润则不画马足。

（以上为1940年5月10日关于"广东的绘画"的谈话）

在 1940 年 11 月 16 日黄般若主持的"明末四名僧的画"研究座谈会上，有人提出："假石涛的作品充斥国内，将如何辨之?"黄氏说："辨别真假最简易的方法，须看画的精神，及其笔墨，以至所用的纸。清初制造的纸比现代的较好，很容易分别。但石涛的画，即使在当时也有赝品，至乾嘉时就更多了，这就要细心研究了。"

我之为我，自有我在，反对模仿，自我发展自我的艺术。

（1947 年笔记）

苏六朋、苏仁山为吾粤画家之表表者。苏六朋的山水绢本足可与唐伯虎抗衡。

（1960 年 3 月 18 日观香港守拙斋主藏品展览后）

如果你学张大千的画，学到十足了，又如何? 人家打开你的画一看，说："很好，这是张大千的学生。"所以学画要能入能出。入难，出更难，最后要创出自己的面目更加难。

很多人学画数十年，好比一瓶墨汁倾进大海，波浪涌两涌，什么也看不见了。

一万个学画的人，最后能称为"画家"的，可能只有一个而已。

· 学画须先学笔墨线条。笔墨线条是骨，色彩渲染是肉。无骨焉能有肉？骨不正则只能贱肉横生。

八大和渐江所画的何尝不是残山剩水？画家何必要在画面上凭空堆砌崇山峻岭、空中楼阁？穷山恶水的另一面，何尝不是人间净土！

黄氏在谈师法自然时曰："师法自然固然必要，但画风的内容，不仅写出山川风物便算充实，还必须与人事结合写出自己对社会的看法。关于这一点，最好用写诗来说明，纪游之作，固然有许多好诗佳句，但如果所有的诗，篇篇都是写景，没有抒情和寓意，这就变得内容贫乏了。"

写画就是写心。要写出自己的感情，写出自己对社会的看法。东写写，西写写，写得多了，就会发现那些东西是自己所应该写的。如果听从别人的意见，一定要写这样，写那样，或者一定要人这样写，那样写，都是写不出好画的。

师古人，学习古人的画法是必要的。但专写一家画法固然不成，能写诸家画法也不成。因为一家有一家的缚，诸家更有诸家的缚。缚是束缚的缚，而非广博的博，即西洋画家的所谓"缠坏脚"。

学画入门，当老老实实先以古为师，但最终当以造化为师。宇宙万物，形形色色，若要入画，看得多了，看得熟了，笔墨自能传神。造物由我，生机在手。

宋以前，画风甚为简淡。但简非不用笔，淡非不用墨。简淡之中，更见笔墨，更显功力，亦别饶一种高古之趣。

要写一幅好画，必须要走师造化的道路，那就是要写生。但写生若只是求似求真，求得其神气，求的结果，很难脱离原有的物形——不是迁就了某家的画法，便是迁就了物形。其实，写生最重要的是求其神似。这个"神"，就是自己心目中的感受。否则就必然会陷入呆、板、死、实。所以写生就是写自己心中的自然、心中的景物。

五十年代，香港画家吕寿琨独尊黄宾虹、黄般若，亦学黄般若画法写香港山水。他遍骂香港画坛之各家各派，黄氏每见之，必劝吕氏对不同的艺术观点，对自己认为不满意的画，都不要骂，说："我睡在鼓里数十年，今日才被人敲醒。写画就是写画，写自己要写的画。写画讲个性，讲自我，无所谓派，也不必有派。人家写得好，你可以研究吸收；你写得好，也不必要人家学你。学人家，是为无出新之勇气与骨气；要人跟你，乃显霸气，皆不可也。"

写画写什么好，怎么写好？青瓜白菜，各有所爱，强求不得。至于一幅画的好坏，也是各花入各眼。尊师重道，学生难说老师的画不好；讲交情，朋友间亦难贬朋辈的画。是净友，大可以互相研究切磋；非净友，说无益，骂更无益。好与不好，后人自会评说的。

如果把自己写的画，一定要归入南宗、北宗，工笔、意笔，院体画或文人画，我认为都是一件愚蠢的事。在今天世界性的眼光看来，如果艺术属于全世界，而艺术家又希望把艺术贡献给人类，那么，我们为什么一定要指明这是什么画派呢？只要是写画便是了。

我觉得今日写画和往日有一种最重要的分野，往日写画是一定要似，例如似某家山水、某家笔墨。现在写画，就完全不同了，一定不能似它。所谓"它"，包括所有一切画法、家数、形相及所能见到的事物的形似。也就是说，今日写画，不能似任何一个人，也不能呆板地似任何一件东西，越似它的就越糟糕。这不是我发明的，只要翻翻中国的绘画史就知道了。如果对绘画艺术有兴趣的画人，唯一要做的功夫，似乎就是要读一读绘画史。

唐之后，中国画讲究诗、书、画、印的结合，形成了中华民族艺术的独特形式。然而，诗、书、印在画中也是位置经营的一个重要组成部分。凡大家者，极讲究画面与题字的相交无间，天然工成。而现在不少人的题跋、落款、印章都极不注意。其实，形式是人创造的，是可以变的。我以为，一张画，少题字，或干脆不题字为好；若是送人，则只需写个上款。至于署名、印章，对其位置也要三思而行，尽量使之与画融为一体。西洋画家往往在画背签名的，就是不想破坏画面。

构图布局，讲究险中取胜；落款盖印，亦需讲究险中取胜。

高奇峰其人其画，很多还不为人所知。例如，我尝见他用生宣写虾，但他的学生不但不知、不信，且谓老师从不用生宣写画。

有些人以为画上不题诗就不成其国画。其实一张好的画，便是一首好的诗，如果硬要题上几句，就算诗再好，也往往束缚观者的想象；若诗不好，更糟蹋了一张好画。李凡夫说，若一张画靠几句诗来点缀，有如一个没有血色的脸要靠脂粉来涂抹一样。我以为此喻极妙。

有哪一个收藏家的藏品能保留三代的呢？在一些古今名画上乱盖"某某珍藏""过目""子孙永保"之类的藏印，徒然弄污画面而已，殊为可惜。

对于一个画家，首先是看他的画好不好，而不是看他的名气。名家的画，绝非张张都是佳作；而青年画家，有时也出手不凡，写出好画来。

新的山河、新的风光、新的事物、新的思想，需要新的笔墨、新的技法，以表现新的感情。旧传统是写不出新东西的。

现在很多青年人的画是没有根的，主要是他们急功近利，只求形式，只图快捷，更有甚者，是想借助老师的名气在画坛立足、成名。此乃青年人之悲哀也！

临摹是学习中国画的必由之路。临习古画，首先是学习某家某法，这是为了学习传统的笔墨，打下基础；进而是学其神韵，力求临得似，要形神俱似；再进而是要把某家中最好的笔墨技法在一张画中集中起来，共冶一炉，看起来比他的原作更好，这便说明你学到家了，同时也便有了满足感。

即席挥毫，是很难写出好画的。但搞搞雅集，写写合作画，这对新老画家都有好处。由年轻人起笔，老画家收拾松散结构，这对青年人学习笔墨、布局很有帮助，我们老画家也可以从中交流切磋画艺，有时甚至还可以从青年人那里学到一些新的东西。

不要以为学传统就是保守，学传统的技法没有错，错只错在，陈陈相因，固守成法，不思变，不求变。旧传统是写不出新事物的，要表现新时代里新的感情，就必须跳出传统的束缚，发展传统，创出新的技法。

学习传统，需要时间，需要毅力，需要恒心。而变革传统，更需要时间，需要勇气，需要胆识，需要决心，需要甘于寂寞。变革传统比学习传统更难十倍。

1960 年，黄般若举行"香江入画"展览后，朋友纷赞其创新精神，他说："我这些作品还都是在摸索，未算是成功的艺术。今后还要不断探索……"

黄般若病重住院时，香港画家李汛萍曾问画于黄般若，黄氏答曰："中国画的功夫，你不必再花时间了。但要多写字，没时间写，就看帖，看字的结构；要多旅行，多走些地方，多写生；要研究一些西画，如果能够，巴黎也要去看看，西画里有些好的东西，也要吸收；要看书，研究一些理论，中画的、西画的理论都要研究……"

（萧楼整理）

附录二　艺术座谈会纪要

中国文化协进会第三次文化座谈会

工爻编记

题　目：广东的绘画

时　间：廿九年四月廿四日下午七时半

地　点：华侨图书馆

出席者：阮季湖、陈福善、黄般若、陆丹林、雷惠书、岑伟森、林清华、帅铭初、郑德芬、葛佐治、陈友琴、杨素影、杨善深、苏卧农、尹淑贞、赵少昂、鲍少游、莫若冰、何漆园、黄少强、叶少秉、李锦涛、任真汉、容一山、张祥凝、李履庵、简又文。

主　席：陈友琴

关于理论的研究

又文：我最近为研究广东文化，写了一篇《广东绘画之历史的窥测》长文，把千余年来广东绘画的进展和演变作史的述评。原文过长，未便宣读，如今将结论大意略述出来，以供诸君讨论：

一、广东绘画，一向在数量上比中原三江为少，原因：（1）广东一般的文化为后起的。（2）广东人多自中原南迁，时在经济问题压迫中。（3）交通不便，观摩机会少。有此三因，美术发达自然落后。

二、但在质素方面，广东绘画并不示弱，有几个优点大足以抗衡中原：（1）自唐以后，历代俱有名家，如唐张洵之山水，宋白玉蟾之梅竹，明林良和李孔修之花鸟，明末遗民释深度和高俨之山水，张穆之马鹰，赵焞夫、伍瑞隆之花鸟，清初吴韦之花鸟，清中叶黎简、谢兰生、张如芝、黄培芳、罗天池之山水，蒋莲之人物，郭适之花鸟，清末叶苏六朋和苏仁山之人物山水，和居廉、居巢之花鸟昆虫实物，梁于渭之山水，近代高剑父、奇峰昆季之新国画等等，皆能与中原三江艺术界并驾齐驱的。（2）在胜清一代四王、吴、恽六家山水成为正统官派，风靡全国而奴隶画人，清代绘画之贫弱比前代为甚。独广东画人不为流俗所囿，不肯模仿六家而直追踪元明名家，而表现广东人保守古文化及其独立性之精神。（3）广东艺人多读书人，饱受乡先贤白沙、甘泉理学之熏陶，各有自尊之傲骨，不事标榜，不求人知，不竞声华，故品格自高。

三、广东绘画具创作性而对全国文化及艺术有大贡献者：（1）林良之创作水墨花鸟画之写意派。（2）二樵、里甫等士大夫力倡元明古画，衡扶六家之藩篱，是无异艺术革命，等于创作。（3）苏仁山之不依古法，自标新格，富有创作性。（4）居廉水撞粉法之发明，昆虫写生之技巧，与实物之描写，别具作风，创作性最富。（5）高剑父之提倡新国画运动，力求折衷中西艺术之精华，改善国画，使有时代性与科学化，实为吾国艺术大革命，对全国全世界之贡献甚大。

般若：刚才简君之论确能表出广东绘画之特色。但吾粤之评者皆谓土气过重，将来如何改善，能去了土气而又不至有洋气，成为全国化的和有创作性的国画？请大家研究。

少昂：黄君言粤人土气过甚，即全国各处绘画又何尝不然？广东作风如此，可见因袭传统精神过甚。凡一种艺术，惟能有本来面目者当乃成名家。学古人者是学古人的好处，不徒是盲目的崇拜和拘执的泥古，亦不应以学得古人一二笔画法便沾沾自喜。我们应当以大自然为依归，所谓"先与古人合，后与古人离"，既得古人的技术，当直师造化。总之，艺术应有个性的表现及自力的创作，乃可成为真美的。

卧农：天气、地理之自然景和文化景与绘画大有影响。粤东地理上西北连大陆，东南濒海洋，其民族性具雄厚和平；天气温和，故粤画的风调多为蕴秀美和平。日本为岛国，其画亦是岛国色彩。我国大陆国家，其艺术为大陆民族性色彩，为地理、气候于文化民族的关系。又以个人留日观察所得，日人对于中国画为东方盟主实有抢夺掠美之阴谋，全国画家联合研求新艺术，有取中国画法而代之之势，极力研究及调查在世界各国美术馆之中国古今名画。吾人应努力保存发扬中国美术鼻祖，并研求各国美术精华，发扬光大固有的画学，探求现代新的艺术，使向世界进出，维系我国东方绘画盟主之现代化。

履庵：我以为广东画人历来有一恶习，即互相轻视和互相诋毁，如清初吴山带力诋赵裕子，殊不知裕子之画学由宋代之赵备传来，写水墨牡丹，自有特色。观之外省画家则互相标榜，互相推重，如恽南田之山水固不逊于王石谷，但见推崇备至让其独享盛名，而自甘以写花卉为出路，谦厚之格，是极好的例证。广东画家应具合作互助、相敬相重之精神，彼此切磋琢磨、观摩研究，画学乃能进步。

丹林：文人相轻，全国皆然，何独广东之艺人？其实各地艺术家莫不如此。

般若：所谓广东画有土气者，即指其有地方色彩而言，如金陵派、吴门派、娄东派等均富地方色彩，盖此乃特色，非含有恶意之批评也。然"土气"中有好处亦有不好之处，如林良之画确无一点广东色彩，而昔人有"林良吕纪，天下无比"之语，足见其全无土气而至名满全国；又观苏六朋、苏仁山之画，即极富地方色彩，但亦大有成就，无论其漫画或工笔或意笔，造诣均深。

关于画家的研究

又文：据汪憬吾编辑之《岭南画征略》，元代南海有孔伯明，善画仕女，尝应元画院试，擢第一。但考究元代政制，并无画院之设，而元代名画家亦无此名，则何来此人？有人谓孔实清初人，愿知者有所启发。

般若：尝见泥金扇面，有孔伯明署名而年月则书康熙朝者，恐孔实为清代人。

履庵：广东文物展览会中出品有孔伯明画，但一幅为宣纸（熟纸）所写，未审元代有此类纸否？而且孔画美人大受仇十洲影响，可见为明以后之作。

般若：宋代已有熟纸，其质极厚，故就生熟纸一点而言不能为孔非元人之证。不过当时人物画多用绢本，而且泥金扇面亦始于明代。重以李君所指孔画作风多受仇十洲影响。由器物制度作风而论，则孔确非元人可以断定矣。

丹林：汪氏所编之《岭南画征略》，讹误甚多，甚至有以假作真、以无为有者。即如所引之画，有许多是子虚乌有，而为潘某及蔡某等所伪立名目，而为某人所宣传者。所载孔伯明为元人，不过其不可靠之一点而已。

少游：刚才李、黄两君所提出之数点与及简君所言元代本无画院制度，均极重要证据，足以确定此问题。我以为《岭南画征略》一书，既然发现错误甚多，最好由中国文化协进会着手订正，以嘉惠后人。

履庵：桌上陈列阮君所藏之赵或水墨花鸟长卷，洵是精品。尝见某书载赵为明末清初人，原为顺德碧江，但其名不见诸《岭南画征略》。

般若：又有阮君所藏之赵廷璧水墨山水，作品亦甚精，但亦不知其为何许人。或谓其为新会人，而不知其生于何时。《岭南画征略》亦不所载。深愿同人对于此等被埋没的画人的历史加以考究，如有所发见，尤盼公之同好，俾将来可补《岭南画征略》之缺。

今晚又陈列有梁蔼如山水一幅，笔墨苍厚，气韵灵秀，与二樵、里甫不相伯仲，但知者极少。其人实顺德梁九图、九章之祖也。

漆园：苏仁山长春之画名噪一时，今人亦不知其来历。其人生于清之末叶，为顺德八区马齐乡人，或云碧江人，非也。尝游桂林，回粤后乃多写山水。出族后，无子嗣，无亲族，有一兄。

卧农：传说，苏仁山生性怪僻之极，人请作画，辄不从命，但备好纸，磨墨桌上，任其自然，俟其饱餐之后，兴致一到即淋漓落笔，一挥而就。他的作品，素描画法极高，此种线条之雄壮活动，线条美，素描画确为独树一格，不同凡俗。闻其出族之由，盖因其逆抚台之命，家人乃送之入官并出其族云。仁山为同治时人。（又文按：或云嘉庆，或同治年间人，莫衷一是。余所藏其作品数帧，皆不出年干者，愿同好加以考究。）

丹林：苏仁山、苏六朋之画，尤其是民间画，各有其面目，不肯阿附他人。独可惜者，剽窃他人作风而侈言创作，则自桧以下耳。

般若：故老相传，苏仁山为聪明绝顶的人，性甚奇僻，不满于清，其父恐受株连，乃以大逆罪送押县署，仁山自是得狂疾。

其早年之作工力极厚，且甚工整，狂后所作则寥寥数笔，妙趣横生。

季湖：清季又有一位梁于渭，因功名失意而得狂疾，所作卓尔不群，其写山不作峭形，而作平顶且有波浪式。此种写法为其独有之创格，良由其曾遨游塞外，得见山川奇境，故胸有奇气，加以大胆落墨，故作品现奇特之气。其人画名不大而画格极高，殊值得我们之表扬。

般若：清代广东画家之山水，黎、谢齐名。昔人多以二樵名高，但近人评画，多谓里甫之画高出二樵之上。如去冬张大千到港时题简君所藏里甫真迹，更谓二樵不及里甫远甚。究竟孰为伯仲，请大家去研究研究。

丹林：二樵画绝少创作，多仿摹清湘，笔力柔软，山水多堆砌之作，当然不及里甫之雄厚自然和淋漓瀚郁。他之所以享大名，固然因为他诗做得好，和有外省人替他宣扬。

卧农：其实画之欣赏外出主观，无固定标准，此问题可以不谈。

履庵：广东绘画至明已甚发达，自有特长。如清之黎、谢、张（如芝）诸家作品确可媲美中原画士。我个人最好明画，尤好乡先哲伍铁山之作，远在十五年前即开始从事搜罗其遗作，共得二百件强，久欲刊印专集。但人多未能认识其人，盼能在此时发扬其幽光。他名瑞隆，字国开，又字铁山，香山人。明天启解元，文学书画皆工，与时人陈子壮、陈邦彦、黎遂球等为友。尝官河南兵巡道。崇祯五年至十七年在北京供职，与时人结诗社，唱和甚盛。思宗殉国后，归粤隐于鸠艾山，以终其身，故号鸠艾山人，享寿至八十五岁而殁。所遗下的著述有廿余种，大概俱已绝版。余搜罗其作品之外，兼搜集其遗文遗诗，共得文五十篇，诗约二百五十首，多系题画之作，都未出版者。读其诗，而知其受南园诸先生之影响，惟其诗□□近而富于情感，较似宋人之作。余尝以钞本示康有为，康极称赞之，为题签曰《铁山诗文存》。民廿二年，李仙根先生在粤又收得其康熙年间诗集钞本，惟内容与拙藏不相同。李藏本由释澹归编订，极有系统，当系其晚年为亡国遗民时代的作品。今两本仍得保存无恙，或系因灵感所格，故其心血所瘁之遗作得保存至今也。此外，余前在上海又得其图章一颗，其后又在石岐于某画家后人处收得其遗像一帧。伍铁山的画法则以善用水墨见长，写牡丹最精，竹、兰、石次之，写水仙与梅较少，其画学渊源则实出自赵裕子焯夫也。作风自有个性，一望而知为伍氏之作。

又文：今晚叶李韶清先生借出明代遗民高望公四时山水四小品陈列出来。王秋斋许其山水为吾粤第一，足以睥睨中原而并驾当代者，请大家注意。

少游：望公山水确有创作性，构图极巧妙之至，予人以真实性的感觉，非堆砌的或虚构的可比也。四幅中以秋景为最佳，构图妙极。

履庵：望公写山水喜用赭石染色，暗示不忘朱明也。又喜在月下作画，融化色彩至美妙之境。朱竹垞赠诗有"岭南高俨歙黄佩，亦有傅山居晋阳"之句。

般若：今晚陈列一幅是蒋莲为盲歌者谭三写像，极写生传神之能事，堪推第一流人物画。同时复有苏六朋画瞽目歌者，其题字亦有关于谭三者，可谓为无独有偶。

又文：可惜蒋莲人物画大多是因袭传统之作，皆毫无生气或创作者，此一幅是其例外。具此妙手而不能多见其写生之作，诚为可惜，此大概是传统画风不尚写生之果也。

般若：画家写生不是易事，不可不似，又不可太似。不似则不能生动传神，太似则缺乏灵气了。明末遗民张穆写马，是养骏马而写生者。清末居巢、居廉亦善写生，好写实物，曾见其芽菜、蚊虫两扇面，及画节礼之类，皆能直师自然而臻灵化之境，是写生能手而具创作性者也。

又文：谈到写生题材之奇趣，忆起高剑父先生一件趣事。一次，剑父为某事要入禀帖于官署，请粤中某律师为之。禀帖已备，律师不收现金，惟索其作品一幅为酬，盖剑父有"惜墨如金"之名，虽生平至好亦不容易得其作品也。律师声言一手交禀，一手收画为条件。剑父无奈，只得画暮色芭蕉一幅与之。官司得直后，律师又持画来紧请剑父加写其草虫绝技于画上，剑父应之。翌日，律师取画一看，绝不见什么东西加在上面。剑父笑指画面上一小点曰："看啊，这是新加的草虫——金龟！"

般若：相传张穆写马也有一段趣话，凡请写马者，白银十两写脚一只，四脚齐全者收四十两，画两马者收八十两，不付笔润者则不画马足。

讨论研究既举，赴会者各事精心欣赏是夕陈列之名作卅余点，至十时始尽兴散会。

（1940 年 5 月 10 日《民国日报》，第 14 期《文化界》）

黄般若艺术座谈会发言纪要

主办：中国美术家协会

地点：中国美术馆

时间：1997 年 9 月 9 日

叶毓中（《美术》杂志主编）：我代表美协来主持研讨会。《美术》杂志五月份时就黄先生的画及画展作了些报道。他常住香港，内地人对他不是很熟悉，通过这个展览，会对他有更多的了解。今天的研讨就是对他的艺术作品进行认真的分析，同时给以发扬光大。大家可畅所欲言，互相交流，互相切磋，对我们更好地弘扬黄先生的创新精神和治学严谨精神都很有好处。

陈绶祥（中国艺术研究院美研所副所长）：对黄先生的美术以及他对中国美术的研究和贡献，作为晚辈，略有所闻，但很系统地研究和系统地看他的作品还是头一次。我们知道，近百年来中国绘画，包括中国文化，在那个特定的历史时期，有很多起伏、斗争，有很多不尽如人意或不一定符合宣传主流的，但又有很高修养和抱负的艺术家，黄先生就是这样一个艺术家。他在当时的大背景下，坚持从中国的艺术出发，根据实际情况提出了自己的见解。以往我对中国美术史的研究中，时时会读到这类文章，尤其是关于二三十年代绘画理论和绘画实践方面的文章。我认为，现在看黄先生对中国美术的见解和观摩黄先生的作品，会给我们很大的启示。黄先生早年尤其是三四十年代创作的画，就是用现在的眼光来看，依然是精品。他的确是发扬了中国画特有的优长，无论是在结构上、布局上、安排上，还是创作上，都有他的独到之处。由于特定的历史条件，咱们不能很好地了解这些画。黄先生在南方很有代表性，北方的如金城，很多很有成就的画家，我们都没有重视。现在反思这段历史，会给我们二十、二十一世纪中国的文化建设一个很好的启示。这些先生中有的是很值得我们学习的。一，他们认认真真坚持中国艺术的那种精神和中国艺术的传统手法，高妙的地方他们了解得比较透，他们也不是主张保守，他们只不过提出了中国艺术特有的学习途径、特有的创造途径和发展途径。这一点我们应该重新学习和思考。回顾本世纪，中国画大致经历了四个阶段：起初是被彻底否定阶段。借助革命推翻封建制度，把中国所有文化都一律当作封建文化来排斥和打击。本世纪初在这革命的条件下，可能会成为一种时髦的主流，但到了三四十年代时，我们提出了"中西合璧"，以西方绘画来改造中国画，这条路当时应算是较折衷的路，较易出新的路。因为对广大百姓来说，他们不了解西方，这时很容易取得社会上的效果，会取得轰动的效应。我们当年有许多这样的流派，有许多当时并不一定有很高成就的艺术家抓住了这张"王牌"。本世纪50年代，新中国的美术方针很好，提出了"新国画"，用中国人民喜闻乐见的语言，用民间美术，用中国传统的其它艺术样式来创造一个新时期的国画，这又比"中西合璧"更进了一步。到了改革开放的今天，我们重新反思，提出认真地认识中国文化，重新认识中国文化的传统，我觉得这种情况下我们再来看黄先生的作品和他的思想，会有新的启示。面对二十一世纪，我们如何将更高层次地发展中华民族的艺术，贡献给世界，使之立足于世界的艺术之林，这个展览的意义是很大的。黄先生发表的文章，提出的很多观点，尤其是晚年，比较宽容温厚，提出了中华民族必须走自己发展的艺术道路，今天来看，的确值得我们再三的学习和玩味。这次展览中有许多精品，我们看后对黄先生应重新评价，在中国美术史上他应该占有一席之地。

李树声（中央美术学院教授）：在20年代发生于广东的关于中国画的论战中，我们熟悉了黄先生。当时黄先生代表一方，方人定代表另一方。我和两方都有联系，只好"等距离外交"。这些年看了一些文章，对黄先生增加了新的认识和了解，而这样系统地看黄先生的画还是头一次，这对我们全面了解广东画坛的情况很有帮助。看了黄先生的文集，我更加敬佩黄先生，他是一位很有学问和修养的老前辈。我琢磨了几十年才得出的一些认识，黄先生早在几十年前就已得出了非常明确的结论，而我那些认识是这些年才逐渐稳定的一点看法。这说明黄先生对中国画的传统和现代如何结合、如何借鉴和发展，不但有理论，而且有实践，从他的画中我们可以看到他创新的成就。

黄先生说："画家写生不是易事，不可不似，又不可太似。不似则不能生动传神，太似则缺乏灵气。"写生不是仅仅对着对象画，追求的是神。"所以学画要能入能出。入难，出更难，最后要创出自己的面貌来就更难。"这和后来李可染先生讲的"打进去，走出来"的道理是一样的。这些前辈在自己学画过程中已总结出了很现代的道理。他还说："要写一幅好画，必须要走师造化的道路，那就是要写生。但写生若只是求似求真，求得其神气，求的结果，很难脱其原有的物形——不是迁就了某家的画法，便是迁就了物形。其实，写生最重要的是求其神似。这个"神"，就是自己心目中的感受。否则，就必然陷入呆、板、死、实。所以写生就是写自己心中的自然、心中的景物。"黄先生这段话，将"外师造化，中得心源"这八个字的统一解释得非常完整具体。其它还有临摹："临摹是学习中国画的必由之路。临习古画，首先是学习某家某法，这是为了学习传统的笔墨，打下基础；进而是学其神韵，力求临得似，要形神俱似；再进而是要把某家中最好的笔墨技法在一张画中集中起来，共冶一炉，看起来比他的原作更好，这便说明你学到家了，同时也便有了满足感。"

我们常思考的一些问题，黄先生在《谈艺录》中讲得很系统。从这点上看，近代对中国画的几次大的争论，我们都强调要创新，这是时代的需要。黄先生也讲："错只错在陈陈相因，固守成法，不思变，不求变。旧传统是写不出新事物的，要表现新时代里的新的感情，就必须跳出传统的束缚，发展传统，创出新的技法。"但我们在很长的时间里，因为犯虚无主义的毛病，对民族的东西总是缺乏认识；这些老前辈在他们的实践中，对传统的科学性和价值都给了很科学的评价。黄先生也并非我们过去所理解的，好像"二高一陈"是代表广东的创新派，而黄先生、赵浩公等代表广东的保守派，其实不是这么简单的。通过学习，现在这个问题已很清楚地解决了。黄先生同样要求创新，但他不是仅仅借外来的东西这一点就言创新了，他认为新的东西是属推陈出新，真的是在民族传统基础上来解决这些问题。我受到的教育和启示主要是在一些问题的认识上，前辈们尽管有过很激烈的争论，但并不像过去我们了解的或保守或激进革新这么简单化。大家从不同角度进行探索和实践，最后大家都还是有盼望复兴中国艺术，使之光辉灿烂的理想。黄先生就艺术来讲，其心境静，用笔墨很秀，沉静，完全没有把艺术当作换取名利的手段，而是按自己的想法进行艺术创造。

龚产兴（中国艺术研究院美研所研究员）：我知道黄般若先生的名字，大概是在 60 年代中期，那时，我刚接触中国近代美术史的课题。在所见资料中，大都记载着广东画坛岭南派被称之为革新派；癸亥合作画社、国画研究会被视为保守派。癸亥合作画社是由赵浩公、潘致中、黄少梅、黄般若等在 1923 年创建的。它的宗旨是以研究中国传统绘画为己任，发扬民族绘画的精神。所以该社成立不久，入社者很多，1925 年改名为广东国画研究会。由于国画研究会与岭南画派在对待传统和吸取外来艺术的看法不同，使二派矛盾日益加剧，自 1926 至 1927 年间，开展了两年之久的论战。据黎葛民、麦汉永《岭南革新派画家陈树人和高剑父》（载《文化史料丛刊》第六期，中国人民政治协商会议全国文史资料研究委员会编）一文中说，方人定受高剑父的旨意，写了《新国画与旧国画》的论文，发表在《国民新闻日报》上，文中指出："旧派画家陈旧保守，一成不变，脱离现实；而新派画能跟上时代的变化而呈现了新的内容，走向现实。"这就使国画研究会的成员大为不满。潘达微授意黄般若执笔撰文反攻，"力诋折衷派诸人作品抄袭外国风格，不是国画正宗"。当时，黄般若年少气盛，并不买账。他们将岭南派"二高一陈"所摹仿的作品和日本画家的作品同时发表在报刊上，二派直接对垒，其中"还多少具有同行相轧和意气用事的因素，主要是由高剑父所引起"。由此可见，论战双方各偏执一端，不够宽容，不够冷静。艺术创作，独尊一派，并非正常，新旧斗争，长期存在。要允许不同艺术观指导下作品风格的多种多样。仔细分析广东国画研究会的成员，他们的创作，并非是清一色的陈旧保守。他们中也有关注现实，走出画室的。如潘达微、黄少梅等为画《流民图》，化装成乞儿到佛山一带体验生活，在车站码头，与鹑衣百结的乞丐为伍。从生活的感受中创作《流民图》，这显然是属于新的尝试。

这次看到"黄般若的艺术世界"展览，有使人一见动心的感觉。黄先生大智若愚，对中国画有高层次的理解，并表现出他浓烈的文人气质和与众不同的艺术境界。他对艺术意境的创造和意匠的经营，功底颇深，所以，其作品具有潜移默化的感人力量。他的画面看上去极为简练，造型寥寥数笔，却是体现画家思想感情之化身，这是经他长期锤炼糅合，才成为浑然一体的。他画的佛像、罗汉，庄严高古，静穆凝重，线条挺拔。他的山水，灵动多变，泼墨淋漓，秀劲圆润，自然洒脱，并具有较强的地域特色。他的画不仅有现代感，同时融有深厚的传统功夫。他从师古、化古到弃古的过程，也就是他不断探索和形成自家面貌的过程，尤其是晚年创作的《香港组画》《小鸟天堂》《渔村》等优秀作品，具有大化之境，足与名家媲美，扬芳于世。正因为他重视现实生活，又有传统绘画的扎实功底和造型本领，所以作画能得心应手，达到不求异而自异，不求新而自新，画风清新，气象浑穆，苍润相济，若有神助。

黄般若先生一生恬淡，不求名利，博学多才，重视自身修养，成为广东书画鉴藏专家，他为广东和香港的文物收藏保护做出了卓越贡献。然而，因为过去的一段与岭南画派论争的历史，使他并没有得到公允的评价。诚如高美庆在《黄般若的世界·前言》中所云："在岭南派崛起之际，与之对垒的传统阵容实有颇为强大的力量。当时年仅二十余岁的黄般若，异军突起，以一支健笔与高剑父弟子展开论战，而其绘画艺术亦有足与岭南派分庭抗礼的地位。"窃以为，高美庆对黄般若先生的定位是客观的，公正的。

李树声：近代美术现象中，几个大城市都出现了相同的情况，上海和北京实际都有两个不同的对立派，但只有广州才有直接的交锋，把意见摆到桌面上来。其他地方艺术界没有正面交锋论战的情况，即使是徐悲鸿和刘海粟，也没有在正式的场合进行论争。上海的"三吴一冯"就很保守传统，北京以金城为首的中国画研究会很长时间不被重视，其实他们的内容还是很丰实的。像林琴南，过去就认为他是很保守很传统的人，但实际情况并不如此。因此，我们对过去的资料掌握得多了，对过去的很多观点就会有新的看法，值得重新再认识。这是黄般若先生的画展给我们史论界的一个重要的启示。

邵大箴（中央美术学院教授）：很喜欢他的画。就广东画坛来比较，非常喜欢黄先生的画。他对中国文人画是有所发展的，确实感到很亲切。我首先喜欢他的山水画，人物画略次于山水画。他的山水画画得非常自由，得文人画之精髓。他的山水不是新山水画，不是写生山水画，纯粹是自己的印象，自己的感觉，自己的体验，自己的感情，表达得非常自由潇洒。办这个展览，对我们写20世纪艺术史非常重要。

中国画革新的问题无非就是两大派，一派就是要借助于外国的经验，用外国的造型、方法、观念来改造也好，革新也好，推动中国画改革也好，这是不可或缺的，若没有这一派，中国画很难向前发展。但是，中国画很重要的一个发展渠道，必然是要往回看，从传统出发，把传统加以延伸、发展，而较少地吸收外国的东西，这已经有了如齐白石、黄宾虹、潘天寿等"四大家"。黄先生属这一派，是很值得研究和重视的人物。他对我们这些北方人来讲，过去看到的不多，原作看到的很少，现在一看，他是一位大艺术家，只是他的名望没有得到广泛的传播。

艺术上有争论问题（刚才几位都讲了）很好，必须有人这样做。有人那样做了，有了这样的争论，艺术才能发展。而且这种争论对于岭南画派、徐悲鸿、林风眠他们来讲，当时都很不容易，他们主张要革新中国画，吸取西方的经验，提倡中西融合，这不容易。反过来讲，在"五四"之后的那种大潮流下，都要吸收西方的民主科学，吸收西方经验的情况下，有一部分人坚持要从古代传统中重新挖掘自己的传统，发扬我们的传统，这也是一种大无畏的精神，也是反潮流的精神。我觉得徐悲鸿、林风眠、岭南画派具有反潮流的精神。现在我们再读像徐悲鸿的主张、林风眠的主张、岭南画派的主张、"四大家"的主张都具有反潮流的精神。在特定历史条件下，这派或那派的争论带有感情的或当时社会的因素是难免的，对后人来讲都是有启发的。当然，艺术有一个意识的客观比较，当达到了某种高度，中西融合也好，都必须创造出成绩来。你强调用西画语言来改造中国画，你也必须达到一定高度；反过来讲，你在传统中延伸自己的艺术，发展自己的艺术，也要有一定的高度，要有能和传统媲美的东西。所以我觉得，黄先生的作品虽然画幅不大，但就展览的这些作品来看，应在现代美术史上给他以定位。不是说所有坚持传统的画家在艺术上都能取得成就的，而黄先生的画确是取得很高成就，他的画对我们现在那些坚持传统的画家很有启发。我对黄先生的艺术过去接触不多，看后很兴奋，感觉他是一位很有魅力、有吸引力的画家，他在艺术史上应有定位，应给予他相当的评价。这个展览给了我相当的启发。

翟墨（中国艺术研究院美术研究所研究员）：看展览后我体会有两点：第一点，对我们研究近代艺术史的晚辈来说，他给我们补了一课，画展对近现代艺术的研究提供了重要而宝贵的史料。原来我们对岭南画派，了解"两高一陈"多些，对黄先生的艺术尤其是看到原作较少。在我印象中，我不喜欢岭南画的甜、俗味，一种轻飘飘的味。但黄先生的画一点也不俗，很雅，有非常高的境界。我对广东画坛的印象因此而有所改变，对那段历史也较熟了。这是第一点，即对近代艺术史研究提供了第一手资料，清除了一些艺术研究者（如我这样的）对那段历史的陌生感和错误的印象。

第二点，感受最深的是这次展览的现实意义。般若是智慧，波罗蜜是渡到彼岸的意思，般若波罗蜜就是大智渡论，即用大智慧渡人到彼岸，它超越了生死，达到了涅槃的更高境界。黄般若的画接触了一些佛境。佛经共同点就是磨洗人的心灵。儿童的心灵就很纯洁，他带来人类先天的一种文化积淀、一种符号，所以儿童的想象力特丰实，他们画的画通常是大人画不出来的。而一旦被训练了，他们的灵气就消失了，而听之任之，就会画得特别好。另外，女性感受自然信息比男性更灵敏，因为女性文化的东西少些，自己的东西多些，她们更接近自然；再有就是男性政治、哲学的东西接受更多些，更有文化，相应感觉就要经受磨洗，即现在宗教上的一种方式（如气功等），排除一种尘世的妄念，而进入像《金刚经》中说的无边无际，无名、无相、无我的境界。我觉得黄先生的画重要的一点就是"无我"，进入到一个非常空灵的境界，这是他心灵的净土。看了他的画，我们的心灵也变得纯洁了，空灵了。他即使画的是现实的香港风景，但那是他心灵净土的一种投影。现在西方崇拜中国的老庄思想和中国的佛，也是现实的一种潮流，他们希望能在商品经济社会中人欲横流、财欲横流的情况下，超越现实的妄念，而投入一种无我的净土的境界。我觉得黄先生的艺术对当前来说，特别是当前画坛的浮躁，起到一种净化作用。

另外，从艺术的发展来说，艺术不是直线性发展的，它每向前推进一步，都是走走退退。而退又没退到原点，又再往前走，就比原来又迈进了一步。或叫波浪式，或叫螺旋式，它每次都看似倒退，但那只是一个更高层次的回归，再迈一步就又进入一个更高的境界。我觉得黄先生的画对于广东画坛来说是一个高层次的回归，他吸收了西方的、现代的东西，使广东画坛大大推进了一步。所以我觉得黄先生的艺术的现实意义，不仅仅在于他的佛境、他的简练的笔墨。他平时不总是作画，一旦兴之所至拿起笔，那么寥寥数笔就是非常空灵、纯真的精品，没有功利的东西浸透。所以说，他的画的价值也就在此。现在这类画越来越少，所以他的画不仅给广东画坛提供了营养，同时也给整个艺术界的创作提供了营养。

说些题外话，吕品田编《美术史论》时曾编了黄大德的一两篇文章，对20年代论争的史料有所透露，引起了岭南画派传人的不满。后来黄大德先生又寄过材料来，按我的想法是应该继续发表的，若引起争论倒是件好事，展示不同的史料，不同意见可以引起争论，通过进一步争论，将原有的争论提高到一个新的高度。后来文章因《美术史论》的停刊而没有发表，争论没能继续下去。这次展览的现实意义，在于它既有完整的文字材料，又有现实可见的作品，作品和文章是最有说服力的。南北方信息互相反馈，大家用事实说话，这样就可以在现代美术史上，给黄先生一个准确的定位，也在广东美术史和中国美术史上给他一个合理的位置，这很有意义。

陈瑞林（《美术》杂志编辑室主任）：对黄般若先生原来不太了解，但后来通过和黄大德先生的接触，使我对黄般若先生的艺术和当年广东美术界的情况有了更深入的了解（刚才李树声讲得很透彻，我没有什么补充）。对于黄先生的评价和广东 20 年代美术界论争的史实，使我生发出一些感想。

第一，我觉得我们搞理论的人有些毛病，为什么创作家反感我们，我们应首先检讨自己，就是把生动活泼、错综复杂的历史简单化、类型化，容易造成种种误解。现代流行一种说法——分类，即传统型、调和型、激进型等，这种说法作为研究的方便未尝不可，然而大千世界，纷纭复杂，若放到细枝末节上时就不便于分析、研究，如果把分类绝对化，就会出现很多问题。如说黄先生是传统保守派，但看了他的作品，并不像当初我们想象的。他的作品很文气，对传统文人画吃得很透，但也不可避免地受到了外来艺术的影响。外来艺术在 20 世纪影响中国，这是一个大的历史趋势，有成就的画家都很难逃脱，问题是在于怎样接受、接受多少、怎样表现。黄先生的很多东西也反映了这一面貌，不过每个人的立足点不一样，有些人更倾向于传统，有的更激进些。黄先生则倾向于文人画的文气，但他并不是完全拒绝外来的东西，不愿革新、变化。我是这样对待黄先生的艺术的，他的画很多我很欣赏，如前面同志所言对黄先生在现代中国艺术史上的地位要重新考虑的问题。

第二，不同时期有不同的社会环境，有不同的观点，这是正常的现象。总的来看，不管持什么观点，怎么作，最后这些有成就的画家都推进了中国艺术的发展，用"殊途同归"一词并不为过。所以扬这方，抑那方，非此即彼，有段时间就把"引西抑中"搞得特别高，把倾向于传统的人说成是保守、消极，固然是不对；但最近有种新倾向，把传统的、保守的抬得特高，而把"引西抑中"和折衷派加以贬斥，我觉得同样是一种不好的偏向。我们搞理论的应反省一下，为什么总是不能摆脱非此即彼的模式，不是黑就是白，不是好就是坏，我个人对这点不大赞同。我觉得各派都有所长，都在历史上有所贡献。当然，不同时期，有的贡献大，有的贡献小，作为各有不同，但不能这时排这派，那时捧那派，这不好（对此想写些不太入耳的文章，但我的位置所限，不大好写）。

第三，大家对艺术创作都有贡献，但并不是都完全一样，不同的时候也有一个主流的问题。20 年代的论争我有自己的看法，尽管有人事上、感情上的原因，但有偶然性，也有它的必然性。岭南画派的一些画家主张向外来特别是日本学习，初期的确有幼稚不成熟的地方，就是现在看来，岭南画派的"二高一陈"及传人在艺术上也不是很完满、很成熟。但作为一个大的趋势，对"二高一陈"的努力、追求应该给予肯定。所以我本人对金城很钦佩，也为他打抱不平，但在"五四"时期像金城这样的画家，对于当时的主旋律来说，他的确是有些背离。他不是对中国艺术的发展没有贡献，有贡献。因为历史的发展是有张力的，要朝前走，有人在后面拉一拉有好处，但其主流方向还是不应否定的，若最后搞成大家都好，也不符合历史的真实。在"五四"时期那种要求变革中国画的努力，尽管存在残缺点和偏向，有很多失误，但大的方向应是要肯定的。金城这批老先生坚持传统，不是没有可取之处，但在当时大背景下是有所背离的，这是我个人的看法。我想不要搞到最后，大家都对中国艺术有贡献，每个人都有其可取之处，最后"殊途同归"；放到当时历史环境来说，还是有差别的。这是我的三点感想。希望这种艺术讨论还能深入，不是为历史而历史，而是对今天的艺术事业有所帮助。"回归"一词我不赞成，历史是发展的，它不可能回归；传统有好东西，也有不好的东西，不能在80年代将外来的唱得特别高，90年代就变了，即使过去外来调唱得很高的同志全回归传统了，我个人也不赞成。

杜哲森（中央美术学院教授）：过去对黄先生画看得少，人也知得少。今天看了展览，想就黄先生的画谈些感想。他的画以小幅为主，但每幅画都耐人品味。中国画欣赏历史上叫读画，不叫看画。所谓读，就是对一幅作品要理解、品味，领悟出很多内涵来。如意韵问题，意境问题，笔墨、神韵问题，直到画家的人生操守、人格品行、人生境界，及他在涵养理想上所追求的雅文化的高格调、高品味，这些都要仔细研读才能品味到。最近一位评论家写文章说，外国的画就没法读，一看就是一个形式构成，再读不出更多的东西，再不能说出更多东西来，也就是说再也感觉不到什么东西了。从这点看，中国画尤其是秉赋着文人传脉的这些画家的画就不然了。在他们的画中，他满足的不是简单的视觉上的一点快感、些微的刺激，而是心灵的沟通、一种感情的沟通，这点是我们民族传统绘画尤其是文人画的一个很重要的特色。今天读黄先生的画，就感到他承继了我们民族传统绘画中重要的传统——文人的创作思想、艺术观念、审美理想以及表现手法。他的画幅都不大，有的笔墨非常简括，笔才一二，形神具焉，要传达的东西都传达出来了，而传达出这些东西，让每一位欣赏者，尤其是文化人，在作品中能品味出许多内涵来，这点很不易做到，这也是民族传统很优秀的部分。

历史在发生大变革时，艺术上往往会掀起波澜，有新旧之争，有创新与保守之争，这也是自然的。但作为艺术家来说，我认为没必要过分地考虑这些问题，也难于回答，就如前些年有人问贾又福他的画是属创新派、开拓派还是传统派，贾又福无法回答。创新不能没有传统，传统不能没有创新，我哪派也不是，甘当"痴呆派"吧，想怎么画，就怎样画。画家重要的是要画出"我"的真实感受、人格力量、艺术追求，即对人类文明的一种深厚关怀。艺术家这样一步步走下去，就是在建构着自己的艺术丰碑。黄先生的创作在这方面体现得是比较充分的。荀子讲"志意修则骄富贵，道义重则轻王公"，这是做人的标准。作为艺术家来说，尤其是历史上这些杰出的文人画家来说，往往也秉赋着这么一种人格力量，或是他艺术创作的一种人格支撑。一旦选定了一个方向，坚定了自己的信念，就坚定地走下去，这点精神非常可贵。

读黄先生的画的现实意义：在时代大变革中，人们的情绪容易产生急于标新立异的情况，这些年从国画界可看出来，这种急功近利容易流于表面上的逞强使气，或骨子里的一种圆滑机巧，甚至是纯技术的操作和把玩。对于一个肩负着社会良知、文化使命的文化人来说，流于纯技术的操作那是艺术的悲哀。我们在黄先生的画中看不到这些，他以一种宁静的心态，执着地追求自己的艺术。在他逝世 30 年后我们来讨论他的艺术，这就显示了他的艺术的价值所在。这也应感谢黄先生的后人。画展和文集的出版，对我们艺术的进一步发展，对美术史理论的建设、创作现状的往前推进，都有深远的意义。

赵立中（中国画研究院一级美术师）：有一次和叶浅予先生谈话，他提到黄般若先生。叶老对黄老很推重。黄先生的东西非常静。关于中国画一些基本特点和本质性的东西，最近十几年争论比较多，尽管不尽统一，但某些方面还是应给予肯定的。看黄老先生的画，刚才邵先生对黄老先生的山水给予肯定，我想谈谈黄老先生的人物画。我对他的《十八仕女图》和《十八罗汉图》都甚为欣赏，这体现的不完全是技巧问题，它体现了一种人的心境。黄先生生活在本世纪最动荡的年代，而香港又是一个极商业化的城市，他在这种环境中能保持这样一种心的"静"，而且他将这种"静"通过作品表现出来，并传达给了现在看画的现代人，这不能不说是他的作品的魅力所在。相对于我们现代人即改革开放以后的人的作品，仅仅十几年，大家就感到一种躁动不安。而黄老先生活在那种动荡的社会情况下却能静下来，这反映了黄先生中国传统文化的修养，他确实得到了文人画的真谛。

另外，黄先生在中国画成就之外，他还写了大量文章。现在很多画家说宁愿画十张画，也不愿写一篇文章，写文章太难了。而黄先生却能平心静气地作画和著文，这是很难得的。黄先生著文的内容很广，而且涉猎了广告学，并且分析得非常全面、仔细，非常跟得上时代。这和他的画反差是很大的，值得我们研究。

杨延文（北京画院画家）：黄先生主要还是画他熟悉的一些事物，通过这些熟悉的事物来抒发自己的感知。我认为他到香港后的这批画更精彩，原因大概可说是他跟上了时代的步伐，或他有意无意间将时代的东西纳入他那很深厚的传统功底里，因此结合得很自然。这些对我们这些搞绘画的人很重要。我们五六十年代成长起来的这批人，对传统的东西较缺乏，主要强调写生和苏联绘画的表现力。对心灵的抒发和对传统的审美意识培养得不够。黄先生对传统的研究很有造诣，而他又在现代社会生活了那么长时间，因此他的东西现在还跟得上时代，也给我们现代人提出了一个问题。最近有人提出要向传统靠近，离西洋再远一些。我觉得这个理论至少是不全面的，简单的道理就是，有我们今天的创造才能增加未来的传统，如果今天的人都不再创造，那未来的传统也就断代了。如果我们永远往后看，因为我们生活的时代距离过去较远，认知的程度就比较浅，不学习是不对的，但若片面强调，就会和现代的思维拉大距离。从历史上讲，大画家留下的东西都是经验谈，因此它往往有指导意义，若让我们这些画家去写文章，俨然是经验，其中有指导意义，但同时存在片面性。现在有些人提出拉大与西洋画的距离，这是逆历史潮流而动，恐怕带有一种家族观念或本门派的想法。看了黄先生的画，虽然他理论上更主张传统，但实践中仍然融汇了现代的意识。他的现代，应是五六十年代，那时的香港应比大陆更接近西方，接触西洋绘画更多些，而他没有扬弃传统，而是把两者有机地结合起来。他那组渔村的绘画实在是好。我们要将传统和时代的东西结合起来，在传统中下点功夫，进一步把时代的意识加上传统的功力。艺术品本身若没有技巧，没有绘画的丰实的语言，是不行的。艺术品本身要有艺术性，这点对我很有启发，学了不少东西。

刘龙庭（美术史论家）：我没有什么高论，感谢黄大德带来了黄般若先生的画展。我原来是学画的,为了改善一下环境,在邵先生监考下,考进了美术史系,在学校研究的是元明清绘画。刘曦林和杜哲森研究的是现代,研究黄般若当然是他们的特长。我对黄般若先生了解较少,对岭南派只是涉猎一下,知道高奇峰、高剑父、陈树人、何香凝。我比较喜欢看书,在济南时就看到高剑父、陈树人的画。他们那时都是同盟会员,我们过去的美术评论,首先看画家是否革命,从延安来的人就更带劲了。这种思想直接或间接地影响了我们这一代人。黄般若,字万千、波耶,他最后肯定是皈依了佛教。今天改革开放,又是到了90年代末,在这时我们才能坐下来研究探讨黄般若先生这种形式的艺术,这种艺术使我们想到了李叔同的书法和丰子恺的漫画。过去我在山东有个老师刘治平,那是李叔同的大弟子。1961年开了一个李叔同的书法展,三个教室,200余件作品。刘治平当时是音乐系的教授,他在音乐上造诣平平。在抗战时期,他扛着六个柳条箱装着弘一的书法,途中丢了一个孩子,家里的东西也丢了,但这六个箱子用车推着渡过了一条江。1961年说要"反攻大陆"了,"四旧回潮"时批了一通。黄般若先生的东西,我首先觉得有禅意,在他的人物画里画了一些佛像,山水画很静,他画的香港有一种历史感和怀旧感。他的画带有一种像倪云林的感觉,这种画跟"五四"思潮、中华人民共和国的革命历史有很大的距离感。但是,每一个东西终究会有向阳和发光的一面加上影子,这才有立体感。我们以前研究球,只看它的光面。这样一来,许多画家我们有的只知道名字,有的连名字也不知道。后来看了《美术家》杂志,就是黄蒙田他们那个杂志,我才知道香港还有吕寿昆、赵少昂等。我今天第一次看到了黄般若老先生的原作,这里的画有很好的,不次于杨延文、吴冠中的,也有一些不是特别的好。经过了这么些年，黄大德同志搜集到这些画也不容易，也许当年黄般若先生有更好的画，到现在散失了。我们学习传统和前人，包括最有成就的画家，应从各个方面来学习，我们从黄般若的画里学到对搞美术史、美术创作、美术评论都有益的东西。高剑父、高奇峰、陈树人、何香凝再加上黄般若先生，这才是全部的广东画坛。还包括黎简、居廉、居巢更早一些的画家。研究美术史，在校时金维诺先生讲，你不喜欢四王，你也要研究；你喜欢石涛，也不能光研究石涛。美术史是一个整体，所以对黄般若先生的展览，我今天看了第一个感想就是方方面面都应该研究。杨延文是个画家，刚才他说要往前看。一个人既要往前看，又要往后看；既要往左看，又要往右看。考古学家就要往后看，搞未来学往前看。所以一个人搞什么东西，眼界越宽，了解东西越多，他的成就就越高。毛主席说："没有调查就没有发言权。"黄般若先生的画要不是今天看一看，我顶多知道有这个名字，他的很多画（特别是柜子里的小品），今天好多人是画不出来的，黄先生要是健在的话，今天的画他也画不出来。我们那儿有个老先生王角，是连环画编辑，来了个小伙子说："我的画每次你都给我退稿，我的画你能画出来吗？"王角老先生叼着烟说："你的画我是画不出来，不过我的画你也画不出来。"这就叫个性，这就叫追求。个性也好，传统也好，保守也好，我看个性和保守哪个都不能少。没有保守哪来革新？大家都革新也麻烦。我们讲传统，我认为是指传统当中好的东西。当然，传统里也有不好的东西，现代社会里也有许多不好的东西，不然扫黄打非干什么？新的东西也不见得都好。我们希望好的东西越来越多，我们希望从黄般若先生这里得到受启发的东西。黄先生的这个展览给研究近代美术史增添了一页，对我们研究中国画的发展有一定的启发，为我们看待当前画坛的一些现象提供了一个参数。我对黄先生没有研究，发这个言没有学术性，就算来凑个热闹吧！

王玉良（中央工艺美术学院副教授）：我看了这个展览，想起两个画家的画：第一个是钱瘦铁的画，当然由于各方面的原因，黄先生的画没有钱瘦铁那么大的影响；第二个就是梁树年的画，并不是说他的画像梁先生的，而是我想到了一个问题，梁先生是不主张写生的画家。我看了又想到黄宾虹，黄宾虹的写生方法与对象的关系不是很大的，他的画稿几乎是以一对万的感觉，对所有对象都以一种固定的方法来画，但也能画得很好。我也是画画的，提出几个问题供大家想一想。过去说，不画石膏、不画人体就没有基本功。庞先生有一次讲话时就说："我们中国人绘画历史有三四千年了，难道我们那几千年都没有基本功？我认为关键还是思考方式和审美的问题。"有两句话很好："外师造化，中得心源。"我觉得黄般若先生的画就是中得心源，他把对象给他的感受画出来了，不一定去全现对象本身；当然，后期到香港后画的许多画，对象的感觉还是比较强的。前期的画，画石涛、陈老莲，笔墨很精致，我认为这样做意识不是特别大，只是应该作为一个手段来对待。我认为黄先生的画最好的一点就是心态。现在我看到很多画家是在表演，让人家认识自己。黄先生的画没这种感觉，心里很坦然。如果说他落伍，只能是在一些具体画种的观念上。他在 20 年代写的广告可能是最早的广告文章，应该是很激进的，他写了很多画外的，当时相当摩登的题目，所以他并不是个落伍的人。他只是在创作上心态不一样，他的心态应该是中国传统里非常好的精华，创作上负责任的心态，这种心态现在失落得太多。这就是我看黄先生画的感觉。

杨悦浦（《美术家通讯》主编）：我对黄先生的画和生平事迹不是很了解，刚才看了画展之后，我作为目前从事实际工作的人感到自己很浅薄。他的画有一种旁若无人的感觉，黄先生给自己的画创造了一种境界。我们现在看到一些人的画，里边蛛丝马迹特别多，这也联系，那也联系，很不清静；而看黄先生的画，感觉非常痛快。刚才看了他的《谈艺录》，头一段话就谈到他在思考"土气"和"洋气"的问题，如何"能去了'土气'而又不至有'洋气'，成为全国化的和有创作性的国画"。我想他在创作这种境界时，对这个问题思考得比较深。当然这个"土气"他有特定的解释，你的"洋气"过多恐怕也是一种"土气"的表现。我们看到在很多人的画当中引入"洋"的东西，但看了却感觉"很土"，并不是我们所希望的那种"洋"。黄先生在半个世纪以前对这个问题就做了深刻的思考，他的画现在放在那儿，仍给我们很大的感染力。我很同意李树声谈的，其实过去这些老艺术家们在艺术创作过程中，对很多问题做过严密的思考，但由于时代的特殊情况，我们对他们了解不是很多，我们应该对这代人做更多的了解和研究。我们也开过几次已故画家座谈会，大家都深刻认识到这个问题。黄先生这本书中最后一段话我想念一遍，说得非常好。黄般若在病重住院时，香港一位画家曾问画于他，黄氏答曰："中国画的功夫已不必再花时间了。但要多写字，没时间写，就看帖，看字的结构；要多旅行，多走些地方，多写生；要研究一些西画，如果能够，巴黎也要去看看，西画里有些好的东西，也要吸收；要看书，研究一些理论，中画的、西画的理论都要研究。"我们现在说了很多东西，恐怕也就是他说的这几句话。这很实际。作为一个艺术家，如果能做到他这几句话也很不容易。

水天中（中国艺术研究院美术研究所研究员）：黄般若先生的作品和文章，过去零星看到一些，并没有系统的研究，只是一知半解。黄大德同志下了多年的功夫，把黄老的作品收集起来，把文章收集起来，出了书，这件事对我们中国当代绘画、当代美术史的研究都具有很大的意义。出这个文集，办这个画展，可以使我们对本世纪前期广东美术情况有一个比较真切的了解的基础。过去我们在谈到广东美术时，没有这样一个很稳固和牢靠的学术基础，如有类似黄大德先生那样扎实地下功夫搜集、研究美术史料的话，我想我们中国近现代美术史的研究完全会有一种不同的面貌。我特别赞赏和感谢黄大德先生做了这件非常有意义的事情，如果不是他这几年来下的苦功夫，像我这样一知半解、知其然不知其所以然的状况还得继续下去。我看了黄老的画，觉得并不像我们印象中那么保守，他的画完全从传统中出来，但又受了许多新的影响：一方面是受外来绘画和周围文化气氛的影响，另一方面是受现实生活的影响。他晚期有很多画，如画香港，是非常好的，并不完全是从传统观念里的临摹出来。在他的文集里也谈到了广泛吸取、广泛吸收、广泛借鉴的必要性。回顾当年中国绘画各种流派、各种观点的争论，实际上随着时间的推移，就会发现争论的双方距离越来越靠近，他们都在关注同一个问题，这个现象本身就说明它是属于一个时代的，而且在思想境界上有一致的地方。黄先生、方人定之间的争论，实际上他们都在关注着同一个问题，只是理解角度、解决问题的方式不一样而已。像徐悲鸿、邱石溟，实际上他们也在关注同一个问题：中国画教学改革问题。在古代并不存在这个问题，就是因为有了新式学校，有了西方美术，才出现这个问题。人们谈到写历史，认为过一段时间再写才好。这有它的缺点，也有长处，长处在于能冷静看问题。

今天黄先生的画展和文集出版，应该作为我们研究黄老先生的艺术和学问的开端。

梁江（中国艺术研究院美术研究所博士生）：对黄般若先生的评价：第一点，我感觉在某种角度上，我们对黄先生的重新认识，也就是对广东现当代美术的一个重新评价，在某种意义上也是对中国现当代美术的一个重新认识和评价；黄般若先生为我们提供了一个参照。第二点，对中国画的推进，无论是改革或创新，黄般若先生所主张的是从传统里走出来。他在广东和香港这两个地方，接触西画的机会是比较优越的，但他所做的和折衷派"二高一陈"的路线是完全不一样的。一般人把他作为折衷派"二高一陈"的对立面来看待，但我觉得宁可把他作为一个参照来看待，他所做的虽和"二高一陈"方式不一样，但对中国画的推进同样起到了独特作用。第三点，我感到黄先生的作品是随心所欲，法无定法，他的作品有粗有细，能收能放，且人物、山水、花鸟各门类都有所涉猎。我感觉他对艺术风格的认识，跟佛学的心性、理性、悟性是紧紧连在一起的，他并没把自己的艺术作品作为某种艺术风格和严密的路子去追求、去对待，他这种随心所欲、法无定法的创作特征，比较符合艺术本身的特征。

吕品田（中国艺术研究院美术研究所副研究员）：一个世纪以来，文化的冲突导致了中国整个社会生活巨大的动荡，这是一个革命的时代，也给我们的艺术留下了很深的烙印。这个时代的特点，我今天来美术馆，在一种强烈的对比中深深感受到了。陈英将军的捐赠画展，侧厅是古代绘画，圆厅是当代绘画。圆厅的现代画给我一种动的感觉，或者说有一种心灵上躁动不安的因素在里面，色彩明快，笔触奔放，各种风格的探索都有。侧厅的古画则是宁静的，也很感人。我感到艺术上创新也好，保守也好，都不重要，艺术上最重要的东西是怎样正视自己，正视"我"所在的一种当下的生活，反映"我"的一种生活状态和时代感觉，用很精到的语言、方式表达出来。黄先生正好生活在很动荡的革命时代，他的经历也反映了像黄先生这种志向的艺术家在这个时代的遭遇，他当年的论争分歧都不会随着时代的变迁而过去。看了黄先生的作品，留给我的感受就是他是一位在动荡时代守住自己心灵的人，是能坚持自己的立场和信念的一个艺术家，他很真实。我个人对这一段历史研究不多，黄先生的作品我也不敢妄加评论，但我相信自己的感觉，在黄先生的画上我能感觉到他是一位非常宁静的艺术家。一个艺术家能够守住这种东西是非常值得自豪和珍视的，在世纪末的今天，他启迪我们的一个最珍贵的东西，就是在动荡的时代里如何守住自己、守住自己的真实。

聂崇正（故宫博物院研究员）：看了黄先生的展览有两个感觉：一，画家的名字根据佛经应该读"波耶"，这个名字很出世，带有一定的禅意，可是他的画是入世的，这是一个很有趣的现象。二，他的笔墨很传统，但作品并不感觉旧，有新意。

梅墨生（中央美术学院国画系教师）：我作为一个晚辈，过去对黄先生所知甚少，这次看了画的原作及一部分印刷品，最大的感觉就是黄先生的画是传统品味里的小中见大、平中有奇。如果不看原作只看印刷品，不会觉得作品这样小，这就是说他有传统文人的脉通、精神和文化的涵量，像黄宾虹和潘天寿先生一样，他是属于传统文人、学者型艺术家。我刚才翻这个文集，也有好多材料证明黄先生对自己的艺术也不是那么爱惜、看重，对自己的画，朋友来了随缘送人，没有经营意识，这就是说黄先生心态是很传统的。他也是一个鉴赏家。我从他的画里能够体会到一种很新鲜的感觉，他也潜移默化地接受了一些西洋画的影响，只是他更尊重自己民族传统文人绘画的东西。黄先生的画，很难用传统和非传统这一概念来界定。通过看黄先生的文集和作品，我作为一个喜欢艺术的年轻人，非常敬佩黄先生这样的真人，他是一个在学术上说真话的人，"方黄之争"也证明了这一点。

另一个感觉就是，他在画中表达了一种很淡泊的品格，这种品格是由内心流出来的。刚才几位先生也谈到现实的意义，我曾到过香港，感觉黄先生的作品在香港这个所谓的"文化沙漠"里实在难得，确实是淡泊明志的一种心态。他的人生观和艺术观，也决定了他在艺术史上少有影响，这和香港与内地多年的隔绝也有一定的关系。今天在座的好多专家有机会聚谈黄先生，也体现了一种缘。黄先生信奉佛学，这大概也是他人生和艺术特殊的缘，也许意味着他的精神的又一个新的闪现。

刘曦林（中国美术馆研究部主任）：大约在十年前，我到广东去了解广东现代画史的一些情况，因为光从老师那里和书本里了解的东西，感到还有些不满足。要写二十世纪绘画史，广东这一片也不能缺。我在广东呆了 20 天，一句广东话也听不懂，在这样的情况下，如何写这段历史？我很困惑。后来在广东好多朋友的帮助下，我访问了"二高一陈"的后人，以及关山月先生、黎雄才先生，还有黄般若先生、赵浩公先生、卢子枢、卢震寰先生的后人，在历史上曾经论争过的两派画家我都走访了一下，开了眼界。我和黄般若先生有点缘分就是认识了黄大德，他非常详细地给我介绍了黄先生的历史情况，并给我看了一些原作。看到黄先生的作品比较早，当时很想把这些东西弄到美术馆来，就跟大德建议什么时候到中国美术馆来展览一下，让大家了解黄先生。这个愿望经过十年今天终于实现，很不容易。大德兄妹几人把自己的生活费省出来办了这个展览，很不容易。香港中文大学花了十万元把他们那边的藏品买了保险运过来，广州美术馆也很支持。中国美术馆作为承办单位，我作为大德的朋友参与了这件事情，感到非常欣慰。

从广东回来之后，我写了一篇《岭南访画随笔》，我也只能写随笔。现代美术史料是个无底洞，相对来讲，比搞古代美术史还难。对现代的认识，受到时人的干扰非常多，那么我们自己就要重新来进行反思。到广东以后，就我当时的认识来讲，广东现代绘画史是广东岭南画派画家和传统画派画家共同创造的，他们互相对立，又互相补充。我清楚地记得，高剑父他们后来提倡"新文人画"，他们对传统也有了尊重。高剑父后来也皈依了佛教。赵浩公、黄般若先生不像完全的传统派，他们在传统里注入了当时提倡的写生风气，这种写生和传统写生也不一样。有一段话也是在广东出现的：一些20多岁的青年背着画夹到户外去"死写"。这就是传统派画家对现代写生的异议。我们中国画不是这样的写生方法。我从广东回来后很受教育，对他们各自的艺术观点和艺术主张加深了理解。我去参观了春睡画院旧址，也去了六榕寺，我仿佛听到了新派学子们的琅琅读书声，也从六榕寺的钟声里听到了传统派画家们慷慨激昂的讨论，体验了广东当年的文化氛围。

黄般若先生的画展给我的感受：他的作品既是传统的，又是现代的。有很多画家把他和吴冠中连在一起，香港一位画家就说："我看了黄先生的作品，就想到吴冠中先生对点、线味道的感觉。"当我们现代画史上正在论争中国画到底如何走的时候，陈师曾先生说："你们没注意到西洋绘画也在发生变化吗？倒是主张开放的画家大多盯住写实主义的东西，传统的中国画家反而从西方印象派表现主义看到了和中国绘画之间的内在联系。"远较古代画史繁杂。尤其对广东，不看原作就没法谈，就不能对画家、对画史给予恰当的评价。当时，我看了黄先生的作品很激动，笔墨那么好，却又富于新意，对于点、线的运用，使我想起了古代才达到的水准，也想到吴冠中的现代探索，这其中总有些联系。待我看过黄般若等传统派画家的作品，看到他们的传统功力，看到他们对现实生活和现实感受的表现，看到"折衷派"回归传统的史料及作品，联想到"方黄之争"与方黄和解，我认定他们的关系是对立、互补、共生的复杂关系，广东现代美术的格外繁荣是传统派画家和新派画家所共同创造的，他们从不同的角度为中国画走向现代作出了贡献。

黄先生有佛性，当了居士，他的山水画得那么清净澄明。后来高剑父也皈依了佛教，我看到了他们一种形而上的联系。所以我感到研究现代史非常有味道，也非常复杂，很容易误判，但又是一个无穷尽的课题。我们在讨论画家个人成就时，可以有高下之分和个人喜好，但历史不是某一种力量就能完全促成的，它是矛盾的统一体，它是一种合力。我在一篇文章中（《中美院 97 中国水墨画邀请展序》）就提到，应该高度肯定吴（昌硕）、齐（白石）、黄（宾虹）、潘（天寿）这四大家，同时也应该给予徐（悲鸿）、林（风眠）、蒋（兆和）、李（可染）这四家以历史的肯定。前面传统派四大家们在传统基础上作出了重大贡献，后面这新派四大家从不同角度、不同程度地融合西画的实验，也为中国画带来了鲜活的生机，他们之间是对立、互补的关系，他们的合力促成了 20 世纪中国画的现代转换。但在过去，我们往往因一种倾向而掩盖或忽视甚至欺压另一种倾向，有时传统派画家抬不起头来，有时新派画家得不到应有的认可，对历史缺少一种宽容。过去，我们对广东传统派画家的作品所知甚少，对他们的水平也难以判断，今天看了黄般若先生的作品，就会较为公正客观，起码我自己觉得会对广东现代画史有一个较为公正客观的判断。

刘加振（广州美术馆艺术指导）：这次展览，应该说已达到了预期的目的，把黄般若先生的艺术介绍给首都的观众。刚才大家都说对黄般若了解不多，其实我们广东画家对黄先生也了解不多，只是直到前年香港中文大学文物馆举办了黄先生的画展，去年又在我们广州美术馆展出，我们才认识了黄般若。今天，首都的专家学者对黄般若的艺术作出了很高的评价，说明了黄先生的艺术和理论有很强的生命力和感染力。他在中国美术史上的地位，确有待我们作进一步深入的研究。黄大德先生是我们馆的特聘研究员，这十多年来他对自己的父亲，对广东美术史的研究者作了大量的工作，并得到北京专家学者的认同和高度的赞扬，这也是十分令人欣慰的。这个月正值我们广州美术馆建馆四十周年，我们馆藏品非常丰富，搞过许多专题画展，包括岭南画派的、广东国画研究会的都展过。我希望大家到广州时都来看一看，加强两地的学术交流。

叶毓中：黄先生的画展，是我们美协近年参与主办的最重要、最成功的一个画展。今天的研讨会，在京的高层次的专家学者都来了，发言的热烈是少见的，是一个高水平的学术研讨会。这也说明了黄先生的艺术、学问感染了大家。过去我们对黄般若先生不了解，通过这个展览和文集的出版，为我们重新研究黄般若先生在美术史上的地位提供了重要的第一手材料。这里我们也要感谢黄大德先生，他为研究广东美术史扎扎实实地埋头苦干了十多年，为中国近现代美术史的研究作出了重要的贡献。今天的研讨会，是京、穗、港三方难得的学术交流，希望以此为起点，今后有更多这样的交流。

黄大德：今天大家在这里相聚，对家父的艺术进行了深入、认真的研讨，并给予了很高的评价。我首先代表我的兄弟姐妹对各位光临的专家学者表示深切的谢意，同时感谢中国美协、香港中文大学文物馆、广州美术馆以及中国美术馆对这次展览的鼎力支持。

香港中文大学文物馆馆长高美庆先生，因为早已计划了要到国外参加一个研讨会，不能亲自参加今天的开幕式和研讨会，她让我代表她，对今天莅临的各位嘉宾和在座的专家学者表示谢意和歉意。

我想说明一下的是，我本不是美术界的人。我4岁时家父就离开我们到香港定居了，虽然50年代后也曾回来过，但我对父亲的了解是很有限的，只知他是画画的，成就如何、参与过些什么活动，我开始时是一无所知的。而我也没有想过要去了解他，更没有想过像出土文物般去发掘他、研究他。后来我当了一个文艺理论刊物的编辑，负责艺术范畴的采访、组稿工作，因而结识了一些美术界的朋友，由于一个非常偶然的机会，使我对美术史的研究产生了兴趣，一有空就泡在图书馆里，从此一发不可收拾。我顺着"二高一陈"活动的历史足迹，一直追寻广东文艺的史料，在广州、香港、北京去翻阅查找所有能看到的本世纪上半叶的报纸、杂志。于是，我得出了一个结论：广东不仅是中国革命的策源地和发源地，而且是中国革命美术与美术革命的策源地和发源地。除了"二高一陈"外，还有更早的潘达微、何剑士、郑侣泉、潘致中等一大批画家。他们都为广东美术事业的发展作出了重大的贡献。因此，我觉得，史学研究是全方位的，不能光研究一派一人，也不能只从艺术层面上来研究，否则就是片面的。刚才大家都说我在研究上作出了艰辛的努力和重要的贡献，这使我感到很惭愧。其实说穿了，我只不过是一个资料员。我只是从大量的资料中顺带地先后追寻家父的历史足迹。但是，如何评价家父的艺术成就和历史地位，这是在座专家学者的事。为家父办展览，最早是由刘曦林先生十多年前发出邀请的，因此，发现黄般若，在内地刘先生是第一人，为此我十分感激他。后来我到香港搜集文献资料、访问专家学者，偶然和第一次认识的高美庆教授谈起了可否为家父开画展的事，高先生马上拍板，并进行了为时五年的准备工作。我由衷地感谢高先生，没有她的执着，没有她艰辛的努力，家父的遗作展就办不起来。我还要特别感谢利荣森先生和黄苗子先生对展览和文集出版的鼎力支持。

再次谢谢大家！

中国美术馆何琳、王晓梅根据录音整理
（《艺海藏珍》1997 年第二期黄般若诞辰 96 周年纪念专辑）

黄般若艺术座谈会

1996 年 7 月 23 日上午 9 时，"黄般若的世界"画展在广州美术馆大展厅开幕。10 时 30 分，"黄般若艺术座谈会"在广州美术馆会议厅举行。广州美术馆馆长卢延光主持了座谈会。

卢延光（广州美术馆馆长）：今天座谈会来了不少大名鼎鼎的老前辈、老朋友、史论家、评论家，首先让我介绍一下：李育中老前辈，华南师范大学中文系教授，他一向以来关心美术界，写了很多文章。廖冰兄老师，大家都熟识——全国著名漫画家。黄笃维老师，广东画院著名画家。王贵忱老师，原广东省博物馆副馆长。谢文勇老师，原广州美术馆副馆长。王璜生，广东省美术馆副馆长。黄大德，也就是黄般若的儿子，广东省作家协会作家。李伟铭，广东美术评论家。单晓英，广东省博物馆陈列部主任。周宇安，广州美术馆《艺海藏珍》主编。陈滢，广州美术馆馆长助理。王坚，广州美术馆典藏部主任。这位是黄般若家乡东莞的市文化局副局长钟百凌，是我们特邀的嘉宾。

李育中（华南师范大学中文系教授）：我与广东国画研究会没有什么渊源，我曾有一个同学是广东国画研究会的赵浩公较晚年的徒弟，叫诸葛洪。我与黄般若的认识是 1949 年初的时候，通过李居端（即是李研山。蔡元培是他的老师）。当时要筹办一个叫做"蔡元培艺术学院"，有几次在文德路"欧美同学会"那里一个茶座饮茶，当时参加的有李居端、胡根天、王益伦等一班人，其中有黄般若。黄般若的特点，我很早就有印象了，是与高剑父那一批人在报上争论国画改革问题，我是那时开始注意他的。1940年首届广东文物展览会，他出了很大的力。他在广东省立图书馆（黄笃维：当时是简又文当馆长）当总干事，他有个特点，就是既是画家，同时又是一个善搞行政总务的社会活动家。广东文物展览出了三大本，其实是四大本集子，影响很大，现在还影印再版，对了解广东文物的历史是个很必要的参考。黄般若的画大概20年代就有了，他是广东国画研究会队伍里一个较年轻得力的人物，但他真真正正引起人们注意的是他的文字论争方面。我印象里对保守派是不太感兴趣的。

看了这个展览和画刊产生了两个结论。第一个结论是，任何画家去了香港，有的十几年，有的几十年，包括邓芬、李居端、丁衍庸等，都在艺术上有很大的发展，是其绘画的精华阶段。这点很奇怪，说明了环境的逆转，使画家发生很大的变化。这个特点值得我们写一篇专文。长期在广州的画家转到了另外一个新环境后（指香港），受时代的影响、环境的影响、画家与画家的影响很大，对创作生活有一个很大的飞跃，完全是个飞跃。黄般若写香港的画很好，特别说明了一个传统画家——本来黄般若是个传统画家——的出路。第二个结论是大家要做的工作，即中国画的走向，通过黄般若画的成就、路向去进一步的总结、说明。

黄笃维（广东画院著名画家）：怎么去理解黄般若？有人问我，看黄般若画展的画，其实很有特点也很现代呀，旧时说国画研究会的画只讲传统、守旧，反对岭南画派，引起长时间论争，是怎么回事？其实很简单，画无所谓新旧，只有好坏之分。中国画需要重视学习传统好的东西，同时亦需要向前发展。事实上，我们的中国画每个时代都在不同程度发展着，从黄般若的画来看，不是有很大的发展了吗？既有生活又有新意，比有些原来岭南画派画家的作品还要现代。说到底，一个画家除画画外，修养也有很紧要的作用。我了解黄般若。首先，除画画外，他还会鉴定古画，某幅旧画真不真，他一眼就看出七八成来，这要有很高的眼界才行。这个人年轻时，就经常与黄宾虹、叶恭绰、陆丹林、简又文、赵浩公等前辈的人打交道、学习。对传统的东西看得很多、知得很多。他的贡献第一，他勤写文章，我读美术的，经常看到他的文章。他主动与岭南画派个别画家去论战，现在回头看并不是坏事，其实对推动广东美术的发展有帮助，如果没有这个论战，广东美术就不能引起美术界的重视。能提出问题去争论，增强认识，这是学术论争，对发展广东画坛起积极作用。

我和黄般若是在 50 年代他去了香港以后饮茶时认识的。他去了香港后，与不少画西画的人为伍，包括印象派、现代派等几乎所有画派，他看的西画很多，香港的大千世界、传统与西方的东西他都涉及。西方的艺术使他的眼界大开，思想得到了升华。他当时生活条件不好，有时通过给人鉴定古画，别人给封个红包，没有像香港的赵少昂先生那么幸运。一个画家，没有一定的理论为基础，作品很难提高。黄般若不仅重视学习理论和传统的东西，同时也重视向前辈、同辈以及年青人学习。后来他的画既有扎实的传统笔墨，更有现在的生活基础。越到后来，他的画就越好，用笔用墨很讲究，用色很单纯、很少，但表现力很丰富，很多东西看，他在一个平面写的线很多、很细，但很好、很传神，不是随便就可以写的。这次画展描写香港景色的画充分说明了这点。这是值得我们学习的，可惜对他的东西宣传得太少了。

黄般若年轻时写文章很多，以文章和鉴定字画出名，画画得不太多。当年他以与方人定论战，不打不相识，解放后成为好朋友。50 年代有个定期国画座谈会，参加者有四五十人，老中青结合，其中岭南画派与当时国画会一批老画家各占一半，团结在一起，研究如何推动广东中国画发展，既提高了思想，也培养一批新人，出了不少好作品。其实广东画画的人才不少，像黄般若先生这样的才华，并不比同时代上海、北京的画家差。他们懂得宣传，向外发展，而广东的画过去不会宣传，除了个别画家之外，过不了长江，最多在港澳有影响。所以，以后我们就有责任，如对美术史的现象和成就突出的画家，要加强系统的研究和评价，多点宣传，让后人知道。

廖冰兄（全国著名漫画家）：在座的一些美术史的经历者、过来人，我感觉到很宝贵，（廖老问李育中今年岁数，李答 86。）都 80 多了，或接近 80 了，我希望他们长命百岁，我去得快些不紧要，他们要留住，他们紧要！

你（指王贵忱）是兵的秀才，我是秀才的兵。我过去很糊涂，左得很，曾经以为画人物才是最进步的，画山水、花鸟就是落后的，岭南画派就是最进步的。但是，现在把岭南画派吹得离谱了。大约七八年前，省委发了一个文件叫《广东精神文明建设纲领》，其中讲到美术的，就提到一句最叫人不服气的，说要拓展岭南画派。那么画油画的也叫岭南画派，画漫画的也叫岭南画派，搞木刻的也是岭南画派，……叫人难堪！我觉得现在最要紧的事，是要将这些"老家伙"抓起来，关起来，老实做"交代"（卢馆长插道：关到一个环境好的地方，好吃好住来"交代"）。

将广东美术历史搞出一个真面目来，不要因为有私心或为了自己。我没得争的，也不想。比如说，我冒充，既冒充画家，又冒充书法家，其实都是冒充的。因凡是名人在一些场合要贺画、题贺字，一题（字、画）便是国画家、书法家呐。有一次到深圳开会，碰到张仃，他问，你来干嘛？参加全国书画家×××会嘛。又问，知我是谁？张仃嘛。你呢？啊，你冒充的！嘿，真是知我者为张仃也！我明知就是冒充的嘛。欺世盗名是我最恨的。

其实像国画研究会黄般若，对他的艺术就不够公平，他是敲得响的，但我们再不重视、不研究，就会让其死直！

总之，我希望在后生当中，有一批正直的、无私的、尊重历史的研究人员，公平地对待和研究历史，重新恢复广东美术史的真面目。

王贵忱（原省博物馆副馆长）：我是个军人，对艺术完全是个门外汉。1949年我随军来广州，对黄般若我并不认识，他的名字也不知道。这里附带说一点，"黄般若"中的"般若"，读作"波耶"，来自佛家事典，是佛家语。我开始知道黄般若，是在1953年至1954年之间看了高剑父与广东国画研究会的资料后，这才知道黄般若、赵浩公、卢子枢、卢振寰等人。其后我得到黄般若的两开重彩佛像、达摩像，都是描金的，在艺术上很感人，造型很准确，笔意都很轻，线条功夫很好。那时我开始喜欢画了，但仍不十分懂，我买了两开，其中有一开是从汕头来广州开会，在邓涛先生那儿买的，那很便宜。此后就没再看见过他的画了，看到的多是复制品。我在朋友那看到的原作，也都是些佛像。我是先入为主，认为他的佛像写得好，写得很静穆，给人的身心一点肃然寂静的感觉，他用的颜色好，喜欢用重彩，所以我对他的印象，只能就佛像说说自己的看法。后来看了一些黄般若作品的复制品，知道他是继承传统的这一派的，而且勇于创新。特别是这次展览中，可以看到他在继承传统和勇于创新的成就，在我所接触的岭南画家中是比较突出的。就像几位先生说的那样，华夏的东西是很值得进一步研究的，尤其是近六十年来的东西。以前看黄般若的东西都是一些片段，而这次展览的特点是提供了一个系列，从中可以看出他早期写生、临摹的功夫。他的画后来画得越来越宽广。所以，黄先生的创作是走过了一个相当长的艰苦过程的，并且有所突破。利用这次展览，对黄先生画的研究应该要进一步深入。在座的黄笃维、李育中先生不但熟悉黄般若的画，而且都与他多少有交情，所以都谈得很生动，听了他们的发言，我也得到不少益处。从他们的介绍与我所看到的黄先生的遗作，我感觉到有几个问题要注意：首先，是对黄先生各个时期的画作，特别是代表作，应该注意去进行收集；其次，是要编一本比较好的，如选集，或者是按他的画科或者其他来分，出一本单纯的或综合性的集子。黄先生在民国以来的广东，应该算是一个大家，所以我参观以后得益较多，对广东的近现代画派、画种的流变，以及他们个人风格的发展、他们的特点，都有了不少的了解。

谢文勇（原广州美术馆副馆长）：黄般若的山水画，我觉得不仅在广东，而且在全国画坛上都应有一席之地。他写现代国画的道路，就很值得我们去探讨。他早期花了很多功夫研究传统古画、写传统的画。当然，当时因为生活，要仿制一些古画到市场去，如仿陈老莲、新罗（山人）等画就很肖逼，格调仿得很高。他不仅仅接受传统的东西，也有一些新的东西，从他早期的几张画就可看出来。他这个人不但对绘画，而且对文学、对史料都很有研究和修养，因此他的画就保持有较高的格调、有内涵。仿古画没有这些的话，很容易写出匠气来。中国画的革命可以有各种各样的道路，并不限于某种道路、某种式样。

李伟铭（广东美术评论家）：我对黄般若先生的了解很肤浅，近来得知嘉德拍卖行收集1949年以来各个画种的画，其中有黄般若的。黄般若早年在广东国画研究会，已经是一位能画能文的主将，后来移居香港，艺术上不断发展。他在广东美术史上的成就、影响、地位，是值得我们去研究的。

王璜生（广东美术馆副馆长）：我对廖老刚才说"重新恢复广东美术史的真面目"很感兴趣，也应该做些扎实的工作。

广东的山水或风景画，都比较注重表达一种实景性的东西。黄般若的山水有画家胸中的东西，值得我们好好地研究和学习。

钟百凌（东莞市文化局副局长）：今天是"黄般若的世界"展览开幕式，感谢广州美术馆领导的邀请，我代表东莞市文化局，向举办这次画展的广东省美协、香港中文大学文物馆、广州美术馆的领导、专家，向黄般若画家的公子黄大德先生，以及黄家的亲朋戚友，表示热烈的祝贺，并衷心祝愿这个展览获得圆满成功！

刚才在座谈会上，廖冰兄、李育中、黄笃维等专家学者，对黄般若先生在近代广东画坛的地位、艺术成就和影响作了中肯的评论，使我对出生于东莞的黄般若画家又有了更进一步的了解。东莞市出了一个在近代广东画坛上处于重要地位的黄般若先生，这是东莞市的光荣和骄傲。我们热烈欢迎黄般若先生的后人、家属，他的生前好友，多到东莞市参观访问，帮助指导我们的文化艺术工作，为繁荣东莞市的文化事业共同做出贡献！

黄般若先生的画，具有自己的个性与灵气，异军突起，是"另一个世界"的画风和画技。像这样如此丰富的"另一个世界"的画家，却在岭南画坛中寂寂无闻，甚至在东莞也知晓不多，这是令人非常可惜。说明了我们有关部门的领导者和工作者，对艺海遗珠挖掘宣传的工作做得还很不够。这次举办的黄般若先生的画展，是对画家负责的成功举措，令人敬佩。

推介东莞籍画家以及各种流派的画家，弘扬中华民族的传统文化艺术，繁荣东莞市的文化事业，是东莞文化领导者和工作者义不容辞的责任。

单晓英（广东省博物馆陈列部主任）：看了黄般若先生的画展，我想谈点感想：

第一，黄般若先生从传统入手，有很深的传统造诣，但并没有停滞。到了晚年，他融汇了西画之法。这次展品的《平洲奇石》，与他早年的一件画石题材的扇面相比，《平洲奇石》更注重气韵，更有现代气息。他晚年的现代气息是从传统中出来的。这次画展所见的许多香港写生作品，也看到了这种现代气息。

第二，为什么黄般若到香港之后，画风发生变化呢？有时代影响、环境影响，但最终艺术道路的取舍在他自己，其中的原因值得探讨、研究。

卢延光（广州美术馆馆长）：这次座谈会大家都谈得很好，像黄般若这样的一批近现代画家，是很值得深入研究和展示的。

王坚根据现场录音整理

（载《艺海藏珍》1997年第二期黄般若诞辰96周年纪念专辑）